www.tredition.de

Steffi Krumbiegel

Nadja

Erben der verlorenen Welt

www.tredition.de

© 2020 Steffi Krumbiegel
Lektorat, Korrektorat: Isabella Gold

Verlag & Druck: tredition GmbH, Halenreie 40-44,
22359 Hamburg

ISBN
Paperback: 978-3-347-00920-2
Hardcover: 978-3-347-00921-9

Für Steph

Familie E. und meine jüngste

Leserin Laura

Prolog

Das stetige Brummen der Motorräder durchbrach die Stille der Nacht. Der Krieg der Wiedergänger fing gerade erst so richtig an und es war vorhersehbar, dass die Menschen dank ihres eigenen Wahnsinns, ihres Drangs nach Unsterblichkeit und Schönheit, unterliegen würden. Die Maschinen hielten auf einem schmalen Weg, der zwei Ortschaften miteinander verband. Bäume standen, gebogen vom Wind, dem sie Jahrzehnte lang getrotzt hatten, am Rand. Die drei stiegen ab und blieben genau zwischen den beiden Ortschaften stehen. „Leichenweg" nannte man diesen Pfad und laut Sophia von Taubenheim lag genau hier der Eingang zu Luzifers Wohnzimmer. „Wie willst du das machen?", fragte Lorenz empört. Er war bereits achtundsiebzig und noch immer besaß er – trotz des Hungers, der an ihm nagte - diese ihm eigene innere Stärke.

„Vertraut mir einfach! Lorenz, bitte bring uns nach unten!" Er zuckte bei Katharinas Worten mit den Schultern. Sie reichte ihm die Münzen. „Dann haltet euch mal fest!" Schnell sausten sie in Luzifers Reich und landeten tatsächlich direkt vor seinem Thron.

„Luzifer!", rief Katharina panisch. Es blieb ihnen nicht viel Zeit, denn die Münzen gaben ihnen maximal drei Minuten.

„Luzifer!", schrie sie erneut.

„Wer stört mich?" Der Teufel höchstpersönlich - oder besser gesagt ein Wesen mit Tierhufen und langen Hörnern

- tauchte vor ihnen auf. Sie zuckten zusammen, doch Katharina ließ sich nicht beirren.

„Nadja schenkte mir einen freien Wunsch!" Als er Nadjas Namen hörte, nahm er umgehend seine menschliche Gestalt an.

„Ja?" Sie reichte ihm den Abschiedsbrief und Luzifer nickte traurig. Auch auf ihm lastete es schwer, dass seine kleine Nadja nicht mehr frei auf Erden wandeln konnte.

„Was ist dein Wunsch?"

„Wir wollen an ihrer Seite verweilen, solange sie schläft. Bitte, diese Welt ist so oder so dem Untergang geweiht! Keiner hält die Wiedergänger auf und ich möchte bei ihr sein, noch einmal leben und mit ihr gemeinsam kämpfen, wenn unsere Zeit gekommen ist." Luzifer betrachtete die drei eingehend.

„Schwört mir, dass ihr für sie da sein und sie niemals im Stich lassen werdet, solltet ihr jemals wieder erwachen!"

Die drei hoben ihre Hände zum Schwur und kurz nachdem sie diesen ausgesprochen hatten, standen sie im Burghof von Nadjas Zuhause. Ihr steinernes Bildnis war kaum von der Witterung gezeichnet, sie trug das Abendkleid ihres letzten Balls und sah aus, als würde sie in den Himmel blicken.

„Setzt euch auf die Bank!", trug Luzifer ihnen auf. Er hob seine Hände und murmelte leise Worte. Am Ende fügte er hinzu, dass sie in dem Alter erwachen würden, in dem sie waren als Nadja ging. Alles andere hätte er seiner geliebten Nachfahrin nicht zumuten können.

60 Jahre später

Jewa

Die Welt in Asche gehüllt. Die Zivilisation, welche man einst gekannt hatte, existierte nicht mehr. Die Menschheit versklavt, den anderen zur Nahrung dienend, zu einem wilden Dasein gezwungen. Nur fähig, sich ausreichend zu versorgen um zu überleben, zusammengepfercht im Dreck der Überreste dessen, was diese Kreaturen zerstört hatten.

Der Blick aus meinem winzigen Dachfenster verriet mir, dass es Tag sein musste. Ich saß oft einsam im Verborgenen, damit sie mich nicht fanden. Ich wartete. Worauf? Auf die Zeit meiner persönlichen Rache.

Mehrere Leben hatte ich bereits gelebt und nun hoffte ich, dass ich in diesem das bekam, wonach es mich dürstete. Blutige Rache. Rache an den Eltern meines zweiten Lebens. Rache an dem Mann, der mich zuletzt getötet hatte, in der Nacht, als er mich zur Frau genommen und seine Gier an mir befriedigt hatte, sich bis zu meinem letzten Atemzug an meinem jungen Körper labte.

Für meinen ersten Tod würden viele büßen. Jeder, der eines meiner Kinder genommen und sich des Mordes schuldig gemacht hatte. Diese Liste war verdammt lang!

Über sechzig Jahre wartete ich bereits. Schon bei meinem letzten Versuch glaubte ich, meinem Ziel nahe zu sein, bis dieser verdorbene Arsch gekommen war und meinen Plan durchkreuzt hatte.

„Jewa!", Vater rief nach mir. Ich begab mich die alten Holzstufen hinab. Eigentlich war dieser Mann nicht einmal mein Vater. Lebensretter traf es eher. Ein alter Heiler hatte mich entbunden, meine Mutter war bei der Geburt gestorben und somit überreichte er meinen neugeborenen Körper diesem Greis. Er zog mich auf, lehrte mich das Lesen, obwohl ich es bereits konnte. Er zeigte mir alte Bücher, obwohl ich sie kannte. Jedoch sprach ich nie und somit wusste er es nicht besser. Nicht, weil ich des Redens nicht mächtig gewesen wäre, sondern weil ich wusste, dass man sich sonst vor mir fürchten würde.

„Hast du Hunger? Ich habe Brot besorgt." Diese Frage erübrigte sich. Mein junger Körper brauchte ständig Nahrung. Es wäre mir egal gewesen, was es gab, Hauptsache, ich konnte leben.

Überleben traf es besser.

Vater grübelte über seinen Tag nach. Aus seinen Gedanken las ich, was er alles gesehen hatte. Er hatte sich mit einer Dame getroffen. Sie kümmerte sich um verlorene Kinder, welche er unterrichtete. Er versuchte, ihnen damit Hoffnung zu geben, was in Anbetracht unserer Zeit ein fast aussichtsloses Unterfangen war. Ich war der festen Überzeugung, dass es keine Hoffnung gab. Keine Zukunft mehr, nur rohes Blutvergießen.

Flüsternd fing er an, von den Kindern zu berichten. Ich starrte hungrig das Brot an. Leider musste ich warten. Er bestand darauf, vorher zu beten, obwohl Gott uns längst vergessen hatte. Gäbe es einen Gott, wäre diese Welt nicht so dunkel, so grausam und vor allem nicht so unbarmherzig.

Ich erinnerte mich an mein erstes Leben. Selbst die Kirche, die einst so hochgelobte, heilige Instanz, hatte uns verraten. Man ließ diese Kreaturen ein, hieß sie willkommen und sah zu, wie sie alles zerstörten.

Die Politiker sonnten sich Abglanz der Monster. Sie verkauften ihre Völker, die Menschen, die sie einst zu dem gemacht hatten, was sie waren. Sie stellten sich an die Seite der Kreaturen. Und diesen Ungeheuern würde ich viel Zeit widmen.

Vater betrachtete mich prüfend.

„Manchmal wüsste ich gern, was in deinem Kopf vorgeht. Deine Augen wirken immer so kalt." Entschuldigend senkte ich den Blick. Ich faltete die Hände ergeben, denn das mochte er. Im Gebet fand er seinen Trost und er glaubte, dass es auch mir helfen würde. Vater stand auf, hob sanft mein Kinn an. „Der Herr wird uns erlösen." Nein, wird er nicht. Vorher stirbst du. Seinen herannahenden Tod roch ich bereits seit einiger Zeit. Sein voranschreitendes Alter und der ständige Hunger, der ihm zusetzte, würden seinem Leben bald ein Ende bereiten.

Ich konnte nur hoffen, dass mir wenigstens noch ein bis zwei Jahre blieben. Denn mit vierzehn standen meine Chancen wirklich schlecht. Bei seinem Ableben müsste ich zu seiner Bekannten, die sich um die Waisen kümmerte. Doch dort suchten die Kreaturen oft nach frischem Fleisch; das von Mädchen bevorzugten sie. Die Jungen wurden versklavt, zu Boten oder Wärtern gemacht, die die Lebenden fangen mussten.

Vater schnitt zitternd das Brot an. Ich legte meine Hände auf seine und beendete sein Vorhaben.

„Geh zu Anja wenn ich mal nicht mehr nach Hause komme!" Anja war die Dame, die auf die verlorenen Kinder achtete. Eine grausame Aufgabe, für Kinder zu sorgen, sie großzuziehen und sie am Ende doch wieder nur an die Monster zu verlieren.

Verstehend nickte ich ihm zu.

„Versprich mir, dass du auf dich aufpasst!" Selbst er spürte, wie sein Leben dem Ende entgegen glitt. Erneut nickte ich. Das Brot teilte ich zwischen uns auf. Vater brach seinen Anteil und reichte mir ein Stück. „Du kannst es gebrauchen." Er tat mir irgendwie leid. Aber für ihn war es besser so. Er würde bald seine ewige Erlösung finden. Zurückkehren zu seiner Familie. Vater glaubte an den Himmel, an ein Leben nach dem Tod.

Ich wusste es besser.

Kurz bevor die alte Weltordnung sich dem Ende geneigt hatte, hatte ich einen Artikel im Internet gelesen. Dort stand, es gebe eine Existenz nach dem Tod. Wissenschaftler wollten herausgefunden haben, dass die Seele sich vom Körper lösen konnte. Sie begründeten dies mit Berichten von Personen, die scheintot gewesen und zurückgekommen waren. Also nutzte ich dieses Wissen und suchte mir nach meinem ersten Ableben eine schwangere Frau. Die Seele des ungeborenen Mädchens war noch nicht da und so schlüpfte ich hinein. Nur ein paar Monate später kam ich als Säugling zurück.

Leider funktionierte das nicht ganz so wie erhofft. Sie fürchteten sich vor meinen Augen und nur ein paar Stunden später erstickten sie mich mit einem Kopfkissen. Anlauf Nummer zwei klappte besser. Bis sie mich zwangsverheirateten. Der alte Mann mochte mein rotes Haar. Meine Eltern wollten mich ursprünglich nicht hergeben, aber der Hunger zwang sie letzten Endes, denn sie hatten noch drei weitere Kinder. Also verkauften sie mich. Das Blöde war, dass man sie danach tötete und der dicke Mann mich. Doch den würde ich noch bekommen, denn ich wusste, wo er lebte.

Zwischendurch schwirrte ich nur als Geist herum, betrachtete diese dunkle Welt und fand heraus, dass der ganze Planet inzwischen von Untoten, die die Menschen in Städten hielten, sie auffraßen, benutzten, versklavten und unterjochten, belagert war. Die einst so schöne Welt, die ich gekannt hatte, in der es Autos gab, Handys, Fernsehen, Strom, fließend Wasser, sie existierte schon lange nicht mehr.

Bei meiner letzten Geburt ging etwas schief. Meine Wirtin bekam das Kind bei dem befreundeten Heiler und starb im Kindbett. Er war es, der mich anschließend zu Vater, dem alten Gelehrten, brachte, welcher sich fortan freundlich um mein Leben bemühte.

Die Unterwelt

„Luzifer!" Das laute Kreischen der Dämonen schmerzte in den Ohren. Die dunklen Gänge konnten einem schnell zum Verhängnis werden, zumal man nicht sah, wohin man ging. „Wer stört mich?" Eine hallende Stimme erklang aus den Tiefen des Schlunds. Michael folgte ihr. Er erreichte den tiefen Krater der Hölle. Ganz unten leuchtete das Feuer der Verdammnis.

„Luzifer, hör auf! Wo steckst du?" „Hier!" Michael zuckte zusammen. Sein Bruder erschien neben ihm.

„Lass doch die albernen Hörner weg!"

„Gehören zum Image." Luzifer verwandelte sich in einen stattlichen jungen Mann. Schwarzes Haar, schwarze Augen, blasse Haut.

„Vater schickt mich. Wir brauchen deine Hilfe."

„Ach, jetzt, nach so vielen Jahren?"

„Du kommst doch nie nach oben!"

„Weil es da so hell ist." Michael schnaubte verächtlich. Luzifer deutete ihm, dass er ihm folgen solle. Sie betraten die privaten Gemächer des Teufels. Luzifer bat seinen Bruder, sich an den langgezogenen Holztisch zu setzen, was der auch tat.

„Was kann ich für dich tun?" Luzifer nahm am anderen Ende Platz. Michael zauberte ein paar Bögen Papier hervor. Es handelte sich um uralte Schriften.

„Wir haben drei gefunden. Drei sehr alte Seelen, die uns retten könnten."

„Gibt er noch immer nicht auf?"

„Niemals! Die Menschen sind seine Geschöpfe. Er bringt es nicht über's Herz." Luzifer rutschte um den Tisch herum. Langsam beugte er sich zu Michael vor.

„Dann soll er neue machen. Da oben ist es schlimmer als hier. Sie sind alle verloren!"

„Sie - die meisten -, sie können nichts dafür. Haben wir nicht selbst gesehen, zu welch großen Dingen sie fähig sind?" Satan lehnte sich zurück. Finster funkelte er seinen Bruder an.

„Zu welch großen Dingen? Weil sie das Rad erfunden haben? Das Feuer entdeckt? Sich gegenseitig ausgebeutet und den Planeten zu Grunde gerichtet haben?"

„Hast du die Liebe vergessen? Ihre Großherzigkeit, ihren Mut?"

„Alles unwichtig. Schau, sie haben sich selbst zerstört!"

„Nein. Noch sind sie da und wir werden helfen!" Michael legte ihm die alten Schriften hin und er musterte sie.

„Elias?" Auf dem ersten Blatt stand dieser Name. Ein junger Mann mit alten Gaben. Er konnte Wunden heilen. Viktor erschien als nächstes. Ebenfalls ein sehr junger Mann, der angeblich Tiere herbeirufen konnte. Zuletzt folgte ein Mädchen, kaum vierzehn Jahre alt. Sie sollte in die Zukunft sehen können. Ihr Name leuchtete auf dem Pergament auf. Anna hieß sie. Luzifer runzelte die Stirn.

„Die alten Hexenwesen. Ich dachte sie seien ausgestorben?" „Das glaubten wir auch. Wir suchen bereits seit dreißig Jahren. Seitdem das Aussterben der Menschheit begonnen hat."

„Die drei werden nicht reichen. Sie werden sterben, bevor sie ihre Fähigkeiten entwickeln konnten. Ihr braucht etwas... etwas, das ist wie..."

„Wie was? Wie du, Luzifer? Das Grauen hat schon einen Namen! Das bist du!"

„Ihr habt mich dazu gemacht! Ihr brauchtet einen Sündenbock! Doch diese drei werden eure geliebten Menschen nicht retten!" Michael stand auf. Er schlich langsam zur Tür.

„Du wirst uns nicht helfen?"

„Nein! Beim letzten Mal verlor ich sie!"

„Bist du noch immer nicht darüber hinweg? Wie viele Jahre sind es? Achtzig?"

„Er! Vater! Er hat sie mir genommen! RAUS!" Michael löste sich auf. Der Teufel starrte den Fleck an, wo gerade noch sein Bruder gestanden hatte.

Luzifer schüttelte bedächtig den Kopf. Er wusste, dass es mit drei einfachen Menschen nicht getan wäre. Gegen diese Kreaturen müsste man schwerere Geschütze auffahren. Gedankenverloren durchkämmte er seine privaten Gemächer. Nur der Teil der Hölle, in dem er lebte, schien menschenwürdig zu sein. In der riesigen alten Bibliothek hielt er inne. Unzählige Bücher hatten sich im Laufe der Jahrhunderte angesammelt. Hier schlummerte das gesamte Wissen der Menschheit. Ihre Ideen, ihre Gedanken, ihre Geschichten und ihre Errungenschaften.

Dabei fiel ihm eine Geschichte ein. Nein, keine Geschichte, ein wissenschaftlicher Bericht. Er suchte. Ein gewisser Viktor Frankenstein schien der Ursprung solcher Ideen zu sein. Der Mensch hatte schon immer danach gestrebt, selbst Gott zu spielen und immer wieder war er auf die seltsamsten Dinge gekommen. Genetik. Experimente mit Erbgut. Auch daran konnte man diesen Hang erkennen. Luzifer fand es oft erschreckend, wie ähnlich die Menschen seinem Vater waren. Anstatt die paar Jahre Leben, die ihnen vergönnt waren, zu genießen, strebten sie nach den grausamsten Dingen.

„Ah, da!" Sein Blick blieb an einem Regal hängen. Das Jahr 1986 leuchtete auf dem goldenen Schildchen. Damals hatte der Golfkrieg getobt. Die Amerikaner fingen an zu forschen. Erst verabreichten sie ihren Soldaten Drogen um sie stärker zu machen, länger wach zu halten. Doch tief im Verborgenen gingen ihre Forschungen weiter. Niemals war etwas über diese Experimente an die Öffentlichkeit gelangt.

Luzifer zog eine Mappe hervor. Der erste Proband starb sehr schnell. Genetik, altes Blut und etwas, das nicht von dieser Erde kam, hatte man für ihn verwendet. Supersoldaten sollten entstehen. Hirnlose Kampfmaschinen. Da landeten wir wieder bei Frankenstein. Oder bei den Menschen, die Gott spielen wollten.

Die Experimente zwei, drei und vier mussten getötet werden. Luzifer zog eine Mappe nach der anderen hervor. Nur das fünfte schien überlebt zu haben. Die vorherigen wurden so unkontrollierbar, dass man sie am Ende eliminierte. Ausschließlich der Fünfte schaffte es. Jace lautete sein Name. Luzifer suchte weiter. Mitte der Neunziger wurde die Forschung eingestellt. Jace gründete einige Jahre später ein erfolgreiches Unternehmen, bis er irgendwann spurlos verschwand.

Luzifer setzte sich in seinen alten ledernen Ohrensessel. Er zündete sich eine Zigarette an, schloss die Augen und machte sich auf die Suche. Gedanklich flog er über die Erde hinweg. Die Zerstörungen blendete er aus, denn er musste sich auf die Seelen konzentrieren. Eine Gabe der Engel war es, jeden zu finden, den sie suchten. Es bedurfte nur viel eigener Energie.

Es dauerte, wobei die Zeit in der Hölle anders verlief als auf der Erde. Selbst wenn er die Zeit bis zu einem gewissen Punkt kontrollieren, sie für einige Sekunden anhalten oder rückwärts laufen lassen konnte, kostete ihn dies enorm viel Kraft. Zwar war er der Gebieter der Unterwelt, doch auch er stieß an die Grenzen seiner Macht. Diese Gabe beraubte ihn sämtlicher Energiereserven.

Mitten in einem Wald in Kanada fand er den Gesuchten. Einsam schlich er durch die Wälder auf der Suche nach Nahrung. Luzifer trennte die Verbindung, zog noch einmal fest an seiner Zigarette, erinnerte sich wehmütig an sein letztes Kind, welches er opfern musste. Wäre Gott wahrhaft um seine Menschen besorgt, so bräuchte er nur endlich diesen verdammten Fluch von ihr zu nehmen. Aber dieser sture Bock von Vater musste ja unbedingt seinen Sohn strafen, anstatt sich ihrer gnädig zu erweisen und Nadja die Dinge zu überlassen. Sie wäre sicherlich in der

Lage, diese Situation bedeutend zu erleichtern. Resigniert schüttelte Luzifer den Kopf und machte sich auf den Weg zu diesem Jace.

Jewa

Vater begab sich früh zu Bett. Ich nahm mir ein Buch und schritt die alten Stufen hinab zu meinem Zimmer. Nachts schlief ich tief unter der Erde damit man meine Schreie nicht vernehmen konnte. Zwar sprach ich tagsüber nie, doch im Schlaf holten mich meine Erinnerungen ein. Immer wieder durchlebte ich meine Tode oder meine Geburten. Beides schmerzte höllisch, riss mir den Boden unter den Füßen weg und hinderte mich an einem erholsamen Schlaf.

In dem alten Keller lag einst eine Tiefgarage. Vater hatte mir den Müllraum freigeräumt, da dort eine schwere Stahltür meine Albträume und Schreie vor der Welt abschirmte.

Ein altes klappriges Bett befand sich dort. Leise schloss ich die dicke Tür. Die Luft roch abgestanden, modrig, denn es gab kein Fenster. Eine Kerze spendete mir etwas Licht, da es keinen Strom mehr gab. Wie sehr fehlten mir heiße Duschen, warmes Wasser, der Lärm der Fahrzeuge, der Menschen, das Lachen der Kinder. Ich blies die Kerze aus.

In meinem ersten Leben hatte ich als Lehrerin gearbeitet und Kinder von der 5. bis zur 7. Klasse an einer Realschule unterrichtet. Ich liebte diese Aufgabe. Geschichte, Deutsch und Kunst waren meine Fächer. Die Kinder lauschten oft wissbegierig dem Unterrichtsstoff. Den versuchte ich so spannend wie nur möglich zu vermitteln. Bis die Situation sich schlagartig änderte. Die

Augen der Kinder wurden plötzlich müde, abgehetzt, ängstlich. Immer mehr Menschen veränderten sich durch die Angst vor den fremden Kreaturen. Es fühlte sich an wie ein gleitender Entwicklungsprozess. Es begann harmlos. Sie stahlen, raubten, suchten nach Dingen, die ihr Überleben sicherten. Dann wurde es schlimmer. Sie nahmen sich Frauen, Kinder verschwanden und tauchten geschändet wieder auf, falls sie überhaupt wieder zurückkamen und die Folter überlebt hatten. Aber dabei blieb es nicht. Das wahre Grauen sollte noch folgen.

Neue Herrscher kamen und rissen alles an sich. Kriege, Bomben und Exekutionen waren an der Tagesordnung. Sie hüllten die Menschen in Dunkelheit, nahmen uns alles, was wir einst gekannt hatten. Trotzdem versuchten wir Lehrer damals weiterzumachen, den Kindern Hoffnung zu schenken, bis sie auch in die Schule einbrachen.

Sie kamen. Mitten am Tag schickten sie ihre Handlanger. Sie drangen mit Waffen ein, holten sich die Jungen, welche als Soldaten oder als Diener benötigt wurden. Ich fand nie heraus wie sie es schafften, Seelenlose aus ihnen zu machen. Aber das würde ich noch ergründen.

Die Mädchen wurden mir aus den Armen gerissen. Auch uns Lehrer nahm man mit, pferchte uns in Käfige ein und brachte uns auf einen riesigen Platz. Da kamen sie. Die finstersten Kreaturen, welche ich je erblicken musste. Ihre Augen leblos grau wie die von Toten. Ihre Haut noch blasser als die meine.

Sie schlichen lautlos um uns herum, betrachteten jeden Einzelnen als seien wir ein Stück Vieh, ein Tier auf der Schlachtbank. Man deutete auf mich. Jemand kam, löste meine Ketten. Diese Kreatur versuchte in meinen Geist einzudringen, doch es gelang ihr nicht. Sie streckte die Hand nach meinem Gesicht aus, schnitt mir mit ihren scharfen Nägeln ins Fleisch. Doch als sie von meinem Blut kostete röchelte sie. Sie hielt sich die Hände an die Kehle, zitterte, zappelte, bis ihre Haut anfing zu kochen. Blasen bildeten sich in ihrem Gesicht. In der Ferne hörte ich die Schreie der anderen. Schreie, wie von einem Sterbenden, der um sein Leben ringt. Im Geiste sah ich die angsterfüllten Augen der Kinder, meiner Schulkinder, vor mir, während ich feststellte, dass mein Blut giftig für diese Kreaturen war. Es zischte, brodelte, die Haut des Ungetüms schälte sich ab. Ein grelles Kreischen entwich seiner Kehle, eine dunkle Masse quoll aus seinem Gesicht, bis die Bestie leblos zu Boden fiel.

Andere Monster kamen. Sie rissen mich hinfort, brachten mich in einen riesigen Raum. In einer mir unverständlichen Sprache unterhielten sie sich. Ich spürte, wie sie beschlossen, mich zu töten. Doch keine der Kreaturen traute sich an mein Blut heran. Also entschieden sie, mich verhungern zu lassen. Ein sehr grausamer Tod.

Man sperrte mich in eine Zelle. Ich wusste, dass mein Körper fünf Tage brauchen würde, bis er verdurstete. Ich lag einsam und allein in dieser Zelle. Nur dumpf drang Licht herein. Durch einen schmalen Schlitz erkannte ich, ob es Tag oder Nacht war.

Mit jeder Stunde fühlte ich, wie ich schwächer wurde, die Haut austrocknete, meine Lippen aufsprangen, ich an Kraft verlor. Doch ich schwor mir, zurückzukommen und jedes meiner Kinder zu rächen. Ich war dankbar dafür, dass mein Vater früh an Krebs gestorben war und das hier nicht mehr miterleben musste. Glücklich, dass meine Mutter einen neuen Mann hatte kennenlernen dürfen.

Auch Dankbarkeit dafür, dass ich nie aufrichtig lieben durfte, kam in mir auf. Eine ungeahnt starke Kraft braute sich in meiner Seele zusammen. In mir brodelten Wut, Frust, Verzweiflung und Hass. Ich spürte die Kälte, welche mein Herz umfing. Nein, ich starb nicht. Mein Körper löste sich nur von meiner Seele und dann würde ich etwas Neues finden. Eine neue Chance, eine neue Möglichkeit.

Leider zogen sich die letzten Stunden grausam qualvoll dahin. Von Minute zu Minute spürte ich, wie mein Körper versagte, meine Atmung langsam aussetzte, meine Organe den Dienst verweigerten. Der letzte Schlag meines Herzens fühlte sich wie ein erschütterndes Beben an.

Erneut wachte ich schreiend auf. Ich atmete schwer, mein Leib war von einem dünnen Schweißfilm überzogen. Nur schwer fand ich in der Dunkelheit zu mir. Das Einzige, was ich hörte, waren meine eigenen gepressten Atemzüge. Durch die Augen einer Ratte konnte ich sehen. Sie schnupperte an der Außenseite der dicken Stahltür. Es musste noch mitten in der Nacht sein. Dennoch stand ich auf, denn irgendetwas in mir drängte mich, nach oben zu gehen.

Leise schlich ich durch die Dunkelheit. Die Gedanken der Ratte drehten sich nur darum, Nahrung zu finden. Fressen und leben. Wir Menschen, die Kreaturen, bei uns allen drehte es sich nur darum. Na gut, es gab eine dritte Sache: sich zu vermehren. Das Einzige worin wir uns von den Tieren unterschieden war, dass unsere Grausamkeit hierbei keine Grenzen kannte. Es ging nicht nur um den Drang danach, sich fortzupflanzen sondern auch darum, zu beherrschen, Leid zu schenken, zu benutzen und sich über das Opfer zu stellen. Zögernd schritt ich hinauf. Das schale Licht des Mondes fiel durch die Fenster herein. Vater träumte von seiner verstorbenen Familie. Ich spürte seine Sehnsucht, ihnen folgen zu dürfen. Es würde nicht mehr lange dauern. Mit etwas Glück bekam ich noch ein paar Tage, vielleicht Wochen. Jedoch konnte ich mich auf Glück, Glaube oder Hoffnung nicht stützen. Das gab es für mich nicht. Nur die ewige Verdammnis wartete in der Hölle auf mich. Oder auf Erden. Doch da existierte kein Unterschied mehr. Nicht für mich. Selbst die Qualen der Hölle schienen einem Wellness-Urlaub gleichzukommen.

Vorsichtig blickte ich aus dem Fenster. Ein paar Herren schlichen durch die Nacht. In der Ferne leuchtete das Feuer des Marktes.

Der Sklavenmarkt

Es dauerte nicht lange bis die Luft rein war. Schnell holte ich mir meinen Umhang. Nur selten ging ich raus. Vater hatte große Angst um mich, denn mein rotes Haar fiel zu leicht auf. Ich band es streng nach hinten, zog mir die Kapuze tief ins Gesicht. Meine blasse Haut reflektierte den Mondschein zu stark. Nur noch selten bekam man so etwas zu sehen, denn die Kreaturen hatten alles Zarte und Schöne ausgelöscht. Die Haut der meisten Menschen wies Wunden, Dreck, Narben und Blessuren durch mangelnde Hygiene auf. Die Haare waren verfilzt oder wegen der Läuse kurz geschoren, die Augen der Lebenden wirkten oft leer und leblos. Das alte Europa war, ebenso wie der Rest der fortschrittlichen Welt, restlos verschwunden. In der neuen Sklaverei waren das gesamte Wissen und die Kultur der letzten Jahrhunderte ausgelöscht worden.

Die Haustür öffnete sich mit einem leisen Knarzen. Es durchbrach gespenstisch die Stille der Nacht. Nur in der Ferne war leises Gemurmel zu vernehmen. Ich folgte meinem Instinkt und verbarg mich im Schatten der Häuser. Nur als Geist konnte ich ungehindert und frei über die Erde wandeln. Aber ich brauchte diesen menschlichen Körper, da ich in der Vergangenheit hatte herausfinden müssen, dass man als Geist nicht töten kann.

In einer Seitenstraße kletterte ich über verfallene Hausmauern. Teilweise standen Ruinen herum. Niemand konnte sich darum kümmern. Keiner baute die einst so schönen Gebäude wieder auf. Vor vielen Jahren sorgten wir uns wegen hoher Steuern, zu teurer Mieten, träumten davon, schlank zu sein. Nun freute man sich darüber, wenn man überhaupt etwas zu essen bekam. Alles schien rückblickend so unnötig gewesen zu sein, so unglaublich sinnlos.

Das Flackern des Scheiterhaufens auf dem Marktplatz zwang mich, mich zu konzentrieren. Da sah ich ihn. Er war in die Jahre gekommen. Trotz seines dicken Bauches und seiner fehlenden Haare erkannte ich seine bösartigen Schwingungen sofort. Er lechzte nach dem Angebot eines Paares. Sie versprachen ihm aus reiner Verzweiflung ihre Tochter. Was sie nicht wussten war, dass auch er nur für die Kreaturen arbeitete. Er nahm sich die jungen Mädchen, entjungferte sie und warf sie weg. Besser gesagt, er schickte sie zu den Monstern, die anschließend mit ihnen spielten und sie letztendlich auffraßen. In seinem Kopf fand ich abscheuliche Gedanken. Er liebte dieses Spiel, die weinenden Augen der Mädchen und ihre geschundenen Körper. Er ergötzte sich daran, ihnen die Unschuld zu rauben.

Hören konnte ich das Gespräch nicht. Doch seine Gedanken verrieten mir, dass die Eltern dringend Essen für ihre anderen Kinder benötigten und Medizin für eines der Kleineren. Dafür opferten sie ihre Tochter. Wie konnten sie nur eines ihrer Kinder verkaufen, um ein bisschen Medizin und ein vernünftiges Essen zu bekommen? Wie dumm und skrupellos waren die Menschen geworden? Weshalb nur hatten sie sich in Abhängigkeit von Untoten begeben?

Aus den Gedanken der Eltern entnahm ich, dass ihre kleine Tochter eine orientalische Schönheit sei. Bald nicht mehr, denn sobald der alte Mann mit ihr fertig war, wäre sie nur ein gebrochenes Geschöpf.

Der alte Mann spielte mit den Eltern. Er vertröstete sie auf den nächsten Abend, da wollte er sie sehen. Auch das Spielen mit der Not der Menschen bereitete ihm Freude. Ich beschloss, ihm zu folgen, ihm in der Dunkelheit aufzulauern.

Ich sah mich um. Er begab sich zu einer der Kreaturen. Auch sie wandelten im Verborgenen, zeigten sich nur selten ihren Opfern. Ich hockte mich hin, visierte die Kreatur an, konzentrierte mich. Mit jeder Wiedergeburt spürte ich, wie ich stärker wurde. Nun konnte ich zum ersten Mal die Bilder im Kopf eines Monsters sehen. Wie in einem Schwarzweißfilm wühlte ich mich durch seine Gedanken. Sie waren teilweise sehr alt, sein Kopf erinnerte mich an einen riesigen Aktenschrank, aus welchem man Erinnerungen hervorkramen konnte. Ich spürte ein leichtes Stechen in meinen Schläfen. Gut, das benötigte mehr Training. Menschen oder Tiere fielen mir leichter. Ich beobachtete, wie die Kreatur sich ebenfalls die Stirn rieb. Immerhin schien mein Eindringen sie zu stören.

Der alte Mann setzte sich in Bewegung. Er verabschiedete sich zufrieden und ich folgte ihm zu seinem Haus. Dort wartete ich, beobachtete und sah, dass er noch immer seinen Angestellten hatte. Vor ihm würde ich mich in Acht nehmen müssen. Denn auch in ihm spürte ich etwas Böses. Er liebte es, seinem Herrn zuzusehen, die Schreie der Mädchen bescherten ihm einen euphorischen Rausch. Nur zu gern hätte er mit seinem Herrn tauschen wollen. Angewidert machte ich mich auf den Rückweg. Mein winziger Körper brauchte dringend Schlaf.

Kanada

Luzifer erreichte die Tiefen der kanadischen Wälder. Er spürte Jace, der sich gerade auf der Jagd befand. Er fand das winzige Häuschen versteckt zwischen Bäumen und Erdhügeln. Ein schmaler Bach verlief plätschernd an dem Holzhaus entlang. Luzifer blickte sich um. Der Frieden, welchen dieser Ort versprühte, war nur oberflächlich, denn auch am Rande des Waldes lauerten und herrschten die Kreaturen.

Luzifer öffnete die schlichte Holztür, welche mit einem Knarzen aufging. Sonnenlicht fiel durch die Ritzen zwischen den Brettern hinein, ein Fenster hätte es eigentlich nicht gebraucht. Trotzdem gab es eines. Nur ein Vorhang schützte vor Regen und Eis. In der Hütte war es schrecklich kalt. Eine Feuerstelle lag mitten im Raum und eine Leiter führte hinauf in den ersten Stock. Luzifer sah sich neugierig um. Ein kleiner Tisch, ein einzelner Stuhl sowie ein sehr klappriger Schrank standen im unteren Bereich. Oben befand sich eine Schlafecke, bestehend aus einer abgewetzten Matratze und Laken. In einer Nische erblickte Luzifer einen langen Tisch. Unmengen an Metallteilen lagen darauf. Kleine Kabel, winzige Schrauben und glänzende Platten aus Eisen waren wirr über den Tisch verstreut. Luzifer musterte alles. Er suchte gedanklich nach seiner Zielperson. In dessen Erinnerungen fand er einen Kriegseinsatz. Jace war schwer verletzt worden, hatte seinen linken Arm und sein linkes Bein verloren. Selbst die linke Seite seines Oberkörpers fehlte teilweise. Als hätte es ein Stück aus ihm herausgerissen.

Luzifer überdachte seine Entscheidung. Er fragte sich, ob es richtig sei, diesen Mann in sein Vorhaben mit einzubeziehen. Selbst in seinen Erinnerungen konnte er lesen, wie kalt er war. Wie einsam und verlassen er sich fühlte. Wie Frankensteins Monster, dachte er.

Die Menschen hatten ihn wegen seines von Narben, Verbrennungen und Schnitten verunstalteten Gesichts angestarrt und waren ihm mit Argwohn und Ablehnung begegnet.

Gezeugt um Krieg zu führen. Wieso mussten sie solchen Geschöpfen überhaupt eine Seele geben? Wieso verspürten diese Menschen den Drang, Gott zu spielen? Es war grausamer als die Hölle selbst. Eine Maschine aus Fleisch und Blut, zum Kampf gezüchtet aber mit einer Seele ausgestattet. Warum bauten sie nicht einfach Roboter, die keine Seele besaßen? Aber dann hätte man die Schuld immer bei ihrem Schöpfer suchen müssen. Ein Objekt mit Seele konnte selbst für sein Handeln Verantwortung übernehmen, sich Schuld eingestehen, obwohl es nie eine Wahl gehabt hatte.

„Luzifer?"

„Was willst du, Uriel? Schickt Vater dich?" Der stolze Engel betrat die Hütte. Er ließ den Blick durch die einfache Behausung schweifen.

„Willst du uns damit helfen? Wir brauchen dich bei den anderen!"

„Nein. Ihr braucht mich nicht."

„Ach, jetzt hör mit dem Selbstmitleid auf! Das nervt!"

„Ihr geht die Sache einfach falsch an. Nicht ein paar freundliche Hexenwesen können die Menschheit befreien. Da müsst ihr schon mehr bieten."

„Du willst nur Rache! Rache an uns für dein Schicksal! Versteh doch einfach, dass sie tot ist! Sie kommt nicht zurück!" Ja, Luzifer hatte einst eine Hexe geliebt. Eine unglaublich starke Frau, die auf dem Scheiterhaufen den Tod fand. Sie wollte ihn nicht, fürchtete sich vor ihm, doch er schenkte ihr sein Herz. Wegen ihrer Erziehung verstand sie das nicht. Sie erkannte nicht, dass Luzifer nicht der furchtbare Antichrist war, vor dem man sie gewarnt hatte. Nein, er besaß eine ebenso stolze Seele wie seine Brüder. Die Menschen und ihre Geschichten, die sie über ihn erzählten, hatten ihn im Laufe der Zeit zu einem Monster gemacht. Er betrachtete seinen Bruder Uriel.

„Entweder ihr lasst es mich auf meine Art machen oder ich gehe wieder nach unten." Sein Blick blieb entschlossen.

„Das wird Vater nicht gefallen."

„Ach, das ist mir so egal!"

„Er ist unser Vater! Gott, der Schöpfer!"

„Ja, ja. In meinen Augen bleibt er ein verrückter Wissenschaftler, der seine Geschöpfe zu sehr liebt. Lies mal *Frankenstein*. So unähnlich sind sie sich nicht." Uriel schnaubte verächtlich. „Du findest mich bei Anna." Damit löste er sich auf.

Luzifer musste einige Stunden warten. Erst am Abend kam Jace zurück. Seine Jagd war erfolgreich gewesen, er schleifte den Kadaver eines Rehbocks zur Hütte.

Bereits vor der Tür nahm er den Zigaretten-Rauch wahr. Ein wenig wunderte ihn das, er hatte schließlich seit Jahren keinen Menschen mehr zu Gesicht bekommen. Er warf sich seine Axt über die Schulter und stieß die Tür auf, was die gesamte Hütte erbeben ließ. Ein Kerl saß auf seinem Stuhl. Dessen schwarze Augen musterten ihn gelassen.

„Wer bist du?" Jaces Stimme glich einem Donnergrollen.

„Ist doch egal. Wir brauchen deine Hilfe."

Jace ahnte bereits, dass es sich um keinen gewöhnlichen Menschen handelte. Diese Gestalt, die da in seiner Hütte saß, strahlte eine übernatürliche Macht aus und schien ihn nun um Hilfe zu bitten.

„Nein, ich bin kein Söldner mehr. Ich töte keine Menschen." Luzifer überdachte seine Vorgehensweise.

„Ehrlich gesagt habe ich auch keine Lust. Aber Vater braucht uns. Seine Menschheit geht sonst den Bach runter."

„Oh, welch gute Nachricht!" Luzifer lachte bei Jaces Worten auf.

„Du willst doch nicht ewig allein bleiben?", fing Luzifer an. „Mich stört es nicht."

„Mich auch nicht, aber ich mag die Kreaturen noch weniger als die Menschen." Jace runzelte die Stirn.

„Die sind anders. Gegen die kommt man alleine nicht an."

„Man kann sie vernichten." Luzifer rieb sich nachdenklich das Kinn.

„Wer oder was bist du?", fragte Jace erneut, setzte sich vor die Feuerstelle, legte etwas Holz hinein und blies in die Asche, bis eine Flamme sich aus der Glut erhob.

„Ich bin Satan, Luzifer, Beelzebub, wie auch immer." Jace lachte laut auf.

„Na toll, die Welt ist wirklich am Arsch, wenn selbst Luzifer sie retten will!" Er hielt sich den Bauch vor Lachen. Luzifer wartete gelangweilt ab.

„Na gut, was sind das für Kreaturen? Wo kommen sie her?" Luzifer zündete sich eine weitere Zigarette an und begann zu erklären: „Die Untoten haben ihren Ursprung bei den Menschen. Sie sind das wiedergeborene Böse. Erschaffen durch die dunkelsten Fähigkeiten der Erdenbewohner."

„Ich dachte, sie seien deine Kinder!" Luzifer verschluckte sich am Rauch und hustete.

„Nein, gewiss nicht! Ich habe nur noch eine Nachfahrin, doch die ist in einem Fluch gefangen."

„Das ergibt doch alles keinen Sinn!", murmelte Jace genervt. Er erinnerte sich daran, wie die Kreaturen alles zerstört hatten und am Ende sollten es doch nur die Menschen selbst gewesen sein?

„Muss denn immer alles einen Sinn ergeben? Nicht einmal meine Existenz ergibt einen. Deine noch weniger." Jace zuckte resigniert die Schultern.

„Dann brauchen wir ja niemanden zu retten."

„Das sehe ich auch so. Aber Gott liebt seine Geschöpfe und deshalb sollten wir ihm den Gefallen tun."

„Dann mach doch! Ich will nicht!" Luzifer atmete tief durch.

„Die Menschheit muss sich selbst retten. Wir können nur bedingt eingreifen, sonst entwickeln sie sich nicht mehr weiter." Jace blickte an seinem geschundenen Körper herunter. Er wirkte stark, aber in seinen Augen erkannte man tiefes, unendliches Leid. Ein furchtbarer Schmerz marterte seine Seele.

„Du weißt, was ich bin? Ich bin auch nur eine schreckliche Kreatur." Jace stapfte hinaus. Er zog dem Rehbock die Haut ab, löste das Fleisch von dem einst schönen Tier. Die Haut hängte er auf um sie anschließend zu gerben.

„Die Menschen machten mich mit ihren grausamen Geschichten von Luzifer zum Teufel. Sie jagten mich und die Meinen. Wenn sie nur an mich denken, lodert Angst in ihren Augen. Jedoch glaube ich, dass nur Kreaturen wie wir sie retten können."

„Was sagt dein Vater dazu?" Jace hob das tote Tier hoch, hängte es auf, damit es ausbluten konnte und wusch sich anschließend im Bach die Hände.

„Er plant, alte Hexenseelen zu finden, die natürlich reinen Herzen sind. Die sollen für ihn den Karren aus dem Dreck ziehen."

„Das kann nicht funktionieren!"

„Siehst du? Das erkennst sogar du."

„Wozu brauchst du mich? Ich kann gerne ein paar deiner Monster abschlachten. Aber alleine komme ich nicht weit."

„Brauchst du nicht. Du sollst dich um jemanden kümmern." Jace blickte auf. „Als Babysitter?"

„So in der Art. Und Lehrer." Fassungslos starrte Jace Luzifer an.

Jewa

Der Abend brach an. Vater hatte sich den ganzen Tag über schlecht gefühlt und war im Bett liegen geblieben. Nachdem ich etwas Wasser aufgekocht und aus ein paar getrockneten Zwiebeln und einer Ratte eine Suppe zubereitet hatte, machte ich mich heimlich auf den Weg.

Ratte schmeckte widerlich. Aber sie nährte, was mir wiederum half zu überleben. Vater schlief noch immer tief und fest.

Schnell erreichte ich das edle Haus, in dem der dicke Mann wohnte. Seinen Namen kannte ich nicht. Außerdem gab man Kreaturen keinen Namen. Wenn man ein Tier essen wollte, sollte es auch keinen haben, denn das machte das Töten nur schwieriger.

Bei dem dicken Mann hatte ich nicht einmal ein schlechtes Gewissen, er hatte es nicht anders verdient. An der schönen Holztür blieb ich stehen. Ich atmete noch ein letztes Mal tief durch und klopfte an. Die Kapuze hing mir tief ins Gesicht.

Ohne ein Geräusch öffnete sich die Tür.

„Wir geben nichts! Verschwinde!", spie sein Diener aus. Ich blickte vorsichtig auf.

„Ich habe Hunger und kenne den Ruf des Herrn." Meine Stimme klang erstaunlich zart, obwohl ich sie in diesem Leben noch nie zum Sprechen genutzt hatte. Der Diener schluckte. Er blickte mir in die Augen. Ich spürte seine kranke Gier und dass er es kaum erwarten konnte, meine Schreie zu hören.

Nervös schaute er sich um.

„Komm rein!" Ich schenkte ihm ein süßes Lächeln. Er hielt mir seine Hand hin. Ich löste meinen Umhang. Nur für diesen Anlass trug ich das bunte Sommerkleidchen, das Vater einmal für mich mitgebracht hatte. Es war weiß und mit vielen kleinen roten Schleifen versehen. Der Diener betrachtete mich eingehend. Er zog mich förmlich mit seinen Blicken aus.

„Warte einen Augenblick!" Während er seinen Herrn informierte, zog ich meine beiden Zöpfe nach, denn ich wusste, dass ich dem alten Mann so noch besser gefallen würde. Seine Opfer konnten ihm nicht jung genug sein.

Der Diener kam zurück.

„Der Herr isst. Er lässt dich gern daran teilhaben." Noch einmal schenkte ich ihm ein bezauberndes Lächeln. Ein paar Bilder fügte ich in Gedanken hinzu. Er durfte sich vorstellen, wie ich mich nackt vor einem Spiegel bewegte. Extra für ihn hatte ich mir das eingeprägt und geprobt. Er spannte sich leicht an. Ich spürte seinen angestrengten Atem in meinem Nacken. Er führte mich in ein sehr großes Esszimmer. Ein dunkler Holztisch stand in dem riesigen Raum. Überall brannte Licht. Ich wunderte mich, wo der Strom herkam. Ich ermahnte mich, mich zu konzentrieren, denn zu schnell könnte mein Plan nach hinten losgehen. Noch einmal blickte ich mich nach dem Diener um. Ich schaute unschuldig in seine Augen und befahl ihm, dass er sich erhängen gehen sollte. Mechanisch drehte er sich um. Steif verließ er den Raum.

„Setz dich!" Die Stimme des dicken Mannes erzeugte einen unangenehmen Schauer in mir. Ich unterdrückte meine aufkeimende Panik. Die Erinnerungen an meinen Tod tauchten auf. Nur mit all meinen mentalen Kräften konnte ich die aufkeimende Angst verbergen. Zögernd setzte ich mich an seine Seite.

„Du schenkst dich mir freiwillig? Welch hübsches Kleid du trägst." Der Mann beugte sich über den Tisch. Er schnitt mir mit einem scharfen Messer etwas Fleisch ab. Mit einem silbernen Löffel legte er Kartoffeln auf meinen Teller. Der Diener musste ihn zuvor gebracht haben. In welch einer Dekadenz der Mann lebte! Die Menschen hungerten und er besaß Essen für eine ganze Familie.

Ich zuckte zusammen. Er erinnerte sich an meinen Tod. Ich sah erneut auf meinen Leichnam herab und wie er sich daran ergötzt hatte. Er hatte meinen Körper drei Tage lang in seinem Bett liegen lassen, während meine Seele bereits nach einem neuen Platz suchte. Ich unterbrach seine Erinnerungen, denn ich konnte mir nicht mitansehen, was er allein mit meinem toten Körper getrieben hatte, bevor er seinem Diener übergeben worden war. Das schöne Essen verging mir. Ein dicker Knoten bildete sich in meinem Magen. Trotzdem musste ich meine Tat vollbringen.

Erneut atmete ich tief durch. Er setzte gerade an, etwas zu sagen. Aber das interessierte mich nicht. Ich legte den Zeigefinger auf den Mund.

„Schhht..." Dabei blickte ich ihn entschlossen an. Er erkannte mich. Seine Augen weiteten sich vor Schreck, aber ich kontrollierte bereits seinen Körper. Seine Seele und seinen Geist ließ ich zusehen, doch sein Körper unterlag meinen Gedanken. Lange hatte ich im Verborgenen trainiert, Menschen beobachtet und vom Weg abgeführt. Ich sah, wie sie sich wunderten, sobald sie wieder zu sich gekommen waren. Als hätten sie am helllichten Tag geträumt und wären schlafgewandelt. Doch ihn wollte ich zusehen lassen. Ich stand auf, nahm sein Messer vom Teller und reichte es ihm. Ich befahl ihm, seine Hand um den Griff zu schließen. Ich setzte mich rittlings auf seinen Schoß, knöpfte sein Hemd auf und nahm die Gier in seinen Augen wahr. Ja, das liebte er. Er wollte es so. Leider musste ich mich wieder von ihm lösen. Ich betrachtete die grauen Haare auf seiner Brust. Das Letzte, was ich einst gesehen hatte, bevor ich mein Leben aushauchte.

Ich konzentrierte mich erneut. Er spannte sich an. Er konnte nichts mehr gegen mich ausrichten. Der Diener hing bereits an der Deckenlampe in seiner Kammer. Noch zappelte er, aber auch das würde nicht mehr lange dauern.

Ich befahl der Hand des alten Mannes, seine Brust aufzuschneiden. Er kämpfte dagegen an. Sein Atem ging schwer. Die Panik in seinen Augen gab mir eine gewisse Genugtuung. Es gefiel mir, ihn so sehr leiden zu sehen. Ein schmales Rinnsal Blut bahnte sich den Weg hinab. Aus all seinen Poren drang Angstschweiß, der ihm bald in Perlen auf der Stirn stand.

TIEFER! Noch immer sträubte sich sein Geist. Obwohl er meinen Gedanken gehorchte, liefen ihm die Tränen hinab. Die Adern an seinem Hals zeigten mir, wie sehr er sich anspannte, sich bemühte und versuchte, seinem schrecklichen Schicksal zu entkommen. Aber all das half nichts. Mehr Blut floss aus seiner Brust. Ich dirigierte das Messer so, dass er sich einen Hautlappen herausschnitt.

Doch sein Leiden war noch nicht zu Ende. Herzallerliebst blickte ich ihn an.

Er spürte die vollkommene Bandbreite seines Schmerzes. Zufrieden lächelte ich. Mit einem leisen „*Platsch*" fiel seine Haut zu Boden. Ich führte seine Hände an seine Brust. Ich zwang ihn, seine Rippen zu spreizen.

„Spürst du dein Herz? Dieses dumme Ding, das unnütz in deiner Brust verweilt? So grausam und dunkel, dass es nichts mehr in deinem Körper zu suchen hat." Ein leises Knacken erklang. Er röchelte, Blut lief aus seinem Mund. Sein Atem ging gepresst. Seine Augen röteten sich und er erkannte, dass es für ihn kein Entkommen mehr gab. Schade, dass er so schnell aufgab. Irgendwie hätte ich ihn dann doch Schreien lassen sollen. Obwohl... nein, seine Blicke, seine Tränen, seine Gedanken, die nur noch den Schmerz widerspiegelten, reichten mir vollkommen aus. Bevor ich ihm die Erlösung schenkte, nahm ich mein Messer vom Teller. Das Fleisch schmeckte köstlich, die Kartoffeln waren ein lang ersehnter Genuss und die Butter, die ich darüber gegossen hatte, war einfach himmlisch. Nachdem ich mir meinen Mund mit einer weißen

Stoffserviette abgetupft hatte, setzte ich mein Werk fort, denn leider gaben seine Lebensgeister langsam auf.

Schade irgendwie. Zu schnell verging dieser befreiende Genuss und ich beschloss, am nächsten Tag die Familie aufzusuchen, die mich einst umgebracht hatte. Doch vorher durfte der dicke Mann sein Herz schlagen sehen.

„Komm schon, schau es dir an!" Es wurde leichter, seinen Körper zu kontrollieren. Er griff nach seinem pochenden Herzen, zog es selbst heraus. Ich hätte nie geglaubt, dass es funktionierte. Blut floss über seine Hände, das Herz schlug, pumpte, kämpfte ums Überleben.

„Reiß es ab!" Ein letztes Mal wehrte er sich. Seine Augen gaben ein letztes Funkeln ab, aber sein Körper gehörte mir. Seine Muskeln spannten sich an, geräuschlos rissen die Adern, ein letzter Schlag des Herzens, dann erschlaffte er. Sein Körper sackte zusammen, das Glänzen in seinen Augen verschwand. Zufrieden wischte ich mir den Bratensaft von den Händen, zog eine saubere Stoffserviette hervor, packte das restliche Mahl zusammen und schlenderte durch das Haus.

Ich fand eine Speisekammer, die keine Wünsche offen ließ. Herzhaft biss ich in eine Tomate, sammelte Gemüse zusammen und fand eine Holzkiste, in der ich alles transportieren konnte. Vater würde sich bestimmt über eine Gemüsesuppe freuen. Leise schlich ich aus dem Haus. Ich suchte die Familie, die ihre Tochter auf dem Sklavenmarkt hatte verkaufen wollen. Ein paar Straßen weiter spürte ich sie auf. Ich zog meine Kapuze tiefer, stellte das köstliche

Abendessen ab, tat noch etwas Brot dazu, klopfte an die Tür und versteckte mich im Schatten der Gebäude.

Als die Frau mein Geschenk bemerkt hatte, ging sie weinend, betend auf die Knie. Am liebsten hätte ich ihr gesagt, dass Gott nicht existierte, denn sonst wäre meine Existenz nicht möglich. Weder das Licht hatte ich bei einem meiner Tode gesehen noch die Hölle, wobei die inzwischen bereits auf Erden existierte.

Zu Hause angekommen fühlte ich das Leid und die Schmerzen meines Vaters. Eifrig setzte ich die Suppe für ihn auf. Vielleicht half sie ihm, wieder zu Kräften zu kommen. Ich ahnte jedoch, dass er den nächsten Tag nicht überleben würde. Sein Herz schlug nur noch unregelmäßig in seiner Brust.

London

Jace und Luzifer spazierten durch das zerstörte London. Der Geruch erinnerte an damals, als dort Cholera und Pest gewütet hatten. Der Hauch des Todes lag über allen Gassen. Nur noch Holzkarren und winzige Verkaufsstände belebten die einst geschäftigen Straßen. Jace registrierte schockiert das Elend. Seine Schritte hallten schwer auf dem Asphalt wider. Immer wieder erklangen ein Schrei, ein Keuchen oder ein Husten. Kinder saßen in den dunklen Ecken, ihre Kleidung hing in Fetzen an ihren ausgemergelten Leibern. Luzifer führte Jace zur Themse. Sie blickten von einer Brücke hinab. Leichen schwammen an ihnen vorbei. Das Grauen nahm kein Ende.

„Wie sollen wir das aufhalten?" Luzifer blickte zu seinem neuen Gefährten.

„Töten. All diese Kreaturen vernichten."

„Dazu brauche ich Waffen." Jace deutete auf seinen Arm aus Stahl. „Lust auf einen Ausflug in die Hölle?"

„Da sind wir doch schon." Luzifer zuckte mit den Schultern und die beiden setzten ihren Spaziergang fort.

Satan führte seinen Begleiter zu einem Marktplatz. Das *London Eye* war verschwunden. Nur *Big Ben* ragte wie einst in den Abendhimmel.

Gitterkäfige auf riesigen Wagen standen auf dem Platz. In einem Wagen saßen alte Menschen, die schon kurz vor dem Tod standen. In einem weiteren weinten Mädchen, ein anderer enthielt Frauen und Männer mittleren Alters.

„Was machen sie mit denen?" Jace blickte entsetzt die Gefangenen an. „Die Mädchen werden Gespielinnen, zumindest solange sie leben. Die Alten geben einen schnellen Imbiss ab und die anderen werden zu Sklaven gemacht. Meist willenlose Blutspender." Jace blies angestrengt den Atem aus.

„Wie konnte das nur geschehen?"

„Ganz einfach: Die Reichen und Mächtigen hofften auf Unsterblichkeit, sie verkauften quasi ihre eigenen Mitarbeiter, ihr Volk. Man ließ sie gewähren und als die Menschen ihren Fehler erkannten, war es bereits zu spät."

„Wieso ich? Warum wählst du mich?"

„Du bist stark, schnell und klug. Außerdem tötest du ohne zu zögern."

„Ich bin genauso ein Monster wie diese Kreaturen."

„Nein." Luzifer schüttelte den Kopf. Er fand nicht, dass Jace ein Monster war.

„Doch. Ich habe so viele Menschen auf dem Gewissen!"

„Weil du den Falschen gefolgt bist."

„Na toll, nun soll ich Satan folgen?"

„Mmmhhh, warum nicht? Komm!" Luzifer führte Jace auf einen alten Friedhof. Vor einer schauderhaften Gruft blieben sie stehen. Ein Gebäude, aus grauem Stein gehauen, versehen mit zahlreichen Ornamenten. Luzifer legte seine Hand auf die alte Stahltür, die sich mit einem Quietschen öffnete. Die beiden Herren betraten die Gruft. In der Mitte stand ein steinerner Sarg. Luzifer murmelte leise Worte vor sich hin. Die Erde erbebte und der Sarg rutschte ein kleines Stück zur Seite. Eine Treppe, endlos lang, erschien vor den beiden. Jace schluckte angespannt und folgte dem Teufel schweigend hinab in die absolute Finsternis.

Jewa

Zu meiner Erleichterung half die Suppe. Vaters Herz beruhigte sich ein wenig. Etwas gestärkt stand er auf. Zwar wunderte er sich, woher ich die Zutaten hatte, aber seine schwindenden Kräfte ließen einen Streit nicht zu. Wieder sprach ich nicht. Das Kleid versteckte ich und kümmerte mich liebevoll um meinen Ziehvater. Er durfte nicht erfahren, wozu sein Mädchen fähig war, denn dieses Wissen würde ihn bis über den Tod hinaus verfolgen. Das konnte ich ihm nicht antun.

Trotzdem schwelgte ich in Erinnerungen an die vergangenen Stunden. Zu schnell ließ das berauschende Gefühl nach. Ich musste unbedingt die anderen finden, denn der Zweck meines Daseins bestand ja darin, Rache zu nehmen. Jedes einzelne Monster, welches ich mit mir in den Untergang reißen konnte, würde Genugtuung bedeuten. Mehr brauchte ich nicht.

Da ich in der letzten Nacht kaum geschlafen hatte, legte ich mich gegen Mittag hin. Vater wollte bei seinem Freund dem Heiler vorbeigehen. Obwohl ich ihm auf einen Zettel schrieb, dass er besser zu Hause bleiben solle, verließ er mich. Ich sorgte mich um ihn aber die Vorkommnisse der letzten Nacht forderten ihren Tribut und ich musste meinem jungen Körper Ruhe gönnen.

Weil es Tag war legte ich mich auf unser abgewetztes Sofa. Umgehend schlief ich ein. Zum ersten Mal seit ich diesen Körper besaß, fühlte ich mich satt, zufrieden und erschöpft. Glücklich träumte ich vom Tod des dicken Mannes. Ich betrachtete die leblosen Augen meiner zukünftigen Opfer, bis mich ein Klopfen weckte.

Ich schreckte aus dem Schlaf. Verwirrt sah ich mich um bis ich bemerkte, dass das Klopfen von der Haustür kam. Zögernd stand ich auf und begab mich dorthin.

Ich spürte bereits die Gedanken des Heilers. Vater war in seinem Haus gestürzt und sein Herz hatte ihm den Dienst versagt. Zitternd öffnete ich die Tür. Der alte Mann stand blass davor.

„Jewa, wir müssen reden." Ich ließ ihn schweigend ein. Der Heiler wirkte nervös, doch ich kannte seine Botschaft bereits. „Setz dich bitte." Gelassen nahm ich Platz. Ich schaute aus dem Fenster, beobachtete die Lichtspiele der Sonne. Vater hatte es hinter sich. Endlich konnte er zu seiner Familie oder einfach ins Nichts entschwinden. Selbst bei meinen Wanderungen als Geist hatte ich nie andere verstorbene Seelen gesehen. Das machte mich ein wenig stutzig. Vielleicht lag auch nur ein alter Fluch auf mir oder ich bildete mir all das nur ein. Es war egal, denn so würde ich meine Rache bekommen.

„Hörst du mir zu? Kind, verstehst du mich überhaupt?" Der Heiler klang verzweifelt. Ich nickte in Gedanken versunken. Traurig sah ich zu ihm auf.

„Du musst zu Anja. Sie kümmert sich um die Kinder." Ich schüttelte den Kopf.

„Jewa, hier werden sie dich finden und mitnehmen." Bei Anja würden sie das auch. Es war egal.

Ich wollte allein sein. Schnell lief ich ins Arbeitszimmer, holte etwas zum Schreiben und notierte meine Bitte.

„Ich gebe dir drei Tage. Dann hole ich dich und bringe dich zu ihr." Gut, drei Tage würden reichen, um zumindest das Paar zu töten, welches mich nach meiner Geburt erstickt hatte. Der Arzt verabschiedete sich. Er bot mir an, meinen Vater noch einmal zu sehen, aber das brauchte ich nicht. Zwar wäre ich ihm ewig dafür dankbar, dass er mich die letzten Jahre versorgt hatte, aber er war weder mein Vater noch jemand, den ich aufrichtig geliebt hatte, weil ich zu echter Liebe wohl nicht fähig war.

Nachdem der Arzt gegangen war, legte ich mich wieder hin. Ich starrte die Decke an, sendete meine Gedanken aus. Dieses Mal war es einfacher. Ich fand die Eltern, die mich gezeugt und zur Welt gebracht hatten, um mich drei Stunden später zu ersticken. Sie lebten am anderen Ende der Stadt. Gelassen aß ich noch einmal von der Suppe, legte mir meinen Umhang um und machte mich wieder auf den Weg.

Es dauerte bis in die Abendstunden. Endlich stand ich vor dem abrissreifen Haus. Schon in meinem ersten Leben war dieses Viertel ein Problembezirk gewesen. Alkohol- und Drogenabhängige hatten sich dort herumgetrieben, Gewalt war an der Tagesordnung. Ich hatte zwei Schüler aus der Gegend in meiner Klasse. Sie kämpften damals für eine bessere Zukunft und ich versuchte, ihnen mit lieben Worten zu helfen. Ja, damals, in meinem ersten Leben, da war ich ein guter Mensch gewesen. Jetzt nicht mehr. Sollte mich doch der Teufel persönlich holen!

Ich blickte an dem alten, verdreckten Haus hinauf. Jemand drängte sich grob an mir vorbei.

„Mach Platz!" Damit verschwand er. Anstand hatte es schon vor achtzig Jahren nicht mehr gegeben. Ich schätzte das Paar mittlerweile auf knapp fünfzig. Ihre Kinder mussten bereits aus dem Haus sein oder tot, was derzeit keinen Unterschied darstellte.

Die Tür war halb aus den Angeln gerissen, ich drückte sie vorsichtig auf. Ein Baby schrie in einer der Wohnungen. In dem engen Flur stapelte sich der Müll und mir schlug ein schrecklicher Gestank nach Verwesung entgegen. Ich hielt mir ein Stück des Mantels vor Mund und Nase. Langsam schritt ich die knarzenden Stufen hinauf. Das Geländer wackelte bei jedem Schritt. Ich drückte mich näher an die Wand.

Bestimmt wollte ich nicht hinunterfallen und jämmerlich in diesem Dreck krepieren. Im zweiten Stock spürte ich sie auf. Vorsichtig suchte ich die vier Wohnungen ab. An der dritten Tür klopfte ich.

„Wer ist da?" Oh ja, seine Stimme erkannte ich sofort wieder. Ich machte einen Schritt nach hinten, spürte, wie er hinter der Tür lauerte. Sein Geist gierte nur nach Alkohol und Essen. Zögernd öffnete er die Tür. Der beißende Geruch von Schnaps wehte mir entgegen.

„Was willst du?" In diesem Moment griff ich auf seine Gedanken zu, befahl ihm, mich einzulassen, was er brav tat. Langsam stieg ich über den Müll hinweg, der überall herumlag. Alte Kindersachen vermischten sich mit undefinierbarem Unrat. Alles stand vor Dreck, stank nach Fäkalien. Trotzdem begab ich mich in das Wohnzimmer. Tierknochen lagen herum, Fliegen summten in Massen am Fenster, so dass es wirkte, als hätte es ein Eigenleben entwickelt. Zwei kleine Jungen tauchten auf. Sie starrten mich an.

„Ihr solltet gehen." Dabei lüftete ich meinen Umhang. Die beiden machten keine Anstalten zu gehen. Sie mussten etwa so alt wie mein Körper sein. Wie hatten sie noch einmal Leben in diese Welt setzen können? Ich schaute mir die beiden an und führte sie schweigend in ihre Zimmer, strich ihnen sanft über die Stirn. „Schlaft." Schon sanken sie ins Land der Träume.

„Was will die?" Die Frau kam aus der stinkenden Küche und blickte mir geradewegs in die Augen. Sie erkannte mich sofort wieder. Ich befahl ihrem Körper, dass sie ins Wohnzimmer gehen solle. Nur schwer gehorchte sie. Auch sie stank schrecklich nach Alkohol und dieser leicht berauschte Zustand würde es mir einfacher machen. Die beiden standen hilflos im Wohnzimmer.

„Erinnert ihr euch?" Sie nickte. Er verstand es noch immer nicht. Ich legte meinen Kopf schief.

„Das Mädchen, das Kopfkissen. Das war ich", leise sprach ich auf sie ein, damit die Jungen in Ruhe schlafen konnten.

„Das geht nicht. Was bist du?" Langsam begriff er es, auch wenn sein Verstand vom Alkohol benebelt war.

„So viel Hass, so viel Wut, dass lässt einen gebrochenen Geist wieder auferstehen."

„Was soll das?" Sie schluckte angespannt.

„Ich will nur Rache. Ihr zieht euch jetzt aus. Ich möchte sehen, wie ihr mich gemacht habt." Als sie es nicht freiwillig taten übernahm ich. Wie bei dem dicken Mann kroch ich in ihre Gedanken. Etwas unbeholfen zogen sie sich aus und wirkten dabei wie Roboter.

Sie standen nackt vor mir. Ich setzte mich auf den Sessel, da der halbwegs sauber wirkte. Vermutlich saß er da immer.

„Fass sie an. Nimm sie dir!" Zögernd berührte er seine Frau. Ich versetzte sie in einen sinnlichen Rausch. Auch wenn ihre Körper bereits am Verfallen waren, ihre Haut ungepflegt wirkte, schlaff durch den Nahrungsmangel, den vielen Alkohol, sah es trotzdem schön aus. Sie berührten sich, küssten sich, kosteten einander. Sie vergaßen mich, blendeten mich aus, obwohl ich von ihrem Geist Besitz ergriffen hatte. Sie stöhnten leise, ihre Atmung beschleunigte sich. Er drückte sie auf den schmutzbedeckten Boden, küsste sie eifrig weiter.

„Fresst euch! Tut, was die Bestien tun!" Vollkommen im Rausch riss sie ihm ein Ohr ab. Er biss ihr die Unterlippe weg. Dennoch keuchten sie, liebten sich, umschlangen ihre dreckigen Körper im Schmutz. Sie stöhnte laut auf. Ich sah ihre Zähne hell aufleuchten, bevor sie ihm heftig in den Hals biss. Das Blut schoss zu schnell aus ihm heraus. Es besudelte ihren Körper. Ich zwang ihn, es ihr gleich zu tun. Als er sie biss, spritzte es bis zu mir. Meine Hose bekam ein paar Tropfen ab. Obwohl Kleidung

Mangelware war, würde ich diese Hose entsorgen müssen. Das Blut von Monstern sollte nicht an mir haften. Beide erklommen den Gipfel der Lust. Kehlige, glucksende Laute, bevor vollkommene Stille folgte.

Ein bisschen taten mir die Jungen leid. Sie würden ihre Eltern in einer riesigen Blutlache finden und sicherlich in Erklärungsnot kommen. Ich zog meinen Mantel wieder an. Schade, das war wirklich zu schnell vorbei gegangen. Ich sollte dringend meine Taktik ändern. Wer war jetzt dran? Die Monster fehlten noch. Die Kreaturen. Das würde definitiv schwieriger werden, denn die zu kontrollieren bedurfte noch einiger Übung. Ich entschied mich, langsam zu trainieren. Aber dazu brauchte ich Zeit und vorher musste ich den weiten Weg nach Hause antreten.

Die Hölle

Unglaublich viele Stufen führten in die Hölle hinab.

„Wie viele sind das?" Jace hielt die Dunkelheit kaum aus, sie war beängstigend.

„Sechshundertsechsundsechzig."

„Und ich dachte, die Zahl sei ein Märchen." Ein Licht entstand in Luzifers Hand, plötzlich hielt er eine Fackel. Sein Äußeres veränderte sich. Er wuchs zu beachtlicher Größe heran, seine Haut verfärbte sich tiefrot, Hörner erhoben sich auf seiner Stirn, sein Gesicht nahm kantigere Formen an und seine Beine wurden wie die eines Tieres. Auch ein Schwanz erschien an seinem eben noch menschlich scheinenden Rücken.

„Alles Image. Sonst nehmen sie einen nicht ernst." Jace hob erstaunt, ein wenig besorgt, die Augenbrauen. Luzifer warf ihm einen prüfenden Blick zu.

„Alles in Ordnung?"

„Ja, ich wundere mich nur."

„Mmmhhh... Ach so, die Regeln! Du darfst nicht zurückblicken, sobald wir den Boden erreicht haben."

„Warum nicht?" Luzifer schnaubte genervt.

„Keine Ahnung. Aber die, die es gewagt haben, waren anschließend nicht mehr dieselben oder sind spurlos verschwunden." Jace hielt inne.

„Wie soll das gehen? Alles hier unten ist tot. Na gut, außer dir vielleicht."

„Stimmt. Doch wenn eine Seele sich in einem Körper manifestiert, dann nimmt sie diesen an. Wieso sehen denn Geister aus wie ihre alten Manifestationen?"

„Ich habe noch nie einen Geist gesehen." Für Jace klang das alles noch immer nicht logisch. Allein die Tatsache, Luzifer in die Unterwelt zu folgen, kam ihm wie ein Traum vor.

„Dreh dich einfach nicht um!"

„Und was geschieht dann?"

„Weiß ich nicht. Entweder verschwinden sie oder lösen sich irgendwie auf. Der Letzte, den wir gefunden haben, war anschließend nicht mehr ansprechbar, sein Haar weiß, der Körper zusammengekrümmt. Wir konnten ihn nur ins Fegefeuer werfen. Ziemlich ärgerlich, weil er eigentlich noch ein paar Jahre vor sich gehabt hätte."

„Was muss ich sonst noch beachten? Kann man eigentlich in der Hölle sterben?" Luzifer musste einen Moment lang nachdenken. Sie erreichten währenddessen das Ende der Treppe und betraten den Höllenboden.

„Man kann hier unten schon sterben. Aber sollte es eine Seele sein, welche eigentlich nicht hierher gehört, saugt die das Fegefeuer auf. Ziemlich komplizierte Angelegenheit. Es ist nur einmal geschehen und ich habe dann vierzig Jahre gebraucht, alles wieder in Ordnung zu bringen. Einige Dämonen konnten dadurch entkommen."

„Sie gelangten auf die Erde? Was ist dann geschehen?"

„Das Römische Reich ging unter." Jace musste sich ein Lachen verkneifen.

„Also ehrlich!"

„Glaub doch was du willst!" Luzifer wirkte ein wenig beleidigt. Der Boden fühlte sich sumpfig an. Bis auf das wenige Licht bekam Jace nichts zu sehen. Die Luft stank nach Schwefel, aber es roch besser als in London.

Lange wandelten sie durch die Gänge der Unterwelt. Die Wände pulsierten als besäßen sie ein Eigenleben. Luzifer erklärte, dass die Hölle wie ein eigener Organismus funktionierte, eine Parallelwelt zur Erde sei. Eine Art Universum, welches an der Welt hing und von Lebenden nur mit Hilfe von Magie betreten und verlassen werden konnte. Sie musste all die schlechten Seelen aufnehmen. In Kriegszeiten kamen sie in Massen, im Frieden waren es wenige. Im Augenblick ging es ruhig zu, da die meisten Menschen bereits gestorben waren. Jace schlich wie betäubt hinter dem Teufel her. Er verstand seine Situation gerade nicht. Erst saß er im Wald, erfreute sich an der Einsamkeit seiner Existenz, danach sah er unaussprechliches Leid in London und gerade wandelte er mit Luzifer durch die Hölle. Ein wenig fühlte er sich wie Faust, der die Wissenschaft mit Luzifers Hilfe zu ergründen versucht hatte. Nur dass sein Spaziergang mit dieser alten Geschichte nichts zu tun hatte.

Endlich konnte man etwas mehr Licht erkennen. In der Ferne leuchtete es schauderhaft dunkelrot.

„Man kommt sich vor wie in einem Bordell", versuchte Jace zu witzeln. Doch Luzifer ging nicht darauf ein.

Mit jedem Schritt nahm das Grollen zu. Die Schreie der verlorenen Seelen hallten in den Gängen wider, vermischten sich mit dem Fauchen der Dämonen, den kreischenden Geräuschen der Höllenbewohner. Je näher sie dem Licht kamen, desto mehr ging alles in ein schrecklich lautes Getöse über. Jace kniff die Augen zusammen. Sprechen konnten sie nun nicht mehr, da sie sich bei dem Lärm eh nicht verstanden hätten.

Die beiden Herren erreichten den Schlund der Hölle. Jace hielt sich an der Wand fest, er blickte in die unendliche Tiefe hinab. Eine Treppe ohne Geländer führte nach unten und nach oben, schlängelte sich den Abgrund entlang. Luzifer deutete nach oben. Jace folgte ihm schweigend. Erst da erkannte er richtig, welch gruselige Gestalt Satan angenommen hatte. Seine Situation flößte ihm mittlerweile Angst ein und er sehnte sich zurück in seinen Wald. Die Hölle war nichts für ihn und er beschloss umgehend, ein besserer Mensch zu werden. Aber wenn er mit seinen Fähigkeiten einsam in einem Wald hockte, dann würde das niemandem helfen. Er wurde sich mit einem Mal seines Egoismus bewusst. Vielleicht sollte er doch Luzifer helfen? Kam man nicht allein dafür schon in die Hölle? Das war alles viel zu verwirrend. Jace nahm sich vor abzuwarten und sich genau anzuhören, was Satan von ihm wollte. Die Monster zu töten klang nicht so übel. Und nach dem, was er in London gesehen hatte, konnte es nicht falsch sein.

Sie erreichten Luzifers Thronsaal. Ein riesiger Stuhl aus Holz sowie ein großer Gong wie aus einem buddhistischen Tempel befanden sich darin. Sofort verstummten die Geräusche um sie herum. Jace ließ seinen Blick beeindruckt durch den Raum schweifen, doch Luzifer deutete auf einen weiteren Gang. Ein beeindruckendes Esszimmer, das aus einem herrschaftlichen Schloss stammen könnte, tauchte vor ihnen auf.

„So, hier kannst du dich normal verhalten." Luzifer runzelte die Stirn.

„Wir haben einen neuen Bewohner. Den solltest du dir ansehen." Luzifer drehte sich um. Ein kleiner rundlicher Mann sprach auf den Fürsten der Unterwelt ein.

„Meister", verneigte sich dieser tief.

„Bring den Neuen in den Saal!" Der kleine Mann verneigte sich erneut und verschwand.

„Jace, du solltest dein Hemd ausziehen. Das sieht realistischer aus. Verhalte dich wie ein Diener. Nicht sprechen!" Jace blickte Satan verwirrt an. Nur widerwillig zog er sein Oberteil aus, denn er schämte sich für seinen geschundenen Körper. Das Metall glänzte matt an seinem Torso, die Drähte wirkten beängstigend. Immerhin konnte man ihm die Schmerzen nicht ansehen. Noch immer spürte er sie. Die kalten Metallteile scheuerten an seiner Haut und sobald sich das Wetter änderte, fühlte er jeden verlorenen Knochen.

Schweigend folgte er Luzifer und stellte sich gesenkten Blicks neben dem Thron auf. Es dauerte nicht lang, bis der kleine Mann mit seinem Opfer hereinkam. Entsetzt starrte er den neuen Insassen an. Er hielt sein schlagendes Herz in der Hand und hatte ein Loch in Brust, das die weißen Rippen entblößte. Zwei davon ragten gebrochen heraus.

Jace schluckte angespannt. Noch nie zuvor hatte er etwas so Grausames zu Gesicht bekommen. Luzifer lächelte.

„Erzähl uns deine Geschichte!" Dämonisch hallte seine Stimme von den Wänden wider. Die Augen des Mannes veränderten sich. Jace entdeckte etwas abgrundtief Abscheuliches darin.

„Diese kleine Hexe! Sie kam zu mir, bot sich mir an und dann zwang sie mich, das zu tun! Sie ist zurückgekommen! Sie sollte tot sein!"

„Warum hat sie dir das angetan?" Satans Stimme wurde etwas sanfter. Der Blick des Mannes veränderte sich. Er wurde nervöser.

„Ich kann doch nichts dafür... ich mag diese Mädchen, ich fürchtete mich vor den Kreaturen, sie... sie haben mich gezwungen!"

„DU LÜGST! Du hast es genossen und du hast mehr als nur ein Menschenleben auf dem Gewissen! Bringt ihn weg und lasst ihn büßen! Mino wird wissen was er zu tun hat!"

Der riesige Minotaurus betrat den Raum. Er gab ein Grunzen ab und scheuchte den winselnden Mann vor sich her. Luzifer schaute zu Jace.

„Das war Jewas Werk, um sie darfst du dich in Zukunft kümmern." Entsetzt starrte Jace seinen Gefährten an.

„Nein, das kann nur ein Monster getan haben." Luzifer nahm seine menschliche Gestalt an.

„Sie ist eine verlorene Seele. Ich erzähle dir ihre Geschichte."

Jewa

Ich schlief unruhig. Zwar genoss ich es, dass ich mich hatte rächen können, aber nun blieben mir noch die Kreaturen übrig. Meine anderen Peiniger waren über die Jahre gestorben. Von diesen Wesen wusste ich, dass sie wesentlich schwieriger zu vernichten waren als Menschen. Das nervte ein wenig, zumal ich sie noch mehr quälen wollte. Immer wieder wälzte ich mich herum, bis ich gegen Mittag aufstand. Ich brauchte einen neuen Unterschlupf. Die Albträume würden kommen und dann würden sie mich finden. Also musste ich ein neues Versteck finden.

Ich wusch mich. Wasser war ebenfalls Mangelware geworden. Doch Vater hatte Regenwasser aufgefangen, welches ich in eine Schüssel tat. Mehr gab es einfach nicht und ich musste mich mit den Zuständen arrangieren. Die Seife ging ebenfalls zu Neige. Noch besaß ich einen Klumpen, der aus alten Seifenresten bestand. Nachdem ich mich gesäubert hatte, suchte ich nach einer Tasche. Notdürftig packte ich alles Wichtige zusammen. Den Rest der Suppe kochte ich noch einmal auf, verputzte alles bis zum letzten Tropfen. Das Brot war bereits trocken, daher tunkte ich es ein, weichte es auf und aß es.

Ich legte mir einen Plan zurecht. Erst einmal würde ich auf dem Land ein neues Zuhause suchen, damit ich meinen Körper stärken konnte. Ich brauchte Waffen, ein Bogen wäre schön. Selbst ein einfacher würde mir schon reichen. Mein Körper musste an Stärke gewinnen. Das wenige

Essen und das Verstecken im Haus hatten mich schwach gemacht. Dagegen wollte ich etwas unternehmen.

Es klopfte an der Tür, der Arzt stand davor. Ich ließ ihn ein und suchte weiter meine Sachen zusammen.

„Ah, du packst für deine Zeit bei Anja?"

Ich nickte. Obwohl ich es hasste zu lügen, schien es mir in dieser Situation notwendig zu sein.

„Können wir uns unterhalten?" Erst da spürte ich seine Anspannung. Er befand sich direkt hinter mir. Ich wollte mich umdrehen, um in seine Augen zu blicken. Doch schon bemerkte ich einen Stich an meinem Hals. Alles um mich herum drehte sich.

„Die Jungen haben dich gesehen. Ich wurde gezwungen, das zu tun..." Es wurde dunkel um mich herum. Seine Arme fingen meine Sturz auf, aber dann rutschte ich in eine tiefe, endlose Finsternis. Was für ein Mist! Jetzt starb ich nicht einmal. Meine Seele hing in meinem schlafenden Körper gefangen fest.

Die Hölle

Nachdem Luzifer beim Abendessen über Jewa gesprochen hatte, zeigte er Jace einen Raum. Ein Schlafgemach. Dabei erklärte er ihm, dass er ihm sein Haus umbauen wolle, dass er es vergrößern musste, damit Jewa im Wald ausgebildet werden konnte. Jace verstand nicht, warum Luzifer in das Leben der beiden eingriff. Eigentlich durfte Luzifer nur in Notfällen in das Schicksal der Erdenbewohner eingreifen, doch diesmal machte er eine Ausnahme. Immerhin sollte Jewa ein schönes Heim haben, zur Ruhe kommen und endlich ihr Leben auskosten dürfen, um nicht mehr wie eine tickende Zeitbombe über die Erde zu wandeln.

Jewa brauchte jemanden, der ihr Vertrauen gewann, dem sie ihr Herz öffnen konnte, um letzten Endes noch stärker daraus hervorzugehen. Jace kam mit der Situation noch immer nicht zurecht, verspürte aber dennoch den Wunsch, seinem Leben einen neuen Sinn zu geben.

Am Morgen bekam er ein reichhaltiges Frühstück serviert. Luzifer erklärte ihm, dass Jewa zwei weitere Personen in die Hölle geschickt hatte. Er spürte, dass die Zeit knapp wurde, irgendetwas beunruhigte ihn. Leider konnte er noch nicht festmachen, was es war. Auch der Teufel wusste und sah nicht alles. Nicht einmal Gott war dazu in der Lage.

Da Luzifer sich um eine Gefangene kümmern musste, schlich Jace allein durch dessen Bibliothek. Er fand die Sammlung unterschiedlichster Werke beeindruckend. Er nahm sich ein Buch aus dem Regal und schmunzelte: *Gottes Werk und Teufels Beitrag* lautete der Titel.

Er hatte sich bereits entschieden, Luzifers Angebot anzunehmen. Warum sollte er sich nicht um ein gestörtes Mädchen mit dem Bewusstsein einer Erwachsenen kümmern? Allein sein Aussehen würde ihr Furcht einflößen und sie damit auf Abstand halten, glaubte er zu wissen. Alle schreckten vor seinen Narben zurück, so viele Demütigungen hatte er ihretwegen schon einstecken müssen. „Monster", riefen ihn einst die Kinder. Obwohl er für die Menschen zu kämpfen glaubte, verabscheuten sie ihn.

Erst am Abend kam Luzifer zurück.

„Wir haben ein Problem."

„Welches denn?"

„Sie wurde gefangen genommen und es wird knapp."

„Wieso erfahren wir das jetzt erst?" Luzifer schnaubte. Er nahm seine menschliche Gestalt an. Immer, wenn er zu den Gefangenen oder Dämonen ging, verwandelte er sich in das Wesen mit Hörnern und Pferdefuß.

„Weil sie eine dieser Kreaturen runtergeschickt hat. Sie wollen sie in einer Stunde auf dem Scheiterhaufen verbrennen." Jace rannte in sein Schlafzimmer, zog sich Schuhe und Jacke an und wartete im Esszimmer auf seinen neuen Gefährten. Luzifer wirkte gehetzt.

„Pass auf, ich bringe dich in dein Haus im Wald und hole sie direkt vom Scheiterhaufen runter. Dort wimmelt es nur so von diesen Kreaturen, wir können sie nicht alle töten."

„Was? Du machst das alleine? Ich dachte, sie soll dich nicht sehen!"

„Das wird sie nicht. Ihr Zustand ist wirklich nicht gut." Luzifer reichte ihm die Hand. Ein schwarzer Wirbel tauchte um sie herum auf. Binnen Sekunden stand er in seinem Wald. Jace blickte sich verwirrt um.

„Bis gleich. Richte ihr das Bett her!" Luzifer löste sich auf. Jaces Magen verknotete sich. Das schöne Essen kam ihm wieder hoch.

Nachdem sich sein Magen wieder beruhigt hatte, betrachtete er das veränderte Holzhaus. Wie hatte Luzifer das nur so schnell fertiggebracht? Das Haus erschien dreimal so groß, bestand aber noch immer aus Holz. Das Reh, die Beute seiner letzten Jagt, baumelte noch am Baum, also befand er sich an der richtigen Stelle. Zaghaft betrat er das Haus. Ein richtig gemütliches Wohnzimmer mit handgeknüpftem Teppich unter der Sitzecke; im hinteren Bereich befand sich eine Küche. Er inspizierte beeindruckt die neuen Sachen. Den Herd konnte man mit Holz beheizen, ein gemauerter Kamin würde in den kalten Tagen für wohlige Wärme sorgen. Alles war hell und freundlich. Jace begab sich nach oben. Ein Badezimmer, versehen mit einer Pumpe, einem beheizbaren Boiler sowie zwei Schlafzimmer fand er vor. Er schaute in einen der Bauernschränke, zog Bettzeug hervor und machte seinem neuen Gast das Bett. Selbst die Bettwäsche duftete herrlich.

Anschließend begab er sich vor das Haus. Er wollte das Reh abhängen, immerhin konnte man es nun vorbereiten. Doch neben dem Haus fand er einen frisch angelegten Gemüsegarten und ein weiteres Holzhaus. Er betrat es. Beeindruckt stellte er fest, dass Satan selbst an eine Werkstatt gedacht hatte.

So sah es also aus, wenn man sich mit dem Teufel anfreundete. Kein Wunder, dass man glaubte, dass er einem jeden Wunsch erfüllen konnte. Staunend betrachtete er die vielen Sachen. Damit könnte er so einiges anstellen, ein ganzes Waffenarsenal bauen zum Beispiel. Logisch, immerhin arbeitete er ja mit Satan zusammen. Ein wenig bereute er seine Entscheidung, dennoch sagte ihm sein Gefühl, dass es nicht ganz falsch sein konnte.

„JACE!"

Jace schreckte hoch. Er rannte Luzifers panischem Schrei entgegen. Der stand hilflos im Wohnzimmer, ein bewusstloses Mädchen in den Armen.

„Sie... ihr Rücken..." Luzifer blickte sie völlig aufgelöst an. „Komm, wir bringen sie hoch!" Wankend lief Luzifer nach oben. Behutsam drehte er das kleine Mädchen auf den Bauch. Man musste sie ausgepeitscht haben. Tiefe, rote, blutige Striemen zogen sich über ihren zarten Leib.

Rasch versorgten sie die Wunden. Luzifer rang mit seinen Emotionen, kämpfte gegen seine aufkeimende innere Wut. Er schnitt ihr die verbrannten Haarspitzen ab, Jace tupfte eine Salbe auf ihren Rücken, gemeinsam verbanden sie ihren zierlichen Körper. Ihr Gesicht war geschwollen, auch darum kümmerten sich die beiden. Sie prüften ihre übrigen Körperteile. Gebrochen war nichts. Um die seelischen Wunden würde Jace sich kümmern müssen. Sie ließen sie schlafen und begaben sich nach unten.

„Wieso? Wieso dieses Mädchen?" Jace bemerkte Luzifers Sorge und konnte sie nicht nachvollziehen.

„Ihr beiden. Weil er euch vergessen hat."

„Von wem sprichst du?"

„Von meinem Vater. Er bevorzugt die reinen Seelen, aber die existieren nicht mehr. Auch mich meidet er, weil ich liebte und litt, weil diese Wunden nicht einfach verschwinden." Jace ließ sich erschöpft auf dem Sessel nieder. Luzifer wirkte gekränkt und es schimmerte ein tief verborgener Schmerz in seinen Augen.

„Willst du reden? Ich kann gut zuhören." Satan schüttelte nur den Kopf und verschwand in einem schwarzen Wirbel. Zwar hätte Luzifer die Macht besessen, Jewa zu heilen, ihr die Schmerzen zu nehmen, doch Jewa musste die Heilung selbst durchleben. Sie brauchte den langsam schwindenden Schmerz, um letzten Endes auch ihre seelischen Gebrechen heilen lassen zu können.

Jace beschloss, etwas zu kochen. Sein neuer Gast würde bald erwachen und ihrem dünnen Körper nach zu urteilen, bräuchte sie neben Zuwendung auch dringend Essen.

Jewa

Wie in einem Traum erwachte ich in einem weichen, warmen Bett. Mein Körper schmerzte und brannte, aber dennoch lebte ich. Wieso war ich nicht gestorben? Dumpf erinnerte ich mich an das, was geschehen war. Der Heiler hatte mich betäubt, ich war in Anwesenheit dieser Kreaturen aufgewacht. Sie hatten mir die Augen verbunden, mich gefesselt. Durch die Narkose konnte ich nicht in ihre Gedanken eindringen. Einer sprach mit mir. Er wollte wissen, ob ich die drei Toten auf dem Gewissen hatte. Aber ich antwortete nicht. Wie immer hatte ich geschwiegen. Doch dann hörte ich die Stimme eines Jungen, der mich verriet. Er erklärte, dass ich es war, die seine Eltern getötet hatte und schon schlug hart man auf mich ein. Meine Lippe platzte auf, ich spuckte den Angreifer an. Ein greller Schrei erklang, der Geruch von verbranntem Fleisch stieg mir in die Nase. Mein Blut tötete die Kreatur. Aber da waren noch mehr. Sie bestraften mich, peitschten mich aus, schlugen auf mich ein und entschieden, dass ich noch am gleichen Abend verbrannt werden sollte.

Dann eben ein weiteres Leben, eine weitere Chance, obwohl ich es bereits satt hatte. Nicht einmal die Hölle würde mir helfen können. Sie zerrten an meinem Körper. Nur schwer begriff ich, was sie taten. Ich spürte die Kälte der Nacht. Jemand sprach laut. Er erklärte wohl Schaulustigen, dass man ein Urteil gefällt und mich der Hexerei und des Mordes schuldig gesprochen hatte.

Verbrennung bei lebendigem Leibe war die drakonische Strafe, die darauf stand. Man kettete mich an einen Pfahl. Ich roch den Duft von Holz, konnte mich nur schwer auf den Beinen halten und dann hörte ich schon das Knistern der Flammen. Die Hitze stieg auf, ich spürte sie an meinem Leib. Anfangs störte es mich nicht. Es fühlte sich angenehm an. Eine Wärme, welche ich in meinem Inneren so lange nicht mehr empfunden hatte. Aber sie nahm schnell zu. Die Flammen brannten in meinem Gesicht, obwohl sie mich noch nicht einmal berührt hatten. Die Hitze war kaum auszuhalten. Mein Schweiß drohte zu kochen. Beißender Rauch kroch in meine Lungen. Bevor ich verbrannte, würde ich ersticken. Ich hustete, bekam keine Luft und wurde ohnmächtig.

Ich lag auf dem Bauch, drückte mich leicht hoch. Der Schmerz an meinem Rücken brannte höllisch, jedoch bewies er mir, dass ich noch lebte. Ich begrüßte das Gefühl. Schmerz zu spüren war noch immer besser als die tiefe Leere in meinem Herzen. Wieso war ich nicht gefesselt? Wieso konnte ich sehen? Ich setzte mich schwerfällig auf, blickte mich um. Das Zimmer war hübsch. Ein Teppich lag vor meinem Bett, meine Füße waren nackt, meine Haut gesäubert und dennoch roch ich verbranntes Fleisch.

Ich rümpfte die Nase. Vorsichtig sendete ich meine Gedanken aus, doch da war nichts. Nur Tiere schlichen herum. Ich schaute aus dem Fenster. Die Nacht brach gerade an. Hohe Bäume ragten gen Himmel. Wo war ich? Bewusst konnte ich mich nicht an einen solch dichten Wald erinnern. Wie lange hatte ich geschlafen? Ich schüttelte den Kopf. Ein Stechen durchzog mein Gesicht. Ich atmete tief durch und schlurfte schwerfällig zu der hellen Holztür.

Vorsichtig öffnete ich sie. Ich entdeckte eine Treppe, Licht flackerte im unteren Bereich. Zögernd tastete ich mich vor. Ich schaute nach unten. Ein Mann saß schlafend in einem Sessel. Wieso hatte ich ihn nicht gespürt? Auch jetzt konnte ich seine Gedanken nicht erahnen. War ich gestorben und nur auf einer anderen Ebene gelandet? Oder vielleicht war ich die ganze Zeit über tot gewesen und nun erst am Leben? Nein, der Schmerz in meinem Rücken sagte mir, dass alles wirklich geschehen sein musste und ich noch nicht verrückt war. Na gut, vielleicht ein bisschen irre. Aber bei alledem, was gerade in der Welt geschah, musste man das wohl werden.

Auf Zehenspitzen begab ich mich ein paar Stufen hinab, näher an den Schlafenden heran. Geräuschlos setzte ich mich auf die Treppe, damit er mich nicht sofort bemerkte. Um nach draußen zu gelangen, musste ich an ihm vorbei. Mein Magen knurrte leise. Der Duft von gekochtem Essen kroch mir in die Nase. Das war Folter! Der Typ regte sich nicht. Erst essen, dann flüchten? Aber das wäre dämlich, weil ich ihm damit die Chance geben würde aufzuwachen. Wie kam ich aus dem Haus? Vor allem: Wo befand ich mich überhaupt? Nicht, dass ich mitten in einem Wald landete, fernab jeglicher Zivilisation. Noch einmal sendete ich meine Gedanken aus. Was verdammt war er? Warum konnte ich ihn kaum spüren?

„Nimm dir etwas zu essen!" Ich zuckte zusammen. Der Mann hatte sich nicht einmal bewegt! Wie machte er das? War er überhaupt ein Mensch? Mein Herz schlug aufgeregt in meiner Brust. Er stand auf. Wie in Zeitlupe bewegte er sich durch den Raum. Anmutig wie ein Panter, leise, bedacht, obwohl er die Statur eines Riesen besaß. Allein sein Gang wies ihn als Krieger aus, als Kämpfer mit unglaublicher Kraft. Zumindest gehörte er schon einmal nicht zu den Kreaturen. Das tröstete mich ein wenig.

„Bevor du fragst oder auf dumme Gedanken kommst: Wir befinden uns in Kanada, mitten in den Wäldern. Flucht ist ausgeschlossen. Zum einen bin ich schneller als du und sollte ich dich da draußen nicht finden, dann stirbst du." Er klapperte mit Geschirr herum. Seine Stimme klang tief, angenehm, nicht furchteinflößend. Trotzdem wollte ich aufpassen. Wenn er die Wahrheit sprach, dann war ich ihm eh ausgeliefert. Über meinen körperlichen Zustand brauchte ich nun wirklich nicht zu diskutieren. Er schaute um die Ecke, ich erschrak. Tiefe, lange Narben zogen sich durch sein Gesicht. Aber nicht die erschreckten mich, sondern sein Blick. Die braunen Augen so leer, so einsam, als hätte er schon vieles gesehen, aber niemals geliebt.

„Hast du Angst?" Ich schüttelte den Kopf. Er kniff die Augen prüfend zusammen.

„Du wirkst älter. Nicht wie vierzehn." Er hielt mir einen Teller vors Gesicht. Der Duft von Fleisch und Gemüse stieg davon auf. Erneut knurrte mein Magen. Dass er mich vergiften wollte konnte ich ausschließen, denn dann hätte er mich vorher nicht verarztet. Aber wie zum Teufel kam ich nach Kanada? War ich wiedergeboren worden und hatte dann ein Trauma erlitten, woran ich mich nicht erinnern konnte? Oder hatte ich über Wochen im Koma gelegen? Ich verstand es nicht.

„Gegessen wird bei Tisch. Wenigstens scheinst du nicht viel zu reden." Er deutete um die Ecke. Zögernd stand ich auf. Ich entdeckte eine schöne Küche sowie einen hellen Esstisch. Das Haus gefiel mir. An einem so hübschen Ort war ich in diesem Leben noch nicht gewesen.

Schweigend folgte ich ihm und setzte mich an den Tisch. Ich probierte einen Bissen vom Essen, es schmeckte köstlich. In meinem ersten Leben wollte ich einen Mann, Kinder und vielleicht ein kleines Häuschen auf dem Land. Das hatte ich mir immer gewünscht. Aber nun schien selbst das utopisch zu sein. Ich schaute aus dem Fenster. Leider war es bereits dunkel, nur der Mond schimmerte durch die Bäume hindurch. Ich aß noch etwas, ging zur Tür, öffnete sie und blickte in den dichten Wald hinaus. Hier wirkte die Welt so friedlich, so ungestört, so perfekt. Dennoch durfte ich meinen Plan nicht vergessen. Nein, dieser Ort konnte nicht real sein. Irgendetwas wollte mich von meinen Racheplänen abbringen. Wütend schaute ich zu dem Mann.

„Hey! Ganz ruhig!" Ich ballte meine Hände zu Fäusten. Er musterte mich streng.

„Willst du wissen, warum du hier bist?" Ich nickte.

„Leider darf ich dir nicht sagen, wer unser Auftraggeber ist, aber ich soll dich ausbilden. Dir zeigen, wie man kämpft und dich stärker machen." Eigentlich klang das sinnvoll. Trotzdem kam mir diese Situation merkwürdig vor. Wie um alles in der Welt war ich nach Kanada gekommen? Flugzeuge gab es nicht mehr, zumindest glaubte ich das. Mit dem Schiff hätte es Wochen gedauert, zumal ich mich mitten in Europa aufgehalten hatte und nicht in irgendeiner Hafenstadt. Ich atmete tief durch. Meine Optionen waren wirklich mies. Flucht, mitten in der Nacht, durch ein Waldgebiet, schloss ich aus. Der Kerl ging zurück zur Küche. Er stellte mir ein Glas Wasser hin. Glasklares Wasser! Wie lange hatte ich das nicht mehr gesehen? Allein das kam mir schon wie Zauberei vor.

„Jace. Mein Name lautet Jace. Deinen kenne ich bereits: Jewa." Er setzte sich auf einen der Stühle. Waren da noch mehr Leute? Noch einmal lauschte ich auf meine Gabe. Nichts, niemand. Da ich ihn aber nicht spürte, konnte ich mir meiner Gabe nicht mehr sicher sein. Dieser Jace ließ mich nicht mehr aus den Augen. Das störte mich ein wenig.

„Pass auf: Wir gewöhnen uns die nächsten Tage aneinander. Deine Wunden sind zu frisch, deshalb warten wir ein bisschen mit dem Training. Außerdem solltest du etwas zunehmen. Du bist echt zu dünn." Vorsichtig ging ich zu dem Glas. Ich betrachtete das klare Wasser, roch daran. Ich trank es langsam, genoss es, da es nicht abgestanden oder nach Schmutz schmeckte. Dass ich einmal ein Glas Wasser so sehr würde genießen können, hätte ich auch nie für möglich gehalten.

„Abwaschen musst du aber selbst!" Jace schmunzelte. In der Küche fand ich ein Becken mit einer Pumpe vor. Ich säuberte meinen Teller und genehmigte mir noch ein Glas Wasser. Danach beschloss ich, mich wieder hinzulegen, denn noch immer brannte mein Rücken, mein Kopf dröhnte und ich fühlte mich müde.

Vogelgezwitscher weckte mich. Es erinnerte mich an meine früheste Kindheit. Meine erste, um genau zu sein. Damals lebten wir in einem kleinen Dorf nahe Dresden. Meine Mutter arbeitete als Verkäuferin in einer Boutique, mein Vater war Informatiker. Er verdiente sein Geld als Abteilungsleiter einer großen Softwarefirma. Wir besaßen ein kleines Häuschen und alles war perfekt. Mutter pflegte das Haus, den Garten und wir liebten ihre Kochkünste.

Wie damals kitzelten mich auch jetzt die Sonnenstrahlen wach. Mein Rücken schmerzte noch immer, aber ich zwang mich, aufzustehen. Ich musste mich wirklich umsehen. Man konnte mich nicht in einen kanadischen Wald verschleppt haben, das entbehrte jeglicher Logik. Ich kniff die Augen zusammen. Gut, das Eindringen in die Gedanken anderer Menschen war ja rein logisch auch unmöglich.

Leise machte ich mich auf dem Weg nach draußen. Da ich nicht wusste, wo sich das Klo befand, würde ich mein Geschäft in freier Wildbahn erledigen. Tatsächlich befand ich mich mitten in einem Wald. Durch die Gedanken der Tiere erkannte ich, dass es weit und breit keine Menschenseele gab. Vor allem die Tatsache, dass ich die Gedanken eines Bären oder eines Wolfes erahnen konnte, ließ mich endlich glauben, dass ich mich am Ende der Welt befand. Oder eben irgendwo in Kanada. Sibirien wäre auch möglich, doch wieso hätte Jace mich über meinen

Aufenthaltsort belügen sollen? Schnaubend ging ich um das Haus herum.

Oh mein Gott! Der Gemüsegarten war ein Traum! Reife Tomaten, Gurken und Zucchini wuchsen in malerischer Perfektion direkt vor meinen Augen. Neugierig folgte ich einem Geräusch. Wahnsinn! Da liefen Hühner herum! Ein kleiner Stall befand sich zwischen den Bäumen. Sogar Getreide zum Füttern entdeckte ich. Meine Großmutter hatte welche besessen und somit wusste ich, was zu tun war. Ich nahm etwas von dem Getreide und verstreute es. Schon kamen die Tiere angelaufen und pickten die Körner auf. Ich begab mich in den Stall. Da ich keinen Hahn entdeckt hatte, konnten die Eier nicht befruchtet sein. Fünf Stück fand ich und nahm sie mit ins Haus. Ich musste gestorben und in den Himmel gekommen sein. Gekochte Frühstückseier, einfach traumhaft!

„Wo warst du?" Dieser Jace stand an der Treppe. Er musste gerade aufgestanden sein. Ich hielt die Eier hoch. Jace runzelte die Stirn, sprach jedoch seine Gedanken nicht aus. Wer weiß, welche Laus ihm über die Leber gelaufen war.

In der Küche musterte ich den Herd. Ich besorgte Holz, damit er auf Temperatur kam. Anschließend suchte ich zuerst einen Topf für die Eier, anschließend Teller und Besteck. Noch immer staunte ich über das saubere Wasser.

„Wir müssen deine Wunden säubern." Jace erschien hinter mir. Nein, anfassen ließ ich mich bestimmt nicht. Zumindest nicht kampflos, obwohl ich mir sicher war, keine Chance gegen ihn zu haben. Mein Körper spannte sich an. Ich spürte ihn nah an mir, machte einen Schritt von ihm weg und sah zu ihm auf.

„Du bekommst eine Blutvergiftung." Lieber das als angefasst zu werden! Seit meinem ersten Tod und alldem, was der alte Mann mit mir gemacht hatte, ließ ich das nicht mehr zu. Selbst meinen letzten Vater hatte ich kaum in meiner Nähe geduldet. Das war ein weiterer Grund, weshalb ich gern im Keller geschlafen hatte. Ich wachte lieber schreiend auf als mich trösten zu lassen.

„Was genau ist dir passiert?" Jaces strenger Blick wurde sanfter. Ich zuckte mit den Schultern, nahm die Sachen und fing an, den Tisch zu decken. Jace setzte einen weiteren Topf mit Wasser auf.

„Wir müssen deine Verbände wechseln. Ich schwöre dir, dass ich dir nicht wehtun möchte. Außerdem stehe ich nicht auf Kinder."

„Ich bin kein Kind!"

„Ach, jetzt sprichst du ja doch!" Ich bereute bereits, mein Schweigen gebrochen zu haben. Jace huschte ein Schmunzeln übers Gesicht. „Jetzt hab dich nicht so! Wir haben drei Jahre vor uns. Fast vier."

„WAS!?" Nun grinste er auch noch. Ich funkelte ihn wütend an. „Das ist nicht dein Ernst!"

„Oh, doch! Schau dich an! Du bist zu dünn und zu schwach! Wenn du dich rächen willst, dann sollten wir viel trainieren!"

„Na toll, und wer macht dich zu meinem Trainer?"

„Das darf ich dir nicht sagen." Ich verschränkte die Arme vor der Brust.

„Du redest hier nicht mit einem Kind!"

„Dessen bin ich mir bewusst. Trotzdem steckst du in einem Kinderkörper und darauf bauen wir auf!" Ich steckte wirklich in der Klemme. Das konnte doch alles nicht wahr sein! Vielleicht sollte ich mich gleich erhängen und noch einmal von vorn anfangen. Wobei Jace eigentlich Recht hatte. Weil ich momentan an meiner Situation kaum etwas ändern konnte, wollte ich erst einmal das Frühstück überstehen.

Luzifer

Wie so oft schlich Luzifer gedankenverloren durch die Katakomben der Unterwelt. Ein paar Dämonen vertrieben sich die Zeit mit den Insassen, ein paar andere spielten Karten. In einer Ecke plante eine Gruppe einmal mehr den Ausbruch aus der Hölle. Luzifer tat das müde lächelnd ab, denn wüssten die, wie es gerade auf der Erde aussah, dann würden sie freiwillig bleiben. Bis auf den ständigen Lärm und die Finsternis kam einem die Hölle inzwischen schon fast wie das Paradies vor. Na gut, nicht den Insassen, da sie Qualen leiden mussten. Natürlich bestanden die Folterungen nicht nur aus normalen Schmerzen. Mal ließ man sie das Leid ihrer Opfer nachempfinden, versetzte sie in die grausamsten Angstzustände oder ließ sie körperliche Qualen erleiden. Doch die schönste Foltermethode war es, jemanden immer und immer wieder sterben zu lassen. Kaum glaubten sie, Erlösung gefunden zu haben, so riss es sie zurück in ihren Körper. Der Moment, in dem sie erkannten, dass es kein Entrinnen gab, das war der schrecklichste Augenblick für alle. Luzifer genoss es hin und wieder, sie dabei beobachten zu können. Die Schreie der Erkenntnis klangen noch besser als die eines sterbenden Tieres. Es fühlte sich an als würde sich die Seele entblößen, wenn sie schrien. Die pure, nackte Angst des Erkennens.

Luzifer machte sich auf den Rückweg. Er dachte über Jewa nach. Wieso hatte sein Vater sie nicht erwählt, wenn sie diese grausamste aller Foltern mehrfach aus freiem Willen über sich hatte ergehen lassen? Erst hatte sie das Gefühl des Sterbens, des Leidens ertragen und war, anstatt anschließend zu gehen, jedes Mal aus freien Stücken geblieben. Nur eine hatte das in der Geschichte der Erde vor ihr zustande gebracht. Im alten Ägypten gab es die Göttin Isis, die für die Wiedergeburt stand. Aber diese alten Wesen hatten die Engel selbst vor tausenden von Jahren bekämpft und zurück auf ihre Planeten geschickt. Damals hatten die Menschen die Engel gebraucht und sie halfen. Sie trieben diese Halbwesen zurück, besiegten sie und verschwanden von der Erde. Aber hatte Isis vielleicht ihre Spuren hinterlassen? Oder stammten die Kreaturen von diesen alten Gottheiten ab? Luzifer konnte sich keinen Reim darauf machen. Obwohl bekannt war, dass manche Menschen zu Magie fähig waren, hatte es so etwas wie Jewa noch nie gegeben. Warum nur erkannte sein Vater nicht ihre Stärke? Immer wieder kreisten seine Gedanken um das Mädchen. Bestimmt wollte er sie nicht, da sie keine reine Seele besaß, auf die er so viel Wert legte. Dennoch blieb Satan der Überzeugung, dass im Kampf gegen die Kreaturen reine Seelen allein nichts würden ausrichten können.

Nur ein weiteres Mal hatten die Engel in der Geschichte der Menschheit mitgemischt. Die Azteken hatten die blutigsten Götter der Vergangenheit abbekommen. Nie mehr konnte sich das Land von ihnen erholen. Aber seine Brüder halfen auch dieses Mal und befreiten das Volk. Immer wieder waren Geschöpfe auf der Welt aufgetaucht, die sich Götter nannten. Deshalb stand auch in den Zehn Geboten, dass es keinen anderen Gott neben seinem Vater geben dürfe.

Natürlich sollte man in der schrecklichen Geschichte der Erde ein paar andere Akteure nicht vergessen. Die Germanen, Rüpel vor dem Herrn! Wie sie es auf die Erde schafften, blieb bis heute ein Rätsel. Nur Magie hatte es wohl ermöglicht, denn diese rauen Geschöpfe hätten niemals selbst ein Raumschiff bauen können. Immerhin zerstörten sie sich selbst. Ein Krieg in ihrer Welt, der sie in die komplette Finsternis trieb, schloss die Pforten. Dann gab es noch die Griechen. Am Ende hatten sie sich auf der Erde gelangweilt und waren wieder verschwunden. Genau wie die hinduistischen Gottheiten, die irgendwie immer wie auf Drogen zu sein schienen. Nur ihre Drachen waren wirklich unterhaltsam. Von ihnen und den Germanen stammten die Geschichten über Drachen und deren Jäger. Obwohl die Vergangenheit Luzifer und seine Brüder so vieles gelehrt hatte, wussten sie noch immer nicht, woher diese neuen Monster ihre Kräfte bezogen. Auch vermehrten sie sich noch immer auf unerklärliche Weise, ähnlich wie Vampire in den alten Geschichten der Menschen. Nur waren das keine Vampire, auch wenn man sie zwischenzeitlich so bezeichnet hatte.

Luzifer ging zurück in seine Gemächer. Ein rauchender Gabriel saß gelangweilt auf seinem Thron.

„Der gehört mir!"

„Eigentlich sollte ich hier sitzen und nicht du!" Ja, da hatte er Recht. Gabriel war der düsterste Engel. Immer wieder hatte er für Unruhe auf Erden gesorgt. Dass er seherische Fähigkeiten besaß, machte es seinen Brüdern schwer, ihm zu vertrauen.

„Was willst du?" Luzifer hatte keine Lust, sich mit ihm zu unterhalten. Meist kamen die Erzengel nur, wenn sie etwas brauchten. Ansonsten besuchten sie ihn oft jahrhundertelang nicht. Gabriel drückte seine Zigarette am Thron aus. Das mochte Luzifer überhaupt nicht, wollte sich in diesem Augenblick aber nicht über solche Kleinigkeiten aufregen.

„Wir sollten deine Dämonen rauslassen. Sie töten alle Menschen, die Kreaturen verhungern, schon ist das Problem gelöst."

„Ich glaube nicht, dass Vater diesen Vorschlag begrüßen würde."

„Nein. Aber es wäre lustig."

„Hast du irgendetwas Sinnvolles vorzubringen? Wenn nicht, kannst du wieder gehen." Gabriel lachte gekünstelt auf.

„Deine kleine Jewa…: Du solltest die Finger von ihr lassen. Sie ist gefährlich."

„Wie kommst du darauf?" Da waren sie wieder: Gabriels seherische Fähigkeiten. Nach all den Jahren konnte Luzifer ahnen, wann Gabriel sie nutzte, um seine eigenen perfiden Pläne zu verfolgen.

„Wenn sie ihre Kräfte entfacht, wenn sie noch ein Unglück erlebt, dann wird sie die Welt in Dunkelheit stürzen. Sie ist das personifizierte Übel!"

„Trotzdem eine Seele, die gerettet werden muss. Sie ist nur ein Mensch!" Gabriel schüttelte den Kopf.

„Sie ist zwar ein Mensch aber nicht einmal Vater konnte sie in den Himmel holen. Ihre Seele ist so dunkel, so finster, dass sie das Glück nicht mehr sehen kann." Grauer Rauch bildete sich um Gabriel.

„Dein Geschöpf, dieser Jace, steht ihr in nichts nach." Damit löste er sich auf.

Luzifer dachte über Gabriels Worte nach. Trotz der Warnung blieb sein Glaube an die beiden unerschütterlich. Sie waren das Stärkste, was die Menschheit zu bieten hatte. Außerdem wusste er, dass Jewas Rache nur den wahren Monstern galt.

Er beschloss, sich die Favoriten seiner Brüder anzusehen. Mal sehen, wie gut sie waren, wenn die Erzengel so unerschütterlich an diese drei Hexenwesen glaubten.

Jewa

Zitternd saß ich auf dem Stuhl. Jace wickelte vorsichtig die Bandagen ab.

„Wir sollten anschließend Waffen für dich aussuchen. Ich kann so ziemlich alles bauen, was du dir wünschst." Lenkte er vom Thema ab? Ich fürchtete mich schrecklich davor, dass er mir etwas antun könnte und er sprach über Waffen?

„Vorsicht, das wird gleich wehtun. Dir werden Narben bleiben. Ganz bekommen wir das nicht hin."

„Ist egal." Vielleicht schreckte ihn der Anblick ja ab, wobei ich wohl kaum ständig mit freiem Rücken herumlaufen würde.

„Du musst unglaublich gelitten haben", stellte Jace fest. Es zwickte und brannte, als er die Bandagen löste. Ich biss die Zähne fest zusammen.

„Nein. Sie haben mich betäubt. Sonst hätte ich mich selbst retten können."

„Wie meinst du das?" Jace tupfte vorsichtig auf meinem Rücken herum und trug eine kühlende Salbe auf. Langsam entspannte ich mich ein wenig, wollte ihm gegenüber jedoch vorsichtig bleiben.

„Ich kann in die Gedanken aller Lebewesen sehen. Außer in deine."

„Mmhhh... Kann an der Metallplatte in meinem Kopf liegen."

„Was ist dir passiert?" Ich zischte auf, als er zu fest drückte.

„Das ist unwichtig."

„Das ist nicht fair! Du willst, dass ich mich dir öffne und dann sprichst du nicht über dich?" Jace zögerte einen Augenblick. Ich spürte seine prüfenden Blicke auf meinem Rücken.

„Zieh nur das Shirt an, da muss Luft drankommen." Verwirrt über sein Ausweichen nahm ich das Oberteil und zog es mir über.

„Welche Waffe willst du?" Damit war klar, dass er mir seine Geheimnisse nicht verraten wollte, doch ich würde bestimmt noch dahinter kommen. Jace wusch sich die Hände und überspielte meinen finsteren Blick mit zur Schau gestellter Gelassenheit.

„Einen Bogen fände ich gut." Vorerst ließ ich es bleiben, weitere Fragen zu stellen.

„Stimmt. Man hört die Pfeile nicht, nur ist die Munition stark begrenzt." Nachdenklich kaute ich auf meiner Unterlippe herum. „Danke", gab ich beschämt ab. Der Stoff rieb zwar ein wenig an meinen Wunden aber die Salbe tat wirklich gut.

Jace führte mich aus dem Haus zu einer Art Schuppen. Staunend betrachtete ich die vielen Werkzeuge, Arbeitsmittel und Materialien, die darin sauber aufgereiht an den Wänden hingen.

„Wo hast du das gelernt?" Jace schob seine Ärmel hoch. Dabei bemerkte ich, dass sein einer Arm aus Metall bestand. Eine beeindruckende Konstruktion. Jace beobachtete mich, während ich seinen Arm eingehend betrachtete. Die filigrane Konstruktion war fantastisch ausgearbeitet und bestens durchdacht.

„Das ist der absolute Wahnsinn! Hast du das gebaut?" Winzige Drähte, Metallröhrchen und Scharniere erblickte ich. Das war so ziemlich das Genialste, was ich jemals gesehen hatte.

„Findest du es nicht schrecklich oder abstoßend?"

„Nein, absolut nicht. Es ist wunderschön. Es erinnert mich an all das, wozu wir hätten fähig sein können. Jace, hast du das allein entwickelt?" Verunsichert nickte er. Dabei wirkte er viel jünger als sonst. Irgendwas stimmte mit ihm nicht. Na ja, ich konnte ausschließen, dass es sich bei Jace um einen normalen Menschen handelte. Vielleicht war er ja wie ich? Eine sonderbare Laune der Natur? Etwas an ihm erinnerte mich an die alte Zeit, die wesentlich moderner gewesen war als das, was uns diese Kreaturen beschert hatten.

„Kommst du auch aus der Vergangenheit? Ich meine, kanntest du die Welt der Technik?", fragte ich ihn neugierig. Zwar ahnte ich es bereits, wollte es aber genau wissen.

„Ja, ich lebe seit vielen Jahren." Seine Mimik ließ in diesem Augenblick keine weiteren Fragen über seine Person zu.

„Wir sind beide anders. Vielleicht erzählst du es mir irgendwann einmal", stellte ich flüsternd fest.

„Ich bin ein Monster!" Das war er definitiv nicht.

„Nein! Eine Vierzehnjährige, die drei Menschen eiskalt tötet: Das ist ein Monster! Die Menschen, die Leben nehmen sind Monster und dann gibt es noch diese Kreaturen. Die Kreaturen, die unsere Welt zerstören. Sie haben meine Kinder genommen, sie vernichtet! Nein, nicht getötet! Entweder zu willenlosen Soldaten gemacht oder sie benutzt und wie Abfall weggeworfen. Das sind die wahren Scheusale dieser Welt."

„Dann siehst du dich selbst auch als Monster?"

„Ich bin das Produkt all dessen. Ich räche mich für ihre Taten. Natürlich ist es falsch. Aber ich werde sie vernichten oder zumindest ganz viele mitnehmen." Jace führte mich aus der Werkstatt hinaus. Wir setzten uns auf einen Baumstamm, der gefällt vor dem Haus lag. Die Sonne schien uns ins Gesicht, das sanfte Rascheln der Blätter schenkte uns einen Augenblick der Ruhe. Vögel zwitscherten, die Hühner gackerten zufrieden. Dieser Ort konnte einen glauben lassen, dass die Welt doch nicht so kaputt war, wie ich sie erlebt hatte.

„Wie viele Kinder hattest du?"

„Wieso? Ach so... ich habe als Lehrerin gearbeitet." Jace schmunzelte.

„Du hast diesen Beruf geliebt?"

„Mmhh, ja. Mehr als mein Leben."

„Ich wurde erschaffen um zu töten. Wir unterscheiden uns maßgeblich voneinander." Das glaubte ich ihm nicht und schüttelte nachdenklich den Kopf. Niemand wurde gemacht um zu töten. Man konnte sich nur dazu entschließen.

„Du glaubst mir nicht? Ich wurde in einem Labor zu einem Supersoldaten herangezüchtet. Ich werde an die zweihundertfünfzig Jahre alt und bin nie krank. Ich bin leistungsfähiger, brauche weniger Schlaf und lerne schneller als normale Menschen." Endlich erfuhr ich etwas über seine Geschichte. Erstaunlich war nur, dass wir uns gerade erst ein paar Stunden kannten und doch es fühlte sich an, als würde uns unsere Vergangenheit zusammen schweißen.

„Aber du musst eine Mutter gehabt haben und einen Vater."

„Stimmt, aber ich kann mich nicht an sie erinnern. Sie haben ihr Kind der Forschung übergeben."

„Dann sind sie die Monster. Ich hätte nie ein Kind weggeben können." Jace zuckte mit den Schultern.

„Mich hat man jedenfalls zu einem gemacht. Ich habe nicht einmal einen blassen Schimmer, wie viele ich getötet habe." Ich schaute ihn traurig an. Er tat mir wirklich leid.

„Jetzt kannst du dich entscheiden. Wenn du mich trainierst, dann erschaffst auch du einen Krieger oder Mörder. Ich werde auch vor Menschen nicht Halt machen." Jace schluckte angespannt, blickte mir aber entschlossen in die Augen.

„Versprichst du mir, die Unschuldigen zu beschützen?"

„Insofern ich es kann, ja. Aber ich lebe in der Gewissheit, dass auch sie meine Opfer werden könnten. Hoffentlich lässt es sich aber vermeiden." Jace nickte mir zu.

„So ist es im Krieg auch. Da sterben reihenweise Unschuldige."

„Krieg habe ich nie verstanden. Weißt du, am Ende geht es immer nur um die Macht der Obrigkeit. Genau deshalb sind wir alle in dieser Scheiß Situation."

„Wie meinst du das?" Ich stand auf, lief ein wenig hin und her.

„Die Mächtigen wollten unsterblich werden, Kapital aus den Kreaturen schlagen. Sie haben die Menschen verkauft. Bestimmt finden wir irgendwo reiche Überlebende."

„Glaubst du das wirklich? Ich weiß nicht."

„Wie lange lebst du schon hier?" Ich deutete auf den Wald.

„Etwa achtzig Jahre. Ich habe für eine merkwürdige Organisation gearbeitet, die aus meinen technischen Entwicklungen Waffen bauen wollten. Letzten Endes verkaufte ich mein Unternehmen und zog mich zurück."

„Dann hast du von alledem nichts mitbekommen. Ich habe gesehen wie die Reichen sich zurückzogen, als es zu spät war. Wie sie sich den Kreaturen angebiedert haben. Es war grauenvoll." Jace schaute mich betrübt an.

„Ich werde dich ausbilden. Der Bogen soll deine Waffe sein. Aber verlang nicht, dass ich dir folge."

„Danke. Du wirst das letzten Endes selbst entscheiden, da möchte ich mich nicht einmischen."

Luzifer

Der Teufel langweilte sich schrecklich. Immerhin sorgte sein kleines Projekt für gute Nachrichten. Nach einigen Tagen hatten seine beiden Schützlinge sich zusammengerauft. Jewas Wunden heilten, sie begann zu trainieren und die Wahl ihrer Waffe imponierte ihm. Sie schien klüger zu sein als er erwartet hatte. Nur Jace bereitete ihm ein wenig Kopfzerbrechen. Er spürte, dass er nicht mehr kämpfen wollte. Dennoch brauchte er ihn, vor allem seines Verstandes wegen. Auch, wenn Jace sich selbst unterschätze, war er sehr gebildet und intelligent.

Heimlich brachte er ihnen Bücher und beobachtete unbemerkt, wie Jewa sich darüber freute. Für die einfachsten Dinge, die er ihnen besorgte, waren die beiden sehr dankbar. Er wusste, dass Jace ihn nicht verraten würde. Auch, wenn Jewa ihn ständig mit Fragen löcherte. Luzifer genoss es, die beiden zu sehen, zumal Jewa langsam anfing, Jace zu vertrauen. Das brauchte sie wirklich. Vertrauen zu sich selbst und zu einem anderen. Dadurch konnte ihre Seele anfangen zu heilen. Nichtsdestotrotz sorgte ihn Gabriels Warnung. Konnte Jewa so mächtig werden wie er gesagt hatte? Luzifer erinnerte sich an die alten Sagen. Immer wieder hatte es in der Geschichte mächtige starke Frauen gegeben. Könnte seine Jewa an diese Tradition anknüpfen?

Falls ja würde er sie schützen müssen. Denn die Menschen - sollten sie je befreit werden - würden sie jagen.

Diese Geschöpfe kannten keine Dankbarkeit, sondern nur Egoismus. Sie fürchteten sich vor dem, was ihr Geist nicht fassen konnte. Dennoch würde er Jewa ihren eigenen Weg gehen lassen müssen.

Satan begab sich abermals auf die Erde. Auf einem hohen Berg hielt er Ausschau. Wo steckten seine Brüder? Die Neugierde trieb ihn an. In der Ferne erspürte er seinesgleichen. Sie alle einte das tiefe Gefühl einer magischen Verbindung. Einer Bindung, die man niemals zerschlagen konnte. Nur wenn Luzifer in der Hölle wandelte, konnte er sie ein wenig unterdrücken. Doch sollten sie ihn rufen, dann würde er es umgehend hören. Oder sie kamen ihn persönlich besuchen, wie sie es in letzter Zeit ein paar Mal getan hatten.

Luzifer folgte seinem Instinkt. Irgendwo, es musste einst Polen gewesen sein, lag eine Burg einsam in der Landschaft. Auf einem Hügel befand sich dieses imposante Bauwerk aus einer anderen Zeit, welche so dunkel, aber auch so voller Tatendrang der Menschen gewesen war. Eine Phase, in der man an Gott geglaubt und dennoch nach Wissen gedürstet hatte.

Den aufkeimenden Gedanken an seine liebe Nadja unterdrückte er umgehend. Bevor sein Vater nicht zur Vernunft kam, würde er sie nicht wiedersehen.

Luzifer hatte das Mittelalter gemocht. Damals war der Grundstein für die spätere Zivilisation gelegt worden. Der Handel hatte angefangen zu blühen, man erfand den Buchdruck, machte Fortschritte in der Medizin. Es war erstaunlich, was die Menschen in der dunkelsten Stunde ihrer Geschichte fertig gebracht hatten. Die Biologie, die ersten Obduktionen, die alten Künstler und die Musik. Eine wunderbare Zeit! In der heutigen Welt erklang keine Musik mehr. Niemand zeichnete, malte, entdeckte oder erforschte etwas. Die Zeit schien stillzustehen. All das, was sich diese winzigen Geschöpfe ausgedacht, was sie erfunden hatten, von alledem zeugten nur noch rostende Kabel unter der Erde.

Gemächlich betrat Luzifer den Burghof. Hohe Türen aus dickem Holz, heruntergekommenes Mauerwerk und viel Staub zeugten vom steten Verfall dieses Ortes. Uriel erschien vor ihm.

„So lasse ich dich nicht rein!" Luzifer blickte an sich herab. Er hatte ganz vergessen, seine menschliche Gestalt anzunehmen.

„Besser?"

„Danke." Uriel wirkte erschöpft.

„Willst du uns nun doch helfen?"

„Nein, ich möchte nur mal sehen, was ihr so treibt." Uriel schüttelte genervt den Kopf. Dabei deutete er Luzifer, ihm zu folgen. Gemeinsam betraten sie das Innere der Burg. Die Fliesen auf dem Boden sahen zwar abgenutzt aber sauber aus. Satan mochte Dreck, Staub und Spinnweben nicht. Er bevorzugte es ordentlich, was an seiner Vergangenheit auf der Erde lag.

„Wie läuft es denn so?", erkundigte sich Luzifer bei seinem Bruder.

„Schrecklich. Wir haben das Mädchen gefunden. Anna. Sie kommt aus dem ehemaligen England und befindet sich in einem furchtbaren Zustand." Uriel führte Luzifer in einen riesigen Speisesaal. Alte Gemälde hingen an den Wänden. Ein riesiger Kamin aus Stein offenbarte sich ihm. Uriel durcheilte zügigen Schrittes den Raum und öffnete eine dunkle Eichentür. Noch konnte man die Verzierungen erahnen, doch in ein paar Jahren wären auch sie verschwunden. Die Zeit nagte an dem alten Gemäuer.

Sie erreichten eine Art Wohnzimmer. Raphael saß leise vorlesend in einem Sessel. Das Mädchen starrte mit leerem Blick aus einem Fenster.

„Warum liest er vor?"

„Weil sie selbst es nicht kann." Anna drehte sich zu den beiden um. Langes blondes, gewelltes Haar floss über ihre Schultern herab. Ihre Augen wirkten glanzlos, ungebildet, einfach.

Raphael hielt inne. Er schaute zu seinem Bruder auf, der nur Augen für das Mädchen hatte. Luzifer ging auf Anna zu.

„Wer bist du?" Ihre Stimme glich einem Hauchen. Die eines kleinen Mädchens. Dagegen besaß Jewa so viel mehr Klasse.

„Ich bin Luzifer." Anna erstarrte. Angeblich sollte sie in die Zukunft sehen können. Davon merkte man momentan überhaupt nichts. Hatten seine Brüder sich geirrt?

„Satan." Sie legte ihren Kopf schief, runzelte die Stirn und ließ ihren Blick erneut aus dem Fenster schweifen.

„Deine Wahl scheint besser. Wer ist sie?" Immerhin besaß sie offenbar eine Gabe.

„Niemand. Das geht dich nichts an." Anna schaute zu Uriel.

„Wir kennen die alte Welt nicht. Wir wissen nichts. Wir können nicht einmal kämpfen. Wir sind doch nur die Diener der anderen. Bitte, lasst mich gehen! Ich kenne mein Schicksal."

„Nein. Wir brauchen euch!" Raphael sprang auf. Er betrachtete sie flehend. Anna aber ging vor Luzifer auf die Knie.

„Herr, sag ihnen, dass sie sich irren." Luzifer lachte laut auf. Er hielt sich den Bauch. Zu oft hatte er gesehen, wie die Menschen ihn fürchteten oder anbeteten. Uriel schnaubte entnervt.

„Tja, ihr seid echt am Arsch!", prustete der Teufel in einer anderen Sprache, damit Anna ihn nicht verstehen konnte. Dennoch bekam er Mitleid mit seinen Brüdern. Sie wirkten so verzweifelt. Er hockte sich vor Anna hin.

„Lerne, kämpfe und werde stark. Dann kannst du deine Familie beschützen. Oder was auch immer dir etwas bedeutet." Anna blickte ehrfürchtig in Luzifers Augen.

„Herr, ich gehöre dir."

„Nein, ich will dich nicht. Ich bevorzuge starke Frauen." Anna sah ihn entsetzt an. Ein wenig verletzten Stolz konnte man in ihrem Blick lesen. Luzifer schnupperte an ihr.

„Nicht einmal Jungfrau bist du mehr." Damit löste er sich von ihr. „Viel Glück, Leute! Da ist mir Gabriels Vorschlag lieber!" Raphael tauchte vor ihm auf.

„Welcher Vorschlag?"

„Die Hölle zu öffnen und alles den Bach runtergehen zu lassen." Luzifer zwinkerte seinem Bruder zu.

Kurze Zeit später war er zurück in der Hölle. Natürlich beschloss er, sich die anderen beiden auch noch anzusehen, aber das vertagte er lieber. Denn wenn die beiden Jungen auch so waren, konnten seine Brüder wirklich einpacken.

Jewa

„Oh nein! Hilfe!"

„Jetzt hab dich nicht so!"

„Jace! Wenn ich falle!"

„Dann fange ich dich auf. Wie ist es da oben?" Jace lachte zufrieden. In den letzten Wochen hatte ich richtig gute Fortschritte gemacht. Jace scheuchte mich Bäume hinauf, ließ mich lange Strecken rennen und ich spürte, wie mein Körper langsam stärker wurde.

Gerade hing ich auf einem Baum. Jace und ich hatten alte Obstbäume gefunden. Ich warf ihm einen Apfel hinunter.

„Hey! Mit Essen wirft man nicht!"

„Man jagt auch keine kleinen Mädchen auf Bäume!"

„Du bist kein Mädchen!" Ich sammelte noch ein paar Äpfel, tat sie in einen Korb, ließ ihn an einem Seil herab und kletterte nach unten.

„Was bin ich dann?" Manchmal störte es mich, dass Jace mich mehr als Kind betrachtete denn als Frau. Natürlich lag es an meinem jungen Körper, dennoch wollte ich als Erwachsene gesehen werden, obwohl das im Widerspruch zueinander stand. Mich wunderte es selbst. Die letzten Jahre war es mir egal gewesen, wie oder ob mich jemand sah.

„Ach, komm schon! Das hatten wir bereits." Jace sammelte noch ein paar Äpfel auf. Ich ließ meine Gedanken ausschweifen, da er mich gebeten hatte, dies so oft wie nur möglich zu tun. Nicht, dass es irgendwann eine böse Überraschung gäbe.

Ich verspürte Tiere, Tiere, Tiere...

„Stopp! Jace?" Er sah mich fragend an.

„Da ist etwas. Noch ganz weit weg, aber ich spüre jemanden."

„Willst du mich ärgern?" Ich schüttelte angespannt den Kopf und deutete Jace still zu sein. In der Ferne fühlte ich die Gedanken eines verletzten Mannes. Seine Seele und seine Gedanken schienen voller Hass zu sein. Ich erkannte mich selbst ein wenig in ihm wieder.

„Ein junger Mann. Vielleicht zwanzig. Sehr böse. Warte..." Ich hockte mich hin, konzentrierte mich, strengte mich mehr an. „Ein Tier, eine wilde Bestie schlummert in ihm. Wie bei den Werwölfen, aber es ist kein Wolf, eher ein Puma."

„Dann lass uns gehen."

„Nein, er ist verletzt!"

Jace hockte sich zu mir. Entschlossen meinte er: „Bei den alten Indianern soll es Formwandler geben. Sie können sich selbst schützen."

„Nein Jace, du irrst dich. Ich glaube, er braucht unsere Hilfe."

„Jewa, das kann nach hinten losgehen."

„Bitte, Jace! Lass uns wenigstens nachsehen!" Jace atmete tief durch. „Du hast nicht einmal deinen Bogen dabei."

„Brauche ich nicht, ich hab dich. Otis braucht uns."

„Gib ihm keinen Namen, das macht es nur schwerer, ihn zu töten!" Ich rappelte mich auf. Zufrieden stapfte ich los. Es würde etwas Zeit in Anspruch nehmen, da wir uns einige Kilometer entfernt befanden.

„Dir ist bewusst, dass wir erst mitten in der Nacht wieder am Haus sind?" Jace war noch immer nicht begeistert.

„Nehmen wir einmal an, er wird zu einem Tier. Wie gefährlich wird es dann für uns?" Jace schnaubte. Was so viel bedeutete wie dass er mir Recht gab.

„Was ist, wenn er sich vor unseren Augen verwandelt?"

„Dann werden wir da schon irgendwie rauskommen. Immerhin glaubst du mir." Ich zwinkerte Jace zu, griff mir einen Apfel und biss beherzt hinein.

„Tiere kann ich steuern, das ist kein Problem." Jace schnaubte erneut. Ihm gefiel mein Plan einfach nicht.

„Was machen wir, wenn wir ihn verletzt finden?"

„Dann päppeln wir ihn auf und lassen ihn gehen. Ach, komm schon, ich nerve dich sonst die ganze Zeit damit!" Jace schaute zu mir.

„Hattest du diese Fähigkeiten schon in deinem ersten Leben?" Ich wusste, dass er vom Thema ablenkte. Trotzdem antwortete ich ihm.

„Nicht so ausgeprägt wie jetzt. Ich hatte oft das Gefühl, aus Menschen lesen zu können. Wenn sie logen oder etwas verschwiegen, dann ahnte ich es. Wenn sie litten, spürte ich es. Mit jeder Geburt wurde es stärker." Ich spürte, wie wir uns Otis näherten. Seine Wunden waren sehr tief, er kämpfte ums Überleben. Ich legte etwas an Tempo zu.

„Wie war es, zu sterben?" Jace lief nachdenklich neben mir mit.

„Schlimm. Ich glaube nicht, dass ich noch einmal zurückkommen werde. Dieser Kinderkörper momentan macht mich schon fertig."

„Ist es meine Schuld? Ich meine, dass du nicht zurückkommen willst?" Darüber musste ich nachdenken. Für Jace empfand ich mittlerweile bereits eine tiefe Freundschaft. Klar störte es mich, dass er mich nicht als Frau sah. Aber eigentlich konnte ich mir auch keine Beziehung zu ihm vorstellen. Allein der Gedanke daran war aufgrund unserer Situation völlig absurd. Trotzdem fehlte mir körperliche Nähe. Das war mir erst durch ihn bewusst geworden. Zum Schluss hatte ich es sogar gemocht, wenn er meine Wunden versorgt und mich dabei berührt hatte. Manchmal wollte ich ihn einfach gern nur umarmen. Aber das traute ich mich nicht.

„Nein, es liegt nicht an dir. Wir sind gleich da!" Ich deutete auf eine Lichtung. Rauch stieg auf. Otis musste sich ein Feuer gemacht haben.

Wir blickten auf die Lichtung. Vor dem kleinen Feuer lag Otis. Seine Atmung ging schwer, frisches Blut glitzerte im Schein der Flammen und bedeckte seine Kleidung, die in Fetzen an seinem Körper herabhing.

„Sei vorsichtig!", flüsterte Jace mir zu. Gemeinsam pirschten wir uns an Otis heran.

„Psst!" Machte ich und erntete einen finsteren Blick von Jace. Otis aber schien gerade sein Bewusstsein zu verlieren. Seine Gedanken verschwammen und schon wurde es dunkel in seinem Geist.

„Er ist ohnmächtig." Entsetzt stellte ich fest, dass sein Zustand erbärmlich war. Jace drehte ihn um. Ich schaute auf. Dabei erspürte ich zwei dieser Kreaturen. Zu schnell kamen sie auf uns zu. „Jace? Wir bekommen Besuch." Jace sah sich um.

„Er wird es überleben." Aus Jaces linkem Arm erklang ein Klicken. Ich deutete eine Zwei, mit meinen Fingern an. Jace knurrte leise.

„Du hast keine Waffe." Ich tippte an meinen Kopf. Dabei suchte ich nach Tieren, großen, gefährlichen Tieren. Leider fand ich keine in der Nähe. Jace stellte sich in Kampfposition auf. Ich tat es ihm gleich.

„Jace! Da!" Ich zeigte ihm die Richtung, aus welche einer der Angreifer kam. Jace legte seinen Arm an. Ich schaute in die andere Richtung, damit ich den zweiten sehen konnte, sobald er auftauchen würde. Eine unheimliche Stille legte sich über uns, nur unsere Atemzüge durchbrachen sie. Otis rührte sich nicht. Schützend stellten wir uns auf. Aus einer anderen Richtung erklang ein leises Knacken, aber das stammte von einem kleinen Tier.

„Das war eine beschissene Idee", murmelte Jace angespannt. Ich erwiderte lieber nichts. Eigentlich bereute ich es nicht einmal, denn ich wollte zumindest eine dieser Kreaturen mit mir reißen. Sollte mir eine von ihnen begegnen, würde sie nicht ungestraft davonkommen.

Ich blinzelte gegen die Dunkelheit an. Weiße Haut leuchtete im Mondlicht auf. Doch bevor ich etwas sagen konnte schoss Jace bereits in die Finsternis.

Ich konzentrierte mich auf den Untoten, der auf mich zukam. Ich fand seinen Geist, bohrte mich hinein. Es dauerte zu lange. Dieses Monster rannte mich um, griff mir an den Hals, presste mich zu Boden. Ich bekam keine Luft, trotzdem versuchte ich, in seinen Geist einzudringen. Nur wirre Gedanken ohne jeglichen Zusammenhang. Er bäumte sich auf als hätte er Schmerzen. Meinen Körper riss er dabei mit sich. Wie eine Puppe schleuderte er mich herum. Er warf mich gegen einen Baum, mein Kopf schlug hart dagegen. Aber ich hielt die Verbindung. Weitere Schüsse hallten durch die Dunkelheit. Meine Gedanken griffen nach einer Erinnerung des Monsters. Es musste einmal menschlich gewesen sein, da ich seinen Tod und sein erneutes Erwachen spüren konnte. Ich zog an diesem Schmerz des Erwachens. Unglaublich bestialische Qualen hatte es erleiden müssen. Die Seele schien dabei förmlich zerrissen worden zu sein. Ich griff nach diesem Gedanken. Ein grässliches Kreischen durchbrach die Stille des Waldes.

Ein Schuss folgte. Ich sah in die leblosen Augen, wie sie sich verdunkelten und die Kreatur in sich zusammenfiel. Eine dunkle Flüssigkeit drang aus ihren Schläfen und glänzte im Schein des Mondes.

Jace tauchte bei mir auf. Ich bekam noch immer keine Luft, mein Hals fühlte sich schrecklich an, mein Kopf dröhnte und mein Arm brannte höllisch.

„Du stirbst mir hier nicht weg!" Jace musterte mich besorgt. Trauer blitzte in seinen Augen auf. Ich versuchte, meinen gesunden Arm nach ihm auszustrecken. Er ergriff meine Hand. Vorsichtig hob er mich hoch.

„Schhht. Sprich nicht." Ich genoss seine warme Brust, ließ meinen Kopf an ihr niedersinken und nahm seine Nähe auf. Zögernd schloss ich meine Augen. Mein Körper kämpfte um Sauerstoff. Doch ich wusste, wie meine Kehle aussehen musste. So unnachgiebig wie mich die Kreatur gewürgt hatte, konnte mein kleiner Körper das nicht überstanden haben.

„Bleib wach!" Jace klang verzweifelt. In diesem Moment beschloss ich, nicht noch einmal eine Schwangere aufzusuchen. Dieses Mal würde ich lieber als Geist herumirren wollen. Noch einmal wollte ich nicht von vorne anfangen. Es nervte. Mein Körper krampfte, es schüttelte mich, bis ich ohnmächtig wurde.

Luzifer

Mitten am Abend musste er zwei Neulinge in Empfang nehmen. Er erhob sich aus seinem Sessel und schritt aus der Bibliothek zum Thron. Während er durch die Räume ging, nahm er seine teuflische Gestalt an. Es gehörte für ihn einfach zum Spiel dazu. Die beiden Neulinge standen starr an einer Stelle, sie konnten sich nicht rühren. Ein alter Zauber hielt sie fest, eine Art Bannkreis für böse Seelen. Nur Luzifer und ein paar auserwählte Dämonen konnten ihn durchbrechen.

Erstaunt stellte Luzifer fest, dass es sich um zwei dieser Kreaturen handelte. Er fragte sich, wie sie den Tod gefunden hatten. Auch ihre menschliche Seite erkannte er, obwohl ihre Seelen gebrochen waren. Sie schienen förmlich gerissen zu sein.

„Wie seid ihr umgekommen?" Luzifer lief um sie herum. Ihre Haut schimmerte grau. Sie waren wohl noch nicht alt, denn es wirkte, als befänden sie sich noch in einer Art Entwicklungsphase.

„Helft uns! Wir jagten einen Formwandler. Zwei andere haben uns im Wald aufgelauert." Luzifer wurde neugierig.

„Was für zwei?"

„Ein Mann und ein Kind. Das Kind ist dem Tode geweiht." Luzifer sah sie schockiert an.

„Vassago!" Luzifers Stimme bebte durch die gesamte Hölle. Ein Wirbel aus schwarzem Rauch erhob sich vor den Männern. Vassago, einer der schrecklichsten Fürsten der

Unterwelt, materialisierte sich. „Pass gut auf sie auf! Nimm sie auseinander, ich brauche ein paar aufschlussreiche Informationen!" Vassago verneigte sich vor Luzifer, umschloss die beiden mit Rauch und riss sie mit in seinen Bereich der Hölle. Bevor Luzifer sich diesen Neuankömmlingen würde widmen können, musste er nach seinen beiden Schützlingen sehen.

Er tauchte vor dem Holzhaus auf und betrachtete es besorgt.

Dort war niemand. Luzifer suchte mit seinen mentalen Kräften die Gegend ab. Er vernahm, wie jemand panisch durch den Wald rannte.

„JACE?"

„Hilf mir!", hörte er ihn. Schnell rannte er in die Richtung aus der die Stimme kam. Ein vollkommen aufgelöster Jace mit der leblosen Jewa im Arm tauchte vor ihm auf.

„Sie stirbt!" Luzifer nahm ihren Körper entgegen.

„Das lassen wir nicht zu."

„Sie will nicht mehr zurückkommen." Jace war verzweifelt. Tränen traten ihm in die Augen. Liebte er sie etwa? Aber darum würde Luzifer sich erst später kümmern können.

„Wieso wart ihr so weit draußen?" Luzifer trug Jewa zum Haus und legte sie in ihr Bett. So hübsch, so unschuldig, so lieb und sein Vater erkannte es nicht.

„Sie wollte diesen Jungen retten. Er liegt noch im Wald." Satan blickte Jace an.

"Dann rette den Jungen! Ich kümmere mich um sie." Nur schwer konnte Jace sich lösen und lief widerwillig zurück in die Dunkelheit. Luzifer strich Jewa eine Haarsträhne aus dem Gesicht, legte sanft die Hände auf ihre geschwollene Kehle, spürte die Verletzungen auf, übertrug sie auf seinen Körper, fühlte, wie schwer es ihr fiel zu atmen.

Dann barg er ihren Kopf in seinen Händen und übertrug die Risse ihres Schädels auf sich selbst. Nur so konnte er sie heilen. Selbst bei ihm verursachten die Verletzungen tiefe, grausame Schmerzen. Taumelnd löste er sich von ihr. Ihren Arm schaffte er nicht mehr. Nadja war einfacher zu heilen gewesen, stammte sie doch aus seiner Linie; doch bei Jewa musste er die Verletzungen auf sich selbst übertragen.

Jace tauchte schwer atmend auf. Er starrte Luzifer an. „Kümmere dich um ihren Arm", krächzte er und löste sich auf. Ein paar Tage in der Hölle würde er zur Regeneration benötigen.

Taumelnd schaffte er es gerade noch in sein Bett. Sterben konnte er nicht, zumindest nicht an diesen Wunden, dennoch spürte er die stechenden Schmerzen als wäre er ein Wesen von Fleisch und Blut. Verdammt, seine Jewa war doch noch ein Kind, erst fünfzehn Jahre. Wie viel Leid mutete ihr das Schicksal denn noch zu?

Jewa

Jace saß an meiner Seite und versorgte liebevoll meinen Arm. „Wie ist das möglich?" Ich wunderte mich, dass ich wieder Luft bekam und meine mörderischen Kopfschmerzen verschwunden waren. „Wir haben jemanden, der auf uns aufpasst."

„Jace?" Zerknirscht presste er seine Lippen aufeinander. Er wollte mir noch immer nicht verraten, wer auf uns achtete.

„Ich würde dich gern drücken."

„Wie? Was? Nein!"

„Doch nicht so! Ich brauche ein paar Streicheleinheiten." Jace schüttelte entsetzt den Kopf.

„Na gut, dann warte ich eben."

„Worauf?"

„Darauf, dass ich wieder fast sterbe und du mich in den Arm nimmst."

„Jewa, du bist noch ein Kind!" Das machte mich wütend.

„Nein! Ich stecke in einem jungen Körper fest und wollte nur umarmt werden! Nicht mehr und nicht weniger! Gehörst du zu denen, die hinter allem gleich etwas Sexuelles sehen? Schon mal was von Freundschaft gehört?" Jace drückte unsanft auf die Schiene an meinem Arm. Ich zischte auf und funkelte ihn finster an.

„Ich bin nicht zum Kuscheln gemacht worden!" Er stand auf und vergrößerte die Distanz zwischen uns.

„Na toll! Man ist, was man selbst aus sich macht! Wenn du ein Monster sein möchtest, dann nur zu!" Jace schaute mich an, ging hinaus und schlug wütend die Tür zu.

„Otis ist hier", vernahm ich durch die geschlossene Tür. Ich wollte nicht mit ihm streiten, trotzdem nervte mich seine Ablehnung. Ich wünschte mir eine Umarmung und nicht mehr. Das ging mir echt gegen den Strich. Zudem hatte ich die Debatte über mein körperliches Alter inzwischen satt.

Um mich abzulenken schaute ich nach unserem Gast. Mal sehen, vielleicht beruhigte es mich ein wenig, immerhin musste er ebenfalls versorgt werden.

Aus den gleichmäßigen, knackenden Geräuschen, die von draußen hereindrangen, schloss ich, dass Jace wohl Holz für den Winter hackte. Wegen meines verletzten Armes konnte ich ihm dabei nicht helfen. Ich dachte über meinen Retter nach. Wer unterstützte uns denn? Wer konnte ein so großes Interesse an uns haben?

Unten lag Otis auf dem Sofa. Er schien zu schlafen. Nein, er tat nur so. Jace war ebenso unachtsam gewesen wie ich. Otis hatte sich ein Messer aus der Küche geholt. Er fürchtete sich vor uns und war zum Äußersten bereit.

„Hallo, Otis." Vorsichtig ging ich zu ihm. Er regte sich nicht.

„Du brauchst nicht so zu tun als würdest du schlafen. Ich weiß, dass du wach bist." Aus seinen Gedanken las ich, dass er vorsichtig bleiben wollte. Er glaubte mir nicht. Na gut, dann konnte ich ebenso gut in der Küche etwas zu

Essen vorbereiten. Otis grübelte über seine Möglichkeiten nach. Dass eine Flucht in seinem Zustand ausgeschlossen war, erkannte er selbst. Also stellte er sich weiterhin schlafend. Ich fand die Idee gut, dann störte er immerhin nicht. Doch dann beschloss er, sich uns zu stellen und zu sehen, was wir so trieben. Der Duft der gebratenen Eier tat das Übrige. Er hatte wirklich Hunger.

Otis gähnte und streckte sich. Ich verdrehte die Augen. Hielt er uns für so dämlich? Sogar ein Kleinkind hätte ihn durchschauen können. Die Eier würzte ich noch, stellte etwas heißen Tee auf den Tisch und setzte mich hin. Natürlich sorgte ich für etwas Abstand, da er noch immer das Messer bei sich trug. Otis musterte mich. Er wunderte sich über mein junges Äußeres, versuchte, es mit Jace in Einklang zu bringen.

Wankend kam er zum Tisch. Er musste seit Tagen nichts Vernünftiges gegessen haben. Seine Gedanken kreisten nun um seine Familie. Er stellte sich seine Freunde vor, seinen Großvater. Seltsamerweise schien er ihn zu visualisieren als könne er ihm so eine Botschaft übermitteln. Er versuchte ihm mitzuteilen, dass er noch am Leben war.

„Ich wurde verfolgt." Aha, er konnte also doch sprechen.

„Ja, die beiden sind erledigt."

„War das dein Freund?" Ich nickte und deutete auf das Essen. Draußen waren die Geräusche der Axt verstummt. Jace musste sich ausreichend abreagiert haben.

Otis probierte die Eierspeise. Sie schmeckte ihm offensichtlich. Eifrig schlang er sie hinunter.

„Ich kann dir einen Apfel geben." Langsam stand ich auf, wusch einen ab und reichte ihn ihm. Als Jace das Haus betrat, drehte Otis sich ruckartig zu ihm um. Doch Jace setzte sich ruhig zwischen uns.

„Was seid ihr beiden? Normale Menschen überleben hier draußen nicht. Sein Körper besteht aus Metall. Bist du seine Gefangene?" Otis biss in den Apfel und trank den Tee in einem Zug aus.

„Bin ich nicht."

„Wie seid ihr hierher gekommen?" Jace warf mir einen warnenden Blick zu. Ich schaute Otis unverwandt an. Auf Jace war ich noch immer wütend.

„Zu Fuß? Man setzt einen vor den anderen." Otis schien das nicht zu glauben. Er sprang auf, zog das Messer und hielt es Jace vor die Nase.

„Otis, lass das! Leg das Messer hin!", sprach ich sanft auf ihn ein. Er zitterte. Er hielt uns für abartig und fürchtete sich vor uns. In seinen Gedanken malte er sich die schrecklichsten Dinge aus, die zwischen Jace und mir ablaufen könnten. Jace blieb starr sitzen. Er versuchte, Augenkontakt zu Otis herzustellen. Ich erhob mich.

„Otis, nicht Jace ist hier das Monster. Leg das Messer weg, sonst muss ich dir wehtun." Otis betrachtete mich fragend. Kaum hörbar sprach ich auf ihn ein. Dabei kroch ich in seine Gedanken, übernahm seinen Körper und steuerte ihn von Jace weg. Entsetzt starrte er mich an.

„Siehst du, ich kann nicht zulassen, dass Jace oder mir etwas zustößt. Lass das Messer fallen und verschwinde!" Klirrend fiel das Messer zu Boden. Vor unseren Augen verwandelte er sich in einen schwarzen Puma, knurrte uns an, drehte sich um und verschwand in die Dunkelheit des Waldes.

Ich stellte das Geschirr zusammen und trug es in die Küche. Jace tauchte hinter mir auf.

„Du hättest ihn töten können."

„Ja, es ist nicht schwer."

„Warum hast du es nicht getan? Was ist, wenn er andere holt?" Ich zuckte mit den Schultern.

„Vielleicht erkennen sie, dass wir nichts Schlechtes wollen. Wenn nicht, dann können wir sie noch immer töten." Jace legte mir seine rechte Hand auf die Schulter.

„Was hat er gedacht?"

„Dass du mich zu schlimmen Dingen zwingst."

„Deshalb will ich dich nicht anrühren." Tränen traten mir bei seinen Worten in die Augen. Er löste sich von mir, verriegelte die Haustür und verschwand nach oben in sein Zimmer. Noch immer war es mitten in der Nacht. Ich beschloss, mich in den Schlaf zu weinen. Mir war das alles zu dumm, ich verstand es nicht. Wieso machte sich Jace Gedanken über das, was andere über uns denken könnten und verletzte mich damit? Das wollte mir einfach nicht in den Kopf gehen.

Luzifer

Drei Tage dauerte es, bis er sich erholt hatte. Erschöpft stand er auf, streifte durch die Hölle und begab sich zu den beiden neuen Insassen. Sie waren in eine Zelle gesperrt und mit Ketten an den dicken Steinmauern fixiert worden. Wo war sein Dämon geblieben?

„Vassago?"

„Gebieter?" Der Dämonenfürst erschien vor ihm.

„Lass uns einen sezieren." Vassago verneigte sich vor seinem Herrn, löste eine der Kreaturen aus ihren Fesseln und legte sie auf einen Stahltisch. Das Wesen wehrte sich kaum, blickte ihn nur aus trüben Augen matt an. Kraftlos von der letzten Folterung lag es auf dem Tisch. Luzifer holte sich ein Skalpell und schnitt geübt den Leib des Untoten auf. Die graue Haut fühlte sich an wie altes Leder und war bedeutend schwieriger zu durchschneiden als menschliche Haut. Vorsichtig öffnete er den Torso und schlug dazu die Hautlappen zur Seite. Eine schwarze Flüssigkeit floss aus der Öffnung, quoll hervor wie Öl. Satan betrachtete erstaunt den Knochenbau. Um das verrottete Herz und die Lunge schloss sich ein knöchernes Geäst. Was einmal Rippen gewesen sein mussten, hatte sich in ein schützendes, verworrenes Etwas verwandelt. Er griff nach einer Knochensäge und durchbrach den dicken Brustpanzer. Das Röcheln seines Opfers ignorierte er. Der Teufel erkannte, dass ein Pfeil dieses starke Knochen-Konstrukt wohl kaum würde durchdringen können. Er arbeitete sich zum Herzen vor. Es schlug immer schwächer. Unbeschreiblich langsam pumpte es die schwarze Flüssigkeit durch den Körper. Es erweckte den Anschein als seinen diese Kreaturen eine Mischung aus Zombie und Vampir.

„Was denkst du?", erkundigte er sich bei Vassago.

„Es erinnert mich an die alten Wiedergänger aus der nordischen Mythologie. Sie rächen sich für die Störung ihrer Totenruhe." „Aber wo haben sie ihren Ursprung?" Der Dämon beugte sich über die Kreatur und sah sie prüfend an.

„Wo ging es denn los?" ·

„Das können wir nicht mehr genau sagen. In der Menschheitsgeschichte gab es immer wieder Legenden über auferstandene Tote, doch dass sie so mächtig werden könnten, hatte keiner für möglich gehalten." Vassago blickte seinen Herrn fragend an.

„Dann vermute ich ein Überbleibsel aus alter Zeit. Vielleicht öffneten sie ein altes Grab oder fanden ein Relikt." Oder die alten Wächter hatten sich dunkler Magie bemächtigt. Hatte nicht Nadja zuletzt ihren eigenen Großvater getötet? War sie nicht von ihrer untoten Mutter schwer misshandelt worden? Wusste sie vielleicht die Antworten auf all ihre Fragen? War es wirklich möglich, dass diese Untoten aus ihren Reihen stammten? Das durfte nicht sein. Was, wenn seine Brüder erfuhren, dass diese Wesen aus ihren eigenen Blutlinien hervorgegangen waren?

Luzifer runzelte die Stirn und blickte nachdenklich auf den Wiedergänger herab

„Meister, was ist mit seinem Kopf?" Noch immer schlug das Herz langsam, während der Körper zusehends erschlaffte. Wie in Zeitlupe fiel er in sich zusammen. Vassago tastete den Kopf der Kreatur ab. „Seht! Wie bei einem Neugeborenen. Die Fontanelle ist offen, die Knochen fühlen sich an der Stelle weicher an." Luzifer schnitt vorsichtig die dicke Haut weg. Auch hier war der Knochen stark, nur eben an diesem einen Punkt konnte man mit einem Messer oder einem anderen spitzen Gegenstand in das Gehirn des Untoten eindringen. Das war also der Schwachpunkt der Wiedergänger. Die Fontanelle. Oberhalb der Stirn lag dieser empfindliche Punkt. Luzifer nahm das Skalpell und stach es in die graue Masse. Binnen Sekunden zerfiel der bereits tote Leib zu Staub.

Es dauerte länger als bei einem gewöhnlichen Menschen, bis sich die Kreatur wie im Zeitraffer wieder zusammengesetzt hatte und erwachte, begleitet von einem schrecklichen Kreischen. Ja, das war das wahre Leiden der Hölle.

Luzifer beschloss, Jace darüber zu informieren. Erst spät in der Nacht materialisierte er sich vor seinem Bett.

„Jace, wach auf!" Der schreckte aus seinem leichten Schlaf hoch.

„Mmmhhh?"

„Wir haben etwas herausgefunden. Nachdem ihr die beiden runtergeschickt habt."

„Wen?" Luzifer sah sich um.

„Wo ist dieser Formwandler?" Jace setzte sich auf.

„Der ist weg."

„Das war dumm. Was ist, wenn er euch verrät?"

„Jewa hat ihn gerettet." Luzifer zischte besorgt.

„Undank ist der Welten Lohn... Zumindest haben wir herausgefunden, dass diese Wiedergänger am Kopf verletzlich sind. Das Herz ist zu gut gesichert. Immer auf den Kopf schlagen oder schießen."

„Ja, das hat funktioniert. Was genau ist denn ein Wiedergänger?" Luzifer setzte sich auf Jaces Bett.

„In den alten Kulturen gab es immer wieder Erzählungen über auferstandene Toten. Nicht zwingend Vampire oder Zombies. Sie kommen zurück. Wir wissen nur noch nicht wie. Sie rächen sich an den Lebenden und ernähren sich von ihnen."

„Also wie Vampire."

„Schon, jedoch sind die Vampire nur eine Erfindung der Menschen. Die Wiedergänger sind wesentlich älter. Es gab sie schon in der nordischen Mythologie." Von Nadja und den Familien der Wächter erzählte er ihm vorerst nichts. Dieses Geheimnis würde er noch für sich behalten müssen, bis er ihm vollends auf den Grund gegangen war. Nicht, dass einer seiner Brüder davon erfuhr. Vielleicht wusste es ja Gabriel, doch der und seine seltsamen Spielchen weckten nur Luzifers Misstrauen.

„Na gut, dann nennen wir sie Wiedergänger und töten sie mit Kopfschüssen." Jace legte sich zurück ins Bett.

„Wieso bist du so mürrisch?"

„Ach, Jewa nervt mich." Luzifer musterte Jace besorgt. „Inwiefern?"

„Sie will kuscheln." Luzifer prustete los.

„Und meine Brüder halten sie für so gefährlich! Dann drück sie doch! Mädchen brauchen so etwas." Jace schnaubte genervt.

„Ich bin nicht gerade der Typ zum Kuscheln und schon gar nicht ihr Vater."

„Nein, aber ihr Freund." Luzifer erhob sich. Er grinste Jace belustigt an.

„Versuch es mal! Passt bitte besser auf euch auf!" Mit diesen Worten verschwand er wieder in sein Reich.

Jewa

Jace verhielt sich mir gegenüber seltsam, blieb auf Abstand und zog sich immer wieder in seine Werkstatt zurück. Mittlerweile musste ich schon älter als fünfzehn sein und spürte, wie mein Körper sich langsam zu verändern begann. Meine ersten Unterleibsschmerzen setzten ein, ich bekam weibliche Rundungen. Zu allem Übel hatte ich das Gefühl, dass noch eine weitere Gabe in mir schlummerte. Irgendwas verunsicherte mich. Sobald meine Hormone Achterbahn fuhren, fing es tief in mir an zu vibrieren. Ein Summen breitete sich in meinem Körper aus und ich hatte schreckliche Angst davor, da ich fürchtete, dass ich diese unheimliche Kraft nicht würde kontrollieren können. Selbst die Gabe, Gedanken zu spüren wurde stärker. Ich musste mich inzwischen anstrengen, nicht alles in meiner Umgebung aufzunehmen. Sobald ich nur ein kleinwenig wütend wurde, gingen die Gedanken der Tiere in meinem Kopf in ein schreckliches Rauschen über. Selbst Regenwürmer, Mäuse und Kriechtiere vernahm ich in meinem Innersten. Es dauerte jedes Mal seine Zeit, bis ich es wieder im Griff hatte. Jace schien davon nichts mitzubekommen. Er hing seinen eigenen Gedanken nach.

Der Winter kam in schnellen, großen Schritten auf uns zu und wir mussten uns beeilen, Vorkehrungen zu treffen, Vorräte anzulegen, Obst einzukochen und Gemüse einzulagern. Karotten, Kartoffeln und Äpfel eigneten sich hierfür besonders gut.

Auch das Training mit dem Bogen durfte ich nicht vernachlässigen. Ich wurde immer besser und zielsicherer. Jace wollte leider noch immer nicht mit mir kuscheln. Das ärgerte und kränkte mich oft. Vor allem bekam ich das Gefühl, dass er sich immer weiter von mir distanzierte je mehr mein Körper sich veränderte.

Mein Arm war schnell und gut verheilt und meine körperliche Kraft steigerte sich von Tag zu Tag. Jace verstand sich als mein Trainer. Er blieb hart und streng, nur im Nahkampf half er mir nicht, was es mir zusätzlich schwer machte. Sobald der Schnee kam, wurde es langweilig. Die Decke fiel mir auf den Kopf. Die Tage waren kurz, die Vögel fehlten mir mit ihrem Gezwitscher und Jace blieb weiterhin auf Abstand. Das Haus schien zu schrumpfen, da wir uns ständig über den Weg liefen.

Oft vertrieb ich mir die Zeit bei den Hühnern. Ich pflegte ihre Ställe, fütterte sie, beobachtete das Verhalten der Tiere. Sie nahmen mich mittlerweile schon nicht mehr wahr, schreckten nicht einmal auf, wenn ich die Ställe betrat. Wenn mir das nicht reichte, begab ich mich in das Gewächshaus. Jace hatte eine Wärmeleitung vom Haus gelegt, damit das Gewächshaus auch im Winter was von unserer Nutzwärme abbekam. In unserem ersten Winter hier waren die Vorräte sehr knapp geworden, deshalb versuchten wir diesmal, es ganzjährig zu bewirtschaften. Ich zupfte Unkraut, pflegte die Pflanzen, gelegentlich sprach ich sogar mit ihnen oder säte neues Gemüse aus. Radieschen gingen immer, ebenso wie Tomaten, welche ich mittlerweile in allen Altersstufen besaß, vom Keimling bis hin zur ausgewachsenen Pflanze. Am einfachsten waren Zucchini. Ich fand ihre Blüten wunderschön und konnte mich an diesem Wunder der Natur kaum sattsehen. Gelegentlich setzte ich mich hin und lauschte dem leisen, stetigen Tropfen im Gewächshaus. Von der Innenseite der Folien fiel das Wasser herab. Dabei überkam mich immer eine tiefe innere Ruhe. In meinem ersten Leben waren wir durch den Alltag gehetzt: Wir rannten zur Schule, machten Abschlüsse, träumten von Fernreisen, der Liebe und viel Geld. All das war jetzt unwichtig. Wie dämlich dieses Gehetze gewesen war erkannte ich erst jetzt.

„Jewa?"

„Hier! Im Gewächshaus!" Jace kam herein. Es musste angefangen haben zu schneien, da eine feine Schicht Schnee auf seinen Schultern lag und vereinzelt Flocken in seinen Haaren hingen.

„Wir sollten reden." Seine Unsicherheit konnte ich nicht nachvollziehen.

„Worüber? Mache ich etwas beim Training falsch?"

„Nein. Du machst dich großartig. Ich wollte... ach... wir gehen uns seit Wochen aus dem Weg. So kann das nicht weiter gehen!"

„Das liegt nicht an mir." Ich verstand nicht, worauf er hinaus wollte. Jace legte zögernd seine Hand auf meine Schulter.

„Ich schäme mich für das, was ich bin. Schau dir meinen Körper an! Er besteht aus kaltem Stahl." Verzweifelt, fast hilflos stand er vor mir.

„Jace, was möchtest du?" Er druckste ein wenig herum, bis er schließlich mit der Sprache heraus rückte:

„Ich hab keine Ahnung, wie man das macht und ich habe Angst davor, aber ich würde es gern mit etwas Nähe versuchen." Meinte er das jetzt ernst? Oder fehlten ihm nur unsere Gespräche? An seinem beschämten Gesichtsausdruck erkannte ich, dass er die Wahrheit gesagt hatte.

„Komm!" Kurz entschlossen griff ich nach seiner Hand und zog ihn in unser liebgewonnenes Häuschen.

Ich schob Jace auf den Sessel. Verwirrt betrachtete er mich.

„Darf ich?"

„Was hast du vor?" Ich lächelte ihn schüchtern an, setzte mich auf seinen Schoss.

„Und? Schlimm?" Jace schüttelte den Kopf. Vorsichtig rutschte ich an seine Brust und lehnte mein Gesicht daran. Mehr wollte ich doch nicht. Einfach nur etwas Nähe. Er spannte sich an, seine Atmung ging gepresst, als würde ihm etwas Furcht bereiten.

„Hast du noch nie mit einer Frau gekuschelt oder geschlafen?" Diese Frage hatte ich mir schon des Öfteren gestellt.

„Ich habe dafür bezahlt. Mit Geld. Es war nie herzlich. Sie sahen mich voller Verachtung an. Und genauso habe ich sie auch behandelt."

„Das klingt furchtbar."

„Wie war es bei dir?" Zögernd legte er seinen Arm um mich. Ich nahm es gern hin. Jace roch himmlisch und ich liebte dieses geborgene Gefühl. Er konnte mich beschützen. Tief in mir wusste ich, dass er mir nie Leid würde zufügen können. Genau aus dem Grund wollte, brauchte ich seine Nähe. Entspannt erzählte ich ihm meine Geschichte aus dem ersten Leben.

„Damals, da liebte ich meine Eltern. Sie waren toll! Wenn ich mir das Knie aufgeschlagen hatte oder krank war, trösteten sie mich. Meine Mutter kochte die besten Suppen und sang wunderschön. Nachdem Vater an Krebs gestorben war, zogen Mutter und ich weg. Kurz vor dem Umzug, ich muss vier gewesen sein, waren wir in Dresden und dort sah ich eine echte Prinzessin. Sie war wunderschön und lieb und dank ihr war ich nicht mehr so traurig. Später lernte ich in der Schule einen Jungen kennen, verliebte mich zum ersten Mal und nach einiger Zeit schliefen wir miteinander. Es war unbeholfen und einfach, aber wunderschön. Was viele Jahre später der dicke Mann mit mir getan hat, das weißt du ja. Doch das war ein anderes Leben, ein anderer Körper." Jace rutschte beschämt im Sessel hin und her.

„Und? Wie findest du die körperliche Liebe?" Jace zögerte einen Augenblick.

„Es ist schön. Ich mochte es. Was ist mit dir? Jemand muss dich doch geliebt haben!"

„Nein, Jewa. Ich wuchs in einem Trainingscamp auf. Da gab es keine Liebe, keine Zuneigung und wenn man Gefühle zeigte, wurde man bestraft."

„Das ist schrecklich. Ich hab dich lieb." Jace verkrampfte sich erneut.

„Nein, man liebt keine Monster."

„Mmhh... ich bin schlimmer als du. Darf ich dich dann lieb haben?" Jace strich mir vorsichtig über den Kopf, was sich himmlisch und irgendwie richtig anfühlte. Er musterte mich, beobachtete meine Reaktion als fürchte er sich davor. Ich schaute auf, hauchte ihm einen unschuldigen Kuss auf die Wange und genoss die wohlige Wärme, die von seinem Körper ausging.

„Hattest du noch mehr Freunde?" Jace entspannte sich allmählich. Auch er schien es zu genießen.

„Ja, im Studium." Ich schmunzelte bei dieser Erinnerung, verweilte aber nicht lange bei ihr.

„Ein schöner Mann. Er stammte aus einem vermögenden Elternhaus, studierte BWL und ich verknallte mich in ihn. Der Sex war der absolute Wahnsinn, aber er liebte mich nicht. Er verließ mich wegen einer anderen. Meine Freundinnen fingen mich auf. Ich weinte wochenlang und betrank mich. Wir gingen viel in Clubs und zum Tanzen bis es mir wieder besser ging."

„Ich kann mir dich als Partymaus gar nicht vorstellen!" Jace schien belustigt bei dem Gedanken, doch schnell wurde er wieder ernst.

„Aber schau, damals hättest du mich entsetzt angesehen."

„Nein, so war ich nie. Ich hatte selbst ein paar Kilo zu viel." Mir fiel einer meiner Schüler ein. Ein Junge, der es wirklich schwer hatte.

„Es gab einen Jungen in meiner Klasse... Seine Eltern arbeiteten viel, trotzdem war oft nicht genügend Geld da. Er trug immer nur gebrauchte Kleidung, die anderen hänselten ihn dafür. Irgendwann reichte es mir. Ich hielt einen Vortrag über Armut und Stolz. Wie bewundernswert Menschen waren, die immer wieder kämpften und sich nicht unterkriegen ließen. Gespannt lauschten mir alle. Danach sprach ich mit den Schülern über die Berufe ihrer Eltern, den Sinn dahinter. Einige arbeiteten bei Banken oder Versicherungen. Aber sein Vater arbeitete bei der Müllabfuhr und seine Mutter als Gärtnerin. Die Kinder verstanden schnell, wie wichtig diese Berufe waren. Ein weiterer Schüler meldete sich. Sein Vater baute Häuser und befand sich oft auf Montage. Ein Mädchen erklärte, dass ihre Mutter in einer Bäckerei schuftete. Am Ende fanden die Kinder es nicht fair, dass manche Eltern so wenig verdienten. Dafür nahmen sie den Jungen in ihre Gemeinschaft auf. Sogar ihre Spiele oder alten Handys wollten sie ihm schenken. Weil er so viel gar nicht brauchen konnte und ihm die vielen Geschenke auch unangenehm waren, machten wir ein Projekt daraus. Am Ende sammelten wir alle möglichen Sachen, bezogen auch die Eltern mit ein und brachten zum Schluss alles in eine Armeneinrichtung. Die Kinder beschenkten andere Kinder. Sie sprachen miteinander, stellten viele Fragen und es wurde eine tolle und lehrreiche Zeit für uns alle." Jace sah mich beeindruckt an. Ich lächelte wegen der schönen Erinnerungen.

„Du hast deinen Beruf geliebt." Ich nickte an seiner Brust. „Ja. Für mich war er perfekt."

Luzifer

Der Teufel erschien auf der polnischen Burg. Dort, wo seine Brüder die drei Menschen ausbildeten, in die sie so große Hoffnungen setzten. Bereits im Hof hörte er Kampfgeräusche aus dem Eingangsbereich erklingen.

Luzifer pochte laut an die dicke Holztür. Die Geräusche verstummten. Mit einem dumpfen Knarzen öffnete sich die Tür. Ein blonder Junge stand darin. Mit naiven Augen starrte er den Teufel in Menschengestalt an.

„Ist einer meiner Brüder da?" Der Junge zuckte ein wenig zusammen. Luzifer vermisste allmählich die Zeit, in der sich alle vor ihm gefürchtet hatten. Niemals hätte er es für möglich gehalten, dass ihm das einmal fehlen würde. Schweigend zog der Knabe die Tür weiter auf. Uriel stand mit einem Schwert in der Hand hinter ihm.

„Willst du nur schauen oder helfen?"

„Ich wollte mal sehen, was ihr so treibt."

„Komm rein! Obwohl ich nicht verstehe, wieso du uns nicht hilfst. Elias, mach eine Pause!" Der Junge nickte kurz und verschwand in dem weitläufigen Gebäude. Uriel führte Luzifer ins Esszimmer.

„Es ist schwer. Wir müssen ihnen die einfachsten Dinge beibringen. Lesen, Schreiben, Rechnen, Geschichten. Das ist zum Verzweifeln! Außerdem ist ihre Lebensdauer nur sehr begrenzt."

„Wozu? Schickt sie doch einfach los und lasst sie mal machen!"

„Nein! Das geht nicht. Sie können ihre Kräfte erst durch Bildung einsetzen! Wie soll Elias heilen, wenn er die Wunden nicht kennt? Wie soll Viktor Tiere herbeirufen, wenn er nicht einmal den Unterschied zwischen einem Hamster und einem Hasen kennt? Bei Anna ist es das Gleiche." Luzifer blickte sich um. „Ich verstehe noch immer nicht, wieso Vater die anderen beiden nicht möchte. Jewa und Jace sind gebildet. Sie sind nur verletzt, aber haben beide ein starkes Herz." Uriel sah verzweifelt auf.

„Siehst du es nicht? Ihre Intelligenz ist gefährlich! Sie wird gerade immer stärker. Jewa wird ihre Gaben bald nicht mehr kontrollieren können, da ihr Herz zu oft gebrochen wurde. Sie ist eine wandelnde Katastrophe."

„Das glaube ich nicht."

„Doch, Luzifer. Sie kann zu einem der dunkelsten Geschöpfe in der Geschichte der Menschheit werden und mehr Leben nehmen als jeder vor ihr. Halte dich von ihr fern!"

„Nein, Uriel! Das kann ich nicht. Ich glaube an sie, denn sie ist nur die Summe des menschlichen Leides. Wenn sie tatsächlich durchdrehen sollte, dann haben das die Menschen ganz allein zu verantworten. Was glaubst du, was sie euren Kindern antun werden? Du kennst die Menschen genauso gut wie ich. So edel und mildtätig sie sein können, so grausam sind sie." Uriel schluckte bei Luzifers Worten. Insgeheim musste er seinem Bruder Recht geben. Doch ihr Vater liebte seine Geschöpfe und allein deswegen hielt er an seinem Plan fest. Luzifer erhob sich.

„Wenn Vater an seine Menschen glaubt, dann muss er auch an die beiden glauben!"

Damit löste er sich auf und verschwand in seine eigenen Gemächer. Nie zuvor hätte Luzifer gedacht, sich hier eines Tages wohl zu fühlen. Die Erde war ein dunkler Ort geworden, schlimmer noch als in den finstersten Kapiteln der Geschichte, schlimmer sogar als in der Zeit von Massenvernichtung und Menschenexperimenten.

In seiner Bibliothek sitzend traf er ihn an. Luzifer blinzelte verwirrt. „Vater? Was machst du hier?"

„Darf ich nicht nach meinem Jüngsten sehen?" Seine Stimme hallte sanft durch den Raum. Luzifer überlegte, wann er ihn zuletzt hier unten gesehen hatte. Doch sein Vater unterbrach seine Gedanken.

„Setz dich, mein Sohn! Lass uns miteinander reden!" Zögernd nahm Luzifer Platz. Vor über zweitausend Jahren, als er sein Fleisch und Blut auf die Erde geschickt hatte, da war er das letzte Mal bei ihm gewesen mit der Bitte, sich heraus zu halten. Die Menschen waren grausam genug zu seinem Sohn gewesen, da brauchte er sich nicht auch noch einzumischen.

„Worüber willst du mit mir sprechen?"

„Seit wann bist du so ungeduldig?" Luzifer seufzte. Eigentlich wusste er, worum es ging. Bestimmt sollte er seinen Brüdern helfen.

„Deine Jewa. Magst du sie?" Luzifer schaute entsetzt zu seinem Vater.

„Nein. Ich finde nur, dass unsere Leidenswege sehr ähnlich sind."

„Sohn, ein wenig kenne ich die Zukunft. Ich heiße deine Entscheidung nicht gut, aber ich kann sie durchaus nachvollziehen. Doch sollte ihr etwas zustoßen und sie die Kontrolle verlieren, dann liegt das allein in deiner Verantwortung. Ich sehe, dass dieses Geschöpf zu Großem fähig sein kann aber auch zu unglaublich Grausamem. Versprich mir nur, dass du dich um sie bemühst."

„Das tue ich."

„Nein Sohn. Wenn es so weit ist, dann wirst du es erkennen. Du hast die volle Verantwortung für sie. Mit ihr darfst du nicht spielen!" Luzifer erinnerte sich an ein paar kleine Streiche von früher. Er fand es eine Zeit lang witzig, Leute zu verführen, ihnen Großes zu versprechen und sie dafür ein paar Menschen töten zu lassen. Doch das war pubertärer Leichtsinn gewesen.

„Ich spiele schon lange nicht mehr."

„Sohn, das sehe ich. Ich wollte dich nur warnen. Pass gut auf sie auf!"

„Was ist mit Jace?" Drängte ihn Luzifer.

„Um ihn kümmere ich mich, wenn es so weit ist. Er besitzt eine gute Seele. Schon seltsam, zu was für Dingen die Menschen fähig sind."

„Wieso hältst du noch immer an ihnen fest? Ich verstehe es nicht."

„Du hast selbst ein Kind, du müsstest es verstehen. So, nun lass mich gehen, ich bin verabredet. Herr Einstein möchte eine Revanche im Schach."

„Weißt du, woher die Wiedergänger kommen?"

Gott verharrte einen Moment.

„Auch das sind meine Kinder, deshalb habe ich sie zu lange gewähren lassen. Das war ein Fehler." Lag da etwa Reue in seiner Antwort?

„Lässt du sie frei?"

„Deine Nadja?"

„Ja, bitte! Sie fehlt mir so sehr."

„Dafür hast du dich sehr wenig um sie bemüht. Musste sie doch schreckliches Leid erleben, bis du sie aufgesucht hast."

„Ich weiß und ich musste schmerzhaft lernen, wie furchtbar es ist, immer und immer wieder meine Kinder sterben zu sehen. Lass sie bitte frei!", flehte er seinen Vater an.

„Alles zu seiner Zeit. Es ist mutig von dir, dein Kind in dieser Phase der Menschheitsgeschichte wieder erwecken zu wollen. Hätte sie nicht eher eine friedlichere Welt gebraucht?" Luzifer schluckte betroffen bei seinen Worten. Gott umarmte seinen Sohn, betrachtete ihn voller Liebe.

„Du wirst deinen Weg gehen. Ich bin stolz auf dich." Im nächsten Augenblick war er verschwunden. Luzifer blickte an sich herab. In seinem Kopf kreisten Fragen über Fragen. Was Nadja betraf, hinterfragte er seinen eigenen Egoismus. Sein Vater hatte Recht mit dem, was er sagte. Sollte er nicht eher dabei helfen, Frieden in diese Welt zu bringen, anstatt Nadja als Retterin zu missbrauchen? Und dann die Sache mit Jewa. Das ständige Gerede über sie verunsicherte ihn und er brauchte dringend Gewissheit, dass es ihr gut ging.

Mitten in der Nacht erschien er im Haus der beiden. Jace lag nicht in seinem Bett. Wo steckte er? Luzifer schaute vorsichtig bei Jewa vorbei, aber auch sie fand er nicht. Sein Herz schlug ihm aufgeregt bis zum Hals. Schnell lief er nach unten.

Er atmete erleichtert durch, als er Jace erblickte.

„Wo ist sie?"

„Pssst, sei leise!" Luzifer schlich um Jace herum. Sie lag zusammengerollt, winzig und hilflos schlafend in seinen Armen. „Wir haben die letzten Tage viel gesprochen. Sie hatte gerade einen Albtraum." Jace strich ihr sanft übers Haar. Glücklich betrachtete er die schlafende Jewa.

„Sie ist wunderschön", murmelte Luzifer erleichtert.

„Ja. Sie ist stark und dennoch so zerbrechlich. Sie besitzt ein großes Herz. Wir müssen gut auf sie Acht geben." Luzifer hockte sich vor die beiden auf den Boden. Zufrieden betrachtete er das schlafende Geschöpf. Ihr Atem ging regelmäßig, ein leichtes Lächeln lag auf ihren Lippen.

„Liebst du sie?" Neugierig schaute Satan zu Jace auf. Auch wenn ihm die zu erwartende Antwort bereits jetzt missfiel - die beiden hätten einander verdient. Jace überlegte einen Moment lang.

„Sie ist noch ein Kind, so zart. Ich könnte sie niemals anrühren. Wenn sie spricht und man erkennt, dass sie eigentlich viel älter ist, ist es schwer, sie nicht zu lieben. Auch, wenn noch immer sehr viel Wut in ihr steckt, besitzt sie ein treues Herz. Ja, ich liebe sie, aber ich begehre sie nicht." Liebevoll strich ihr Jace noch einmal über den Kopf.

„Hast du eine Veränderung an ihr bemerkt? Mein Bruder meinte, dass sie eine weitere Gabe entwickelt." Jace runzelte die Stirn.

„Nein. Ihr Körper verändert sich, wird weiblicher. Manchmal will sie allein sein, geht zu den Hühnern oder kümmert sich um die Pflanzen."

„Hat sie sich mal aufgeregt?" Jace schüttelte nachdenklich den Kopf.

„Sie geht Streit aus dem Weg, zieht sich dann zurück." Luzifer betrachtete sie. Was, wenn sie es selbst noch nicht wusste? Vielleicht war diese zweite Gabe noch gar nicht da?

„Pass gut auf sie auf! Ich gehe dann mal wieder."

„Wieso bist du gekommen?"

„Ach, ich musste einfach nach euch sehen. Braucht ihr etwas?"

„Sie wünscht sich Musik. Ich weiß nur nicht, wie wir die hierher bringen." Luzifer lächelte zufrieden.

„Da fällt mir bestimmt etwas ein. Schlaft gut!" Schon löste er sich wieder auf.

Jewa

Der Frühling kam und ich beschloss, einen Frühjahrsputz zu machen. Jace wollte Bäume fällen, da der Winter uns sämtliche Holz-Reserven gekostet hatte. Ich riss alle Fenster auf, ließ Wasser in einen Eimer, lüftete die Betten und fing an, den obersten Stock zu wischen.

Die letzte Zeit mit Jace war traumhaft gewesen. Zu Weihnachten hatte es sogar ein kleines Wunder für uns gegeben: Ein Klavier war im Haus aufgetaucht, außerdem ein geschmückter Baum und neue Kleidung. Ich ahnte, dass Luzifer persönlich dahinter stecken musste, wobei ich meine Vermutung nicht aussprach. Dass dies alles das Werk eines guten Engels war, konnte ich mir nicht vorstellen, dazu waren meine Verfehlungen zu groß gewesen. Dennoch genoss ich das Leben mit Jace. Mein Herz regte sich, sobald er in meine Nähe kam. Wenn er mich umarmte, sprang es mir fast aus der Brust. Ich verliebte mich in meinen großen Beschützer und schwelgte in diesem aufregenden Gefühl, das ich so viele Jahre nicht hatte erleben dürfen.

Uns standen noch zwei Jahre der Ruhe bevor. Ich beschloss für mich, jeden einzelnen Augenblick in meinem Herzen zu bewahren. Dieses Geschenk fühlte sich einfach fantastisch an. Auch Jace tat es gut, er öffnete sich mir von Tag zu Tag mehr, erzählte von seinen Kriegen, seinen Morden und dass er es Leid war. Er wollte nur noch für sich kämpfen. Für keinen Auftraggeber der Welt würde er weitere Opfer bringen.

Ich schaute aus dem Fenster. Irgendetwas gefiel mir nicht. Über dem Haus kreiste ein riesiger Raubvogel. Ich beobachtete seine weiten Schwingen, mit denen er nur langsam schlug. Ich lauschte in die Ferne. Das regelmäßige Schlagen von Jaces Axt war verstummt. Ich konzentrierte mich, versuchte Gedanken zu orten, schloss das Fenster und schlich auf Zehenspitzen nach unten. Ein unbehagliches Gefühl machte sich in mir breit. In der Ferne spürte ich die Wesen, fünf an der Zahl. Am Eingang stand mein Bogen. Die fünf wären kein Problem für mich. Aber wo steckte Jace?

Irgendetwas stimmte mit diesem Vogel nicht. Auch andere solcher Geschöpfe erfühlte ich. Tiere mit menschlichen Gedanken? Verschwommen nahm ich sie wahr, als würde ich durch milchiges Glas sehen. Ich legte mir den Köcher um, zog einen Pfeil heraus und spannte den Bogen.

„An deiner Stelle würde ich das lassen." Ich zuckte zusammen. Irgendwoher kannte ich diese Stimme. Otis stand neben der Tür. Er betrachtete mich entschlossen. Ich legte meinen Bogen an.

„Wo ist Jace?" Otis deutete mit seinem Blick in Richtung der Bäume. Ein riesiger Bär kam mit dem ohnmächtigen Jace im Arm an. Eine Schlange glitt an meinen Füßen entlang, der große Vogel landete vor mir.

„Was soll das werden?"

„Wie du siehst, kommst du hier nicht raus. Entweder, du ergibst dich, oder wir schicken dich ins Land der Träume. Sie wollen dich nicht bei Bewusstsein haben."

„Otis, was hast du getan? Wir haben dich gerettet!"

„Es tut mir aufrichtig leid. Aber sie haben einige von uns gefangen und wir haben ihnen euch zum Tausch angeboten."

„Das war so ziemlich das Dümmste, was ihr machen konntet! Mit diesen Kreaturen verhandelt man nicht!" Das leichte Summen in meinem Körper fing an. Ich fürchtete mich davor, wollte es nicht rauslassen, da ich auch Jace damit verletzen konnte.

„Ihr seid doch auch nur Missgeburten!", zischte Otis. Ich funkelte ihn finster an.

„Ach? Und was seid ihr?" In dem Augenblick spürte ich ein Stechen an meinem Fuß. Diese beschissene Schlange biss sich durch das Leder meiner Schuhe.

Otis machte einen Schritt auf mich zu. Sein Blick wirkte so kalt und so leer. Alles um mich herum drehte sich. Das Drehen nahm zu, ich griff an meinen Kopf. Mir wurde übel, doch bevor ich noch einen weiteren Gedanken fassen konnte, kippte ich um.

Nur langsam wurde ich wieder wach. Mir war noch immer schwindelig, mein Magen rebellierte und ich übergab mich.

„Ganz ruhig, das vergeht gleich." Jace sprach sanft auf mich ein. Ich schaute auf, erkannte seine Umrisse. Meine Hände lagen in Ketten. Man hatte mich in einer sitzenden

Position festgeschnallt. Das rostige Metall schnitt mir in die Handgelenke. Wir befanden uns in einer grauen, verrotteten Zelle. Teilweise konnte man Ziegelsteine hinter dem bröckelnden Putz erkennen. Licht drang lediglich durch ein winziges Fenster herein. Ich nahm alles nur sehr verschwommen wahr.

„Jewa, wir kommen hier raus. Wir finden einen Weg."

„Mmhh." Ich erinnerte mich dumpf an Otis. Wieso tat er uns das an? Wieso nur? Wir hatten doch sein jämmerliches Leben gerettet, ihn vor den Kreaturen beschützt und ihm zu essen gegeben!

„Otis", presste ich hervor.

„Das habe ich mir gedacht. Mach dir keine Gedanken! Jeder bekommt seine gerechte Strafe." Ich blinzelte benommen. Langsam wurden die Linien klarer. Auch Jace hatte man festgekettet. Sein linker Unterarm fehlte.

„Was haben sie mit dir gemacht?" Jace schaute betreten an sich herab. „Mich entwaffnet. Ziemlich beschissene Arbeit. Sie haben ihn quasi abgerissen. Gut, dass ich da nichts spüre." Wenigstens blieb er die Ruhe in Person.

Mein Magen krampfte erneut. Doch allmählich wurde es besser. Nach einer gefühlten Ewigkeit hörte der Schwindel gänzlich auf und auch die Übelkeit ließ nach.

„Kannst du sie spüren?" Erkundigte sich Jace. Sein Blick hing besorgt an mir. Ich versuchte, mich zu konzentrieren, spürte viele Menschen und noch mehr Kreaturen. Leider konnte ich sie noch nicht greifen.

„Noch nicht. Dauert ein bisschen. Es sind viele." Jace schaute aus dem winzigen Fenster.

„Hab keine Angst! Wir schaffen das", murmelte er mehr zu sich selbst als zu mir.

„Wir bleiben zusammen", schwor ich ihm leise.

„Nein, Süße. Du kommst auf jeden Fall aus der Nummer raus. Wir töten alle und danach machen wir uns ein schönes Leben."

„Wir können nicht mehr zum Haus zurück." Das fand ich wirklich schlimm, denn ich mochte es, hing so sehr an diesem wunderbaren Ort. „Wir finden etwas Neues. Uns fällt da etwas ein. Aber schwöre mir: Solltest nur du überleben, dann findest du einen Weg, ohne mich glücklich zu werden."

„Nein, niemals! Nicht ohne dich!" Tränen liefen mir aus den Augen, verzweifelt blickte ich zu Jace.

„Ich habe mich in dich verliebt." Er lächelte traurig.

„Ich mich auch in dich. Wir schaffen das oder du findest einen Hübscheren."

„Ich will keinen Anderen."

„Na, dann solltest du dich konzentrieren." Erneut versuchte ich, meinen Gedanken, freien Lauf zu lassen. Es dauerte, zog sich hin bis ich endlich eine der Kreaturen greifen konnte.

Ich spürte nur schwach, was sie planten. Jace wollte man köpfen. Ich entdeckte eine Guillotine in den Gedanken der Kreatur. Meinen Körper plante man zu verbrennen. Dafür errichteten sie bereits einen Scheiterhaufen und Otis mitsamt seiner Freunde sollte ebenfalls den Tod finden. Sie fürchteten sich vor ihnen genauso wie vor uns.

„Dein Kopf soll ab und ich werde brennen."

„Schon wieder? Hattest du das nicht schon einmal?" Ich schmunzelte. Noch immer wusste ich nicht, wer mich damals vor dem Tod gerettet hatte. Jace wollte es mir einfach nicht verraten und ich würde ihn auch nicht dazu drängen.

„Tja, die Hexe muss brennen."

„Meinst du, dass du dann nicht mehr zurückkommen könntest?"

„Ich habe das jedes Mal getan, weil ich es wollte. Doch nun folge ich dir. Egal, wohin die Reise geht."

„Vergiss es! Du wirst mir nicht in den Tod folgen!"

„Streiten wir uns?" Jace lachte leise auf.

„Gegen deinen Verstand habe ich keine Chance." Er strahlte mich so glücklich an. Am liebsten hätte ich ihn geküsst oder mich einfach nur an ihn gekuschelt.

„Kannst du einen von ihnen kontrollieren?" Ich schüttelte den Kopf. Dafür müsste ich Augenkontakt bekommen, um anschließend richtig in seine Gedanken eindringen zu können. So gut war es um meine Gabe dann doch nicht bestellt.

Jace und ich beobachteten schweigend den Sonnenuntergang. Draußen hörten wir die Vorbereitungen für unsere Hinrichtung. Ich spürte Otis' Schmerz. Er litt, da auch sie verraten worden waren, doch das hatte er verdient. Ein ungutes Gefühl machte sich in mir breit. Wir würden nicht so einfach aus der Sache rauskommen, der Plan der Kreaturen war ausgeklügelt und unsere Lage aussichtslos.

Die Tür öffnete sich. Ein Knabe, kaum zehn Jahre alt, betrat die Zelle. Ich schaute ihn an. Sein Blick war so leer. Ich spürte seine tiefe Angst, obwohl er bereits mit seinem Leben abgeschlossen hatte. Er hielt zwei schwarze Tücher in der Hand, damit sollte er uns die Augen verbinden. Natürlich hätte ich ihn töten können, aber dann würden sie den nächsten schicken. Auch das las ich in den Gedanken der Untoten. Ein Mädchen wartete bereits im Gang. Jace schaute besorgt zu mir.

„Lebe, meine Liebe! Mein Herz gehört dir. Räche uns!"

„Ich liebe dich." Ich wollte mich nicht mit ihm streiten oder weiter diskutieren, denn in einigen Stunden würden wir eh wieder zusammenfinden. Beide als Geister. Selbst die tiefe Finsternis der Hölle würde ich in Kauf nehmen. Nach dem, was ich mit dem dicken Mann und dem Paar angestellt hatte, gab es keinen anderen Platz für mich.

Der Knabe ging aus dem Raum. Ich hatte bereits Zugriff auf seinen Geist. Kaum hatte er die Zelle verlassen, zerrte etwas an ihm. Man drückte ihn gegen die Wand, biss ihn, riss ihm förmlich das Fleisch aus dem Hals, Blut spritzte und genüsslich kaute der Angreifer. Ich trennte mich, denn seinen Tod mitzuerleben, fühlte sich genauso an wie mein eigener. Mein Körper reagierte auf den Schmerz. Erneut tauchte dieses leichte Summen auf. Ich verstand es noch immer nicht. Vielleicht war es die Ahnung dessen, was uns bevorstand? Womöglich warnte mich etwas. Ich konnte es noch immer nicht definieren. Irgendwie bereute ich jetzt, nicht mit Jace darüber gesprochen zu haben. Vielleicht hätten wir es gemeinsam herausgefunden.

Wieder betrat jemand die Zelle. Man löste erst Jaces Fesseln und führte ihn hinaus, anschließend war ich an der Reihe. Draußen wehte mir kühle Abendluft entgegen. Sie roch abgestanden, nach Staub, Dreck und ungewaschenen Menschen. Ich konzentrierte mich auf Otis. Durch seine Augen sah ich, dass sie sich alle versammelt hatten. Die Menschen schauten mit leeren Blicken zu. Die Kreaturen führten uns durch ihre Reihen. Keiner sprach, nur Atemzüge, gelegentliches Husten und das Weinen eines Kindes waren zu vernehmen. Jace musste sich vor einem Holzgestell hinhocken, Otis saß gefesselt bei seinen Gefährten. Mich führte man über eine schmale Treppe hinauf zum Scheiterhaufen, dabei handelte es sich um eine Ansammlung von altem Holz, Möbelstücken und getrockneten Ästen. Eigentlich ein erbärmlicher Anblick. Nicht einmal sonderlich hoch erschien er mir. Ich roch einen Hauch von Benzin. Brandbeschleuniger war sogar für mich etwas Neues. Damit würde ich die Flammen spüren. Eigentlich wurde man vorher vom Rauch ohnmächtig, er nahm einem erst den Atem und vom eigentlichen Feuer spürte man nur wenig. Aber nun kam es anders.

Eine der Kreaturen baute sich vor den Menschen auf. Sie deutete auf uns und die Gruppe um Otis.

„Verräter! So nennt ihr sie doch! Kreaturen, eine Laune der Natur! Aber wir, eure Herrscher, Gebieter, Götter..." Nun wurde ich sauer. Es gab nur einen Gott! Obwohl er sich nie blicken ließ, fand ich es anmaßend und unanständig, dass sie sich selbst so bezeichneten. Meine Wut nahm zu. Das Summen ergriff Besitz von meinem ganzen Körper. Ich erkannte durch Otis' Augen, dass die Menschen selbst ihm finstere Blicke zuwarfen. Sie betrachteten uns voller Abscheu. Die Kreatur hob den Arm. Alle knieten sich vor ihr nieder. Entsetzt beobachtete ich das Treiben. Was war nur mit den Menschen los? Wieso hatten sie aufgehört zu kämpfen?

„Warum?" Alle blickten zu mir auf.

„Schweig, Hexe!", zischte einer unterhalb des Scheiterhaufens. „Nein! Ich sterbe doch eh gleich! Menschen, ihr seid die Beschützer der Erde, die Bewahrer der Schöpfung!" Ich bekam einen Schlag ab. Eine Frau hatte tatsächlich mit einem Stein nach mir geworfen. Fassungslos verstummte ich. Dann eben nicht. Nur Otis sah zu mir auf. Die Blicke der Anderen konnte ich nun nicht mehr sehen. Nur mich selbst, wie ich angebunden auf diesem jämmerlichen Holzhaufen stand.

Die Kreatur fuhr fort.

„Zwei von uns zu töten, muss man mit dem Leben bezahlen!" Er schritt auf Jace zu und drückte seinen Kopf in eine Halterung. Über ihm glänzte ein scharfes Beil.

„NEIN!" Meine Stimme überschlug sich. Ich zerrte an meinen Fesseln. Wieder traf mich etwas hart am Kopf. Mein Körper begann zu vibrieren. Ein Lufthauch umwehte mich und das Monster hob erneut an: „Du wirst uns nie wieder Ärger bereiten!" Die Menschen brachen in Jubel aus. Noch immer sah ich durch Otis' Augen. Eine weitere Kreatur machte sich an einem Seil zu schaffen.

„Er ist unschuldig!" Ich versuchte, mich zu befreien. Die Fesseln hielten mich auf. Ich wollte nur zu meinem Jace!

„Jace! Bitte!" In dem Augenblick rauschte das Beil herab. Ich schrie laut auf, sah wie sein Kopf sich von seinem Körper löste und in einem Korb verschwand. Ich brüllte mir die Seele aus dem Leib, spürte einen immer stärker werdenden Sturm um mich herum. Doch der interessierte mich nicht mehr.

Luzifer

„LUZIFER!" Wer verdammt schrie spät am Abend mitten in seinem Thronsaal herum? Luzifer stand genervt auf und machte sich auf den Weg.

„LUZIFER!", hallte es erneut. Er verdrehte die Augen und nahm seine teuflische Gestalt an.

„HILF IHR!" Was für ein Irrer war das denn? Doch dann erblickte er entsetzt Jace. Sein Kopf lag abgetrennt neben seinem Körper.

„Scheiße, was ist passiert?"

„Sie haben uns verraten! Otis! Sie haben uns gefangen und sie soll schon wieder brennen. Bitte rette sie!"

„Dir ist schon bewusst, dass du eigentlich nach oben solltest?"

„Hör auf zu quatschen! Rette sie!" Luzifer zuckte zusammen.

„Natürlich. Nur wie?"

„Keine Ahnung. Rette sie! Beschütze sie! Los jetzt!"

Luzifer löste sich auf. Er erreichte das Haus im Wald, schwang sich aufs Dach und blickte in alle Himmelsrichtungen. In der Ferne spürte er die Menschen. Nein, keine Menschen. Wo waren die alle hin?

Verwirrt machte er sich auf den Weg. Er sah sich um, landete an einem dunklen Ort. Hier waren weder Wiedergänger noch Menschen. Alles war von schwarzer Asche umgeben. Ein kühler Wind wehte, eine schreckliche Stille lag weit über dem Land. Nicht einmal Knochen konnte man sehen.

Nur Jewa kauerte wimmernd, nackt und blass auf dem Boden. Nichts als Stille war zu hören. Ihre Schultern zuckten. Sie weinte hilflos und um sie herum gab es kilometerweit nur Asche.

„Jewa?" Luzifer ging auf sie zu, strich ihr übers Haar. Sie sah auf, ihr Blick so hilflos, ihre Augen so voller Trauer.

„Bring mich zu Jace! Töte mich!"

In dem Moment kam ein Engel auf die beiden zu. Mit weit ausgespannten, strahlenden Flügeln landete er sanft auf dem Boden.

„Michael, dass ist gerade echt ein beschissener Zeitpunkt!", schnaubte Luzifer.

„Vater bietet dir einen Handel an. Er hat bemerkt, wie sehr du an deinen neuen Freunden hängst. Ich persönlich finde deinen Umgang ja eher fraglich."

„Was will er?", zischte Luzifer und zauberte Jewa ein Tuch um ihren nackten Leib. Sie wimmerte noch immer am Boden zerstört.

„Nun, ich soll die Zeit um zehn Minuten zurückdrehen. Anschließend bist du verpflichtet, diese Katastrophe hier zu verhindern und ihr die Gabe zu nehmen. Zeitgleich wird Vater Nadja befreien. Er setzt auf deine Tochter. Sollte sie dieses Desaster hier verhindern, darf sie ihr rechtmäßiges Erbe als Königin antreten. Wenn nicht, bezahlt sie mit ihrem Leben."

„Und damit würde meine Linie gänzlich untergehen?", stammelte Luzifer stockend.

„Es liegt an dir. Wie viel Vertrauen hast du in deine Urenkelin und in dich selbst? Oder übergibst du uns lieber Jewa?"

Nur einen kurzen Moment lang dachte Luzifer darüber nach.

„Dreh die Zeit zurück!"

Nadja

Ein grelles Licht erschien vor mir und erweckte mich aus meinem tiefen Schlaf. Es blendete mich, umfing mich mit einer unvorstellbaren Wärme.

„Bist du Gott?", fragte ich krächzend.

„Ja, das bin ich. Du hast achtzig Jahre geruht und nun wird es Zeit, dein Erbe anzutreten", erklang eine mächtige, samtene Stimme in meinem Kopf.

„Wie bitte? Was meinst du damit?" Kaum hatte ich meine Frage gestellt, löste sich das Licht vor meinen Augen wieder auf. Verwirrt blickte ich mich um. Überall lagen die Überreste der letzten Jahre, Moos bedeckte die Steine des Burghofs und ich schaute in den blauen Himmel hinauf. Vögel zwitscherten, der Tag musste gerade erst angebrochen sein und ich blieb einfach auf meinen Knien.

Wie sah die Welt nun aus? Welche neue Erfindungen hatte man gemacht? Bestimmt hingen nun alle nur noch an irgendwelchen technischen Geräten und waren gänzlich von ihnen abhängig.

„Was guckst du in den Himmel?", hörte ich Katharinas Stimme. Sicherlich hallte sie nur in meiner Erinnerung wider.

„Ach du, ich schau gerade, ob ich ein fliegendes Auto entdecke."

„Weißt du, wie viele Jahre vergangen sind?", kam nun auch von Daniel.

„Gott hat gesagt achtzig Jahre. Aber wieso höre ich euch, bin ich verrückt geworden?"

Hinter mir raschelte es. Ich drehte mich um und traute meinen Augen nicht. Daniel, Lorenz und Katharina saßen auf der Steinbank.

Sie sahen zwar genauso aus wie damals, aber irgendwie schienen sie gebrochen, erschöpft, als hätten sie wochenlang gehungert. Was war nur passiert? Weshalb waren sie hier bei mir?

„Sitzt ihr da wirklich oder bilde ich mir euch nur ein?"

„Nadja, wir haben eine Menge zu besprechen, aber bitte gib uns vorher was zu essen", keuchte Lorenz entkräftet.

Völlig verwirrt stand ich auf und streckte meine müden Glieder. Noch immer trug ich das bezaubernde blaue Abendkleid am Leib. Ich öffnete die Tür, rümpfte die Nase und betrachtete die dicke Staubschicht, die sich über die Jahre aufgebaut hatte.

Mir fiel wie an meinem ersten Tag auf der Burg ein, dass ich besser zuerst den Strom anschalten sollte. Hoffentlich funktionierte der noch. Entschlossen ging ich über den Hof, während die drei mich mit merkwürdigen Blicken beobachteten. Ich öffnete eine andere Tür und legte den Hauptschalter um. Vater war damals während unseres Polen-Aufenthalts so vorausschauend gewesen, einige Modernisierungsmaßnahmen zu veranlassen.

Immerhin, das Licht brannte wieder. Er hatte eine Wasseraufbereitungs- sowie eine Solaranlage einbauen lassen, da die alte Burg sonst zu hohe Betriebskosten verursachte.

Erst einmal begab ich mich in die Speisekammer. Auch die Einmachgläser waren staubbedeckt. Ich fand Plastikdosen mit Nudeln und eingemachte Saucen. Unterdessen ließ ich das Wasser in der Spüle laufen, da dieses erst einmal ziemlich dreckig aus der Leitung kam. Ich schnupperte an den Nudeln, die noch genießbar wirkten, dann öffnete ich ein Glas mit Tomatensauce und befand diese ebenfalls für essbar.

Die drei saßen noch immer draußen und betrachteten sich selbst.

„Habt ihr Lust auf Spaghetti und Tomatensauce? Ich glaube, der Käse ist nichts mehr", meinte ich entschuldigend. Mechanisch nickten sie und ich machte mich ans Werk. Erst den Herd putzen, danach den Tisch. Ach, da war noch was!

Ich ging in die Kammer mit den Reinigungssachen, kletterte auf das Regal und zog drei dieser modernen Staubsaug-Roboter heraus. Die hatte ich mal für Hilde gekauft, doch sie hatte sich geweigert, sie zu benutzen. Ich öffnete die Verpackung und steckte sie im Eingangsbereich an. Kurz darauf sausten sie los und entfernten wenigstens oberflächlich den Staub. Lustige Spuren zogen sie hinter sich her. Das bekräftigte mich in meinem Entschluss, die Burg möglichst bald einer umfangreichen Reinigung zu unterziehen.

Das Wasser kochte bereits, ich tat die Nudeln hinein und setzte die Sauce auf.

„Kommt ihr? Das Essen ist fertig. Ich muss es euch leider in der Küche servieren, der Rest der Burg ist zu schmutzig." Schwerfällig erhoben sie sich und schlurften in die Küche. Ich stellte ihnen Teller hin, da ich gerade keinen Hunger verspürte und servierte ihnen das einfache Mahl.

„Entschuldigung, dass nicht mehr da ist. Aber wir können ja später einkaufen gehen."

Katharina sah mich mit Tränen in den Augen an.

„Da wird nichts mehr zum Einkaufen da sein."

„Ach, Quatsch! Jetzt esst mal, ich ziehe mich schnell um." Ich konnte ja nicht die ganze Zeit in einem Abendkleid herumlaufen. Um die drei machte ich mir wirklich Sorgen. Irgendwas passte nicht. Wie hatten sie nur so stark abmagern können? Auch ihre Kleidung erschien mir völlig zerlumpt. Was war mit ihnen passiert? Wieso waren sie mir in die Erstarrung gefolgt? Und vor allem wann? Hatten sie sich direkt am Abend ebenfalls verfluchen lassen? Wie ging das? Ich verstand es nicht.

Der Blick in meinen Kleiderschrank ließ mich erschaudern. Die meisten Sachen waren den Jahrzehnten unterlegen und hingen nur noch in Fetzen auf den Bügeln. Mir fiel ein, dass ich einige Sachen ausrangiert hatte. Vor allem die Kleidungsstücke, die ich noch aus München besaß. Die hatte Hilde doch irgendwo in Plastiksäcke gestopft.

Ich kramte auf den oberen Regalen herum und schon fielen mir ein paar Dinge entgegen. Hilde war ein Schatz gewesen! Noch eingeschweißte Bettlaken, alte Kleidung und einige Sachen hingen sogar noch plastikumhüllt von der Reinigung in der hintersten Ecke. Super! Rasch zog ich mich um. Bei Unterwäsche sah es eher schlecht aus, doch am Ende fand ich noch drei BHs und fünf brauchbare Höschen unter den verfallen Resten der übrigen Stücke.

Auch in meinem Badezimmer ließ ich erstmal das Wasser laufen und begab mich noch schnell auf die Toilette. Bevor ich mich hier duschen könnte, würde ich erst ordentlich putzen müssen. Aus meinem Strumpfband löste ich meinen Füller, steckte ihn mir wie gewohnt ins Haar und zog mich um.

Fertig eilte ich hinunter, begutachtete das Werk meiner kleinen Staubsauger und befand das Ergebnis für vorzeigbar.

Meine drei Gäste hatten alles aufgegessen, sich Wasser genommen und rieben sich schweigend die Bäuche.

„Jetzt erzählt mal! Was ist euch denn so passiert? Ich hab unzählige Fragen und kann es kaum erwarten, mein restliches Leben in Angriff zu nehmen."

Die drei sahen mich entsetzt an.

„Warum bist du damals gegangen?"

„Habt ihr meine Briefe nicht gelesen? Die Hölle wäre sonst aufgebrochen und hätte die ganze Erde in einen schwarzen, stinkenden Sumpf verwandelt. Luzifers einzig mögliches Opfer war ich, seine Nachfahrin und ich durfte mich drei Wochen lang von euch verabschieden. Es tat weh aber ich war fest entschlossen, meinem Leben einen Sinn zu geben. Und jetzt mal im Ernst, achtzig Jahre sind wirklich nicht lange. Ich hatte mit der Ewigkeit oder mindestens einem Jahrtausend gerechnet."

Die drei starrten mich noch immer an.

„Die Welt ist trotzdem untergegangen", seufzte Katharina.

„Nein. Schau: Die Sonne scheint, die Vögel zwitschern und alles ist in bester Ordnung."

„Was Katharina sagen will: Die Menschheit war sowieso dem Untergang geweiht. Die Wiedergänger haben uns förmlich überrannt." Ich runzelte die Stirn und betrachtete die drei vorwurfsvoll.

„Hab ich nicht gesagt, dass das nicht unser Kampf ist? Warum hört denn nie jemand auf mich?"

„Das konnten wir nicht. Sie haben die Menschen unterjocht, eingekerkert, versklavt, gefressen und ihre Abartigkeit kannte keine Grenzen. Nadja, die Weltbevölkerung war bereits bei unserem Verschwinden um eine Milliarde Menschen reduziert. Weg. Ausgelöscht. Tot", flüsterte Daniel.

Ich rieb mir über die Stirn.

„Haben die Menschen gekämpft?"

„Nur wenige. Sie besitzen nicht die Kraft dazu", meinte Lorenz.

„Ehrlich, das Problem mit den Wiedergängern löst sich doch irgendwann von selbst, wenn es nur noch so wenige Menschen als Nahrung gibt, dass sie sich gegenseitig vernichten müssen. Ihr hättet euer Leben genießen sollen wie zuvor. Euch in euren Burgen verstecken, sie mit einem Zauber belegen und schon wäre das Problem gelöst gewesen."

„So einfach war es dann auch wieder nicht", raunte eine Stimme hinter mir. Ich drehte mich um und erkannte Luzian wieder. Nur ohne graue Strähnen. Er sah toll aus.

„Luzian!", fiel ich ihm strahlend um den Hals.

„Ich hab dir einen Gast mitgebracht. Einen zweiten bringe ich dir in drei Tagen, vorher muss ich noch was an ihr verändern. Das kann ich leider nur in der Hölle erledigen." Neugierig schaute ich an ihm vorbei.

„Jace? Ich fasse es nicht! Sag mal, wo ist denn dein Arm hin? Der aus Metall?"

„Kennen wir uns?", knurrte er. Oh ja, der Zeitsprung. Da war was. „Ähm, aus einem anderen Leben. Sag mal, du müsstest jetzt doch knapp hundert Jahre alt sein!"

„Bin ich. Luzifer, was machen wir hier? Diese Frau ist ganz offensichtlich verrückt!"

„Das ist meine Urururur-und-so-weiter-Enkelin, das mir wichtigste Geschöpf auf Erden und sie wird dich gut behandeln. Süße, kann ich dir irgendeinen Gefallen tun?"

„Einen? Die Burg ist dreckig, die Vorräte sind aufgebraucht oder verrottet und wenn wir wirklich keine Möglichkeit haben, einzukaufen, bräuchte ich etwas Hilfe."

„Für dich, meine Kleine, nur das Beste." Er zwinkerte mir zu und die Burg erstrahlte umgehend in neuem Glanz. Die Küche füllte sich mit reichlich Nahrungsmitteln und ich hätte schwören können, dass ich von draußen Hühner-Gackern vernahm.

„Vielen Dank, Opi, ich werde im Gegenzug Jace einen Gefallen tun."

„Der da wäre?", fragte dieser eisig.

„Du bekommst jetzt einen neuen Arm. Es wird schmerzhaft, aber ich hoffe, dass du danach nicht mehr so schlecht gelaunt bist. Wir waren mal richtig gute Freunde!"

„Sie ist übergeschnappt!", kam leise von Lorenz.

„Ist sie nicht. Sie hat sich vor achtzig Jahren für diesen Planeten geopfert und jetzt wird sie auch noch der Menschheit aus der Scheiße helfen!", fauchte Luzian finster.

„Werde ich das?"

„Leider. Mein Vater will es so. Das größte Problem ist momentan, dass die Menschen völlig verblödet sind. Es gibt seit sechzig Jahren keinerlei Bildung mehr und die jetzige Generation kann kaum noch lesen und schreiben."

Ich riss entsetzt die Augen auf.

„Wie bitte? Also was ist der Plan? Was wollt ihr, dass ich mache?", fragte ich Luzian.

„So viele Untote vernichten wie nur möglich und deinen rechtmäßigen Platz einnehmen."

„Der da wäre?"

„Königin."

Ich hustete laut los.

„Kann ich diese Aufgabe an Lorenz weiterreichen?"

„Derjenige von euch, der überlebt, darf über die Menschen herrschen. Viel Spaß! Lorenz, wehe, du krümmst ihr auch nur ein Haar!" Damit löste er sich auf.

Jace musterte uns.

„Was seid ihr?"

„Lange Geschichte. Komm mit, ich geb dir eines der Gästezimmer. Du wirst jetzt eine Runde leiden."

„Ist sie ein technisches Genie, das mir einen Arm bauen kann?" Meine drei Freunde schüttelten die Köpfe.

„Ich lass ihn dir wieder wachsen. Husch, ab nach oben! Ach, wenn ihr Ruhe braucht, nehmt doch eure alten Zimmer wieder. Lorenz, du kannst das von Vater haben. Oder lebt der noch?"

Ich folgte Jace nach oben und zeigte ihm eines der Zimmer.

„Ich tu dir nichts, keine Sorge", murmelte ich besänftigend und zog meinen Stift.

„Woher kennen wir uns?"

„Das ist eine sehr lange Geschichte. Du hast damals versucht, mir zu helfen. Nur leider hast du den falschen Leuten vertraut. Letzten Endes weiß ich, dass du eine gute Seele besitzt. Leg dich aufs Bett, es könnte echt wehtun." Ich zog mir einen Stuhl ran und nahm seinen gesunden Arm auf meinen Schoss.

Fassungslos betrachtete er mich.

„Du bist echt Luzifers Nachkommin?"

„Ja, leider. Genetisch betrachtet hab ich echt danebengegriffen. Möchtest du schlafen oder lieber zusehen?"

„Ähm, ich würde gern bei Bewusstsein bleiben."

Leise murmelte ich den Zauberspruch mit, während ich ihm diesen auf den Arm schrieb.

Was dein Körper hat verloren,

wird nun wieder neu geboren.
Deine Seele ich nicht zu heilen vermag,
doch die Wunden und Narben, denen du erlagst.
Lass dir bei der Heilung Zeit,
dass dir dein verdienter Anblick bleibt.

Zufrieden betrachtete ich mein Werk. Die Schrift leuchtete auf und Jace keuchte heftig. Ich betrachtete seinen fehlenden Arm, wo gerade der Knochen neu wuchs. Die alten Wunden rissen auf und schlossen sich wieder, nachdem der Körper das Metall freigegeben hatte.

„Was passiert da?", presste er schmerzverzerrt hervor. Ich strich ihm tröstend über das Gesicht.

„Alles, was man dir angetan hat, zumindest körperlich, verschwindet jetzt und danach siehst du wieder aus, als hättest du nie einen Kampf erlebt. Leider vermag ich dich nur körperlich zu heilen. Aber ich weiß, wie sehr du unter deinem eigenen Anblick leidest."

Er verzog das Gesicht vor Schmerz.

„Könnte ich doch lieber schlafen?" Ich lächelte ihn an, hauchte ihm einen Kuss auf die Stirn und schrieb ihm einen kleinen Spruch darauf, der ihn sanft ins Land der Träume gleiten ließ.

Noch einmal betrachtete ich seinen Arm, an dem gerade Muskelstränge wuchsen. Die Narben in seinem Gesicht waren bereits verschwunden und somit machte ich mich auf den Weg nach unten. Die anderen mussten zu Bett gegangen sein, denn keiner stand mehr in der Küche. Ich räumte das Geschirr weg, machte alles sauber und wanderte durch die Burg.

Vater fehlte mir, Noah und all die anderen ebenso. Aber niemals hätte ich damit gerechnet, dass drei meiner Freunde noch da waren. Eigentlich freute ich mich darüber, doch ihre traurigen Blicke, ihre geschundenen Körper und das Wissen, dass ich wieder kämpfen sollte, trübten diese Freude. Damals hatte ich gewusst, was dieser Pakt bedeutete und um den Erhalt der Erde meine Vergangenheit geopfert. Sie alle hätten leben, ihr Glück finden und Partnerschaften schließen müssen. Aber stattdessen hatten sie einen aussichtslosen Krieg geführt.

Lorenz saß gesenkten Hauptes an Vaters Schreibtisch.

„Na, du? Möchtest du nicht lieber auch schlafen gehen?", schlug ich ihm vor. Er antwortete mit einem Kopfschütteln.

„Warum hast du damals niemandem gesagt, was du vorhattest? Wir alle fielen in ein tiefes Loch und konnten deinen Verlust nur schwer ertragen." Tränen begannen seine müden Augen zu füllen. Ich seufzte leise und schaute gedankenverloren den Stuck an der Decke an.

„Ihr hättet mich alle abgehalten, versucht, einen anderen Weg zu finden, aber es gab keinen. Deshalb beschloss ich, jeden dieser letzten Momente mit euch zu genießen und ihr habt mir meinen größten Wunsch erfüllt. Ich fand in euch allen endlich eine Familie und genau deshalb besaß ich die Kraft, diese Entscheidung zu treffen. Für euch und für eure Nachkommen."

„Es gibt nun keine mehr! Weißt du, dass Noah und dein Vater danach in den Krieg gezogen sind, um Annabelle zu finden? Sie kamen nie wieder zurück!" Wut und tiefe Trauer entdeckte ich in seinen Augen. Ich rieb mir übers Gesicht.

„Noah ist nicht tot. Na ja, also nicht richtig." Lorenz sprang auf, funkelte mich finster an und schlug mit der Faust auf den Tisch.

„Wie meinst du das?" Trotz seiner bebenden Stimme blieb ich ruhig.

„Kannst du dich noch an die Entführung durch Annabelle erinnern? Als du mich verzweifelt retten wolltest?" Lorenz nickte und schien sich wieder etwas zu beruhigen.

„Sie hat mir damals erzählt, wie man zu einem Wiedergänger wird. Am Anfang steht der Austausch von Blut. Dann muss man einen Menschen töten und selbst sterben. Noah hatte als Kind Konstantins Blut bekommen und bei unserem letzten Kampf tötete er einen Menschen. Er wunderte sich selbst, dass sein Blut viel schwächer gegen die Untoten wirkte als meines. Damals ahnte ich bereits, dass er irgendwann zu einem solchen Wesen werden würde."

Erschüttert schaute Lorenz mich an.

„Wie konntest du nur mit diesem Wissen leben? Weshalb hast du es ihm nicht gesagt?"

„Lorenz, denk an unseren letzten Kampf! Als Noah mich nicht angriff wusste ich, dass unsere Liebe auf ewig Bestand haben würde. Er widerstand Konstantin, er war so viel stärker als ich und ich schwöre dir bei allem was mir heilig ist: Wir werden ihn aufspüren und einen Weg finden, ihn zu retten."

Lorenz musterte mich nachdenklich.

„War das dein Plan? Noah finden und dann mit ihm glücklich werden? Vielleicht noch Kinder bekommen?"

„Ja, was spricht dagegen?"

„Die Welt da draußen ist schlimmer als im tiefsten Mittelalter! Die Menschen leben nur noch im Dreck, können sich selbst nicht mehr helfen! Man wollte uns auf einem Scheiterhaufen verbrennen!" Immerhin verstand ich jetzt, warum sie so mitgenommen aussahen.

„Du hast Luzian gehört. Wir vernichten sie und fangen neu an. Das sollten wir hinbekommen und du wirst mir beim Regieren helfen. Immerhin kann ich mir keinen Besseren als dich vorstellen. Es war immer dein Lebenstraum."

Lorenz blies angespannt den Atem aus. Ich begab mich zu Vaters kleinem Schrank, stellte ein Glas auf den Tisch, goss ihm etwas von dem teuren Whisky ein und stellte ihm den Humidor hin. Lorenz strich über die Muster des Kristallglases, nahm einen kräftigen Schluck und ich schaute aus dem Fenster. Standen da Kühe in meinem Garten?

„Du stellst dir das zu einfach vor. Wir können sie nicht alle aufhalten." Ich vernahm das Klicken eines Feuerzeugs und roch den Duft von Tabak.

„Mein Blut vernichtet sie. Deins sollte das auch tun."

„Ja, das tut es."

„Also nehmen wir uns die Städte vor wie damals die Burgen. Wir errichten einen Bannkreis und gehen rein. Eine nach der anderen. Oder wir fragen mal, was Katharina und Daniel so basteln können. Streubomben mit Wächterblut wären eine Idee."

„Woher nimmst du nur immer deine Stärke?"

„Schau aus dem Fenster, erkenne die kleinen Wunder im Leben und auch du wirst sie erhalten." Kurz darauf spürte ich seinen Körper ganz dicht an meinem.

„Was ist, wenn wir Noah nicht finden?", raunte er an meinem Ohr.

„Dann kenne ich unser Schicksal, denn wir sind zuständig dafür, dass unsere Art erhalten bleibt."

„Dazu wärst du bereit?" Ich drehte mich um. Uns trennten nur noch Millimeter voneinander.

„Es gab eine Zeit, da besaß ich weder Träume noch irgendetwas. Dann bekam ich alles und ich durfte lieben, geliebt werden, fand eine Familie und ich war bereit, mein Erbe anzunehmen. Nicht des Geldes oder der Macht, sondern der Liebe wegen. Sollten wir Noah nicht finden, so sichere ich dir zu, dass wir unsere Art erhalten werden." Lorenz hob mein Kinn an, sah mir entschlossen in die Augen und meinte:

„Noah hat sich nicht in dir getäuscht. Du bist eine geborene Königin und rechtmäßige Nachfolgerin der Wächter. Ich werde bis zum bitteren Ende an deiner Seite stehen, dir niemals Schmerz zufügen und dafür sorgen, dass es dir gut geht."

Hingebungsvoll schloss er seine Arme um mich und drückte mich an sich. „Für dich und für meinen Sohn wünsche ich mir nichts sehnlicher, als dass ihr euch wiederfindet. Alles andere mag ich mir nicht ausmalen."

„Das erleichtert mich. Als Vater bist du gar nicht mal so übel." Ich bemerkte, dass er schmunzelte.

„Nadja, stehen da draußen Kühe?"

„Ja. Und ein Hühnerstall. Schau! Sag mal, kannst du 'ne Kuh melken?"

„Nein. Du etwa?" Wir beide lachten gemeinsam auf und es tat gut, wieder lachen zu können.

„Wollen wir uns das Ganze mal ansehen?"

„Klingt gut. Das Letzte, woran ich mich erinnern kann, ist der Scheiterhaufen, wie wir nur zu dritt flüchten konnten, dann in der Hölle gelandet und hier aufgewacht sind. Ein wenig Ablenkung kommt mir da gelegen."

„Siehst du, meine seltsame Art ist ansteckend."

„Du hast Recht. Wir sollten unsere Zeit genießen und nutzen. Der Rest ergibt sich von selbst." Lorenz legte mir seinen Arm um die Schulter und gemeinsam gingen wir hinaus in den Garten. Wir fanden Hasenställe vor, einen Kräutergarten, ein großes Gewächshaus, vier Kühe, Hühner, die wild herumflatterten und am Ende sogar einen Schweinestall.

„Ach herrje, wir werden Landwirte, ehe wir die Welt retten", beklagte sich Lorenz gespielt.

Jewa

Die Verschiebung der Zeit bekam ich mit. Erneut musste ich mitansehen, wie man Jace aufs Schafott schickte und dann kam plötzlich Luzifer. Er bildete eine Art Schutzschild um ihn herum, fegte mit einer Handbewegung die Untoten weg, löste die Fesseln der Formwandler und rettete mich vom Scheiterhaufen. Er warf mich über die Schulter und rannte zu Jace, der uns erstaunt ansah.

„Warum erledigst du nicht gleich alle selbst?"

Doch dann landeten wir drei in der Hölle, in den Gemächern Luzifers, und mein Magen rebellierte.

„Ganz einfach: Weil ich mich nicht einmischen darf. Nicht so." Mich stellte er auf dem Boden ab und Jace erhob sich aus seiner gebückten Haltung.

„Warum sind wir hier?", wunderte sich Jace, der scheinbar nichts mehr von seinem Tod wusste.

„Weil ich gefährlich bin. Ich hab vorhin da oben alles in Schutt und Asche gelegt, dann kam ein zweiter Engel und bot Luzifer einen seltsamen Handel an."

„Der da wäre?"

„Alles zu seiner Zeit. Dich bringe ich zu Nadja und dann versuche ich, Jewas Gabe loszuwerden oder irgendwie in den Griff zu bekommen."

„Wer ist Nadja?"

„Du wirst sie mögen. Jewa, ist das in Ordnung?", vergewisserte sich Luzifer besorgt. Ich nickte ihm zu, fürchtete mich vor mir selbst und erkannte mit einem Schaudern, dass die Hölle gerade der sicherste Ort für mich war. Nur Jace versuchte sich noch dagegen zu wehren.

„Bitte. Wir sehen uns bestimmt bald wieder. Wenn er mir jetzt nicht hilft, dann werde ich dich früher oder später töten und das würde mich umbringen."

„Na ja, es geht nicht nur um dich. Du würdest den Planeten zerstören. Das haben Nadja und ich vor achtzig Jahren erst verhindert", schnaubte Luzifer gestresst.

„Wie das denn?", erkundigte sich Jace etwas beruhigter.

„Alles zu seiner Zeit. Jewa hat nun erst einmal Priorität. Dich bringe ich schnell nach oben." Die beiden verschwanden spurlos. Ich schaute mich um, entdeckte einen Essbereich und nahm an der Tafel Platz. Kaum vorstellbar, dass sich hier jemals Gäste einfanden. Aber der dunkelbraune Holztisch gefiel mir. Das Summen in mir hatte sich wieder gelegt und ich hatte keinen Schimmer, woher diese düstere Energie gekommen war.

Kurz darauf erschien der Teufel erneut.

„Hast du diese Energie schon einmal gespürt?", fragte er mich streng.

„Nur, wenn ich wütend war. Dann hat es in mir gesurrt. Wie können wir das in den Griff bekommen?", fragte ich flehend.

„Das wüsste ich auch gern. Leider kann man die Kräfte der Hexen nur schwer eindämmen."

Den Tränen nahe schaute ich Luzifer an.

„Ich mag Jace sehr und hab mich bei ihm sehr wohlgefühlt. Was ist, wenn ich ihn nie wiedersehen darf?"

„Jetzt nicht weinen! Das hilft uns auch nicht weiter. Wir finden schon eine Lösung."

Luzifer lief nervös vor mir auf und ab. Immerhin machte selbst der Teufel sich Sorgen um mich.

„Wie oft wurdest du geboren?", fragte er streng.

„Oft. Dreimal habe ich richtig gelebt, ansonsten waren die Episoden eher kurz."

„Was hast du empfunden, als du deine Opfer getötet hast?"

„Genugtuung", gab ich kleinlaut zu.

„Was geschah bei deinem ersten Tod?" Man, war der herrisch!

„Also… na ja… man ließ mich allein verhungern und da beschloss ich, mich zu rächen."

„Kamst du je mit dem Blut der Wiedergänger in Berührung?"

„Keine Ahnung, das weiß ich nicht." Noch immer lief er herum und kratzte sich am Kinn.

„Hast du je das Licht des Himmels oder den Zugang zur Hölle gesehen?" Ich schüttelte den Kopf.

„So ein Mist! Dann bist du eine vergessene Seele und etwas hat sich in dir manifestiert. Wie ein Geschwür, das an deiner Seele sitzt. Aber wie werden wir das los?" Ich verstand absolut nichts von dem, was er da von sich gab.

„Ist sowas schon einmal vorgekommen?" Luzifer runzelte die Stirn und lief aus dem Raum. Schüchtern folgte ich ihm und betrat eine gigantische Bibliothek. Unzählige Bücher reihten sich hier aneinander und die Wände schienen sich zu bewegen.

„Irgendwo habe ich doch schonmal was gelesen. Warte…" Beeindruckt beobachtete ich, wie er ein Buch nach dem anderen herauszog und wieder zurück stellte.

„Ich hab bei dir schon einmal an die ägyptische Mythologie gedacht. *Ba* hieß der Kerl, er war ein Seelenwanderer. Später nannte man diese Wesen Schatten. Das sind Menschen, die sich von ihrem Körper lösen können. Hatte Nadja nicht mal einen solchen Bekannten? Jace müsste den auch kennen.", grübelte Luzifer laut. Ich setzte mich in einen Sessel und wartete ab.

Luzifer kam auf mich zu.

„Würdest du noch ein wenig warten? Bitte geh nicht aus diesen Räumlichkeiten raus. Wenn du Hunger hast, dann bringt dir jemand etwas."

„Dürfte ich mich irgendwo hinlegen? Mein Magen dreht gerade durch."

„Oh, na klar. Nadja ging es hier unten auch immer sehr schlecht. Komm mit!" Er führte mich wieder in den Essbereich, von wo mehrere Türen abgingen. Er brachte mich in ein hübsches Schlafzimmer, welches ziemlich modern wirkte. Wie aus der Zeit, in der ich mein erstes Leben verbracht hatte. Weiße Wände, ein helles Bett, umgeben von kantigen Mustern.

„Nicht herumirren! Hier unten ist es wirklich gefährlich und ich habe keine Lust, dass du mir hier verloren gehst."

„Ist denn schon einmal einer verschwunden?"

„Einer? Tausende! Das passiert in schöner Regelmäßigkeit. Bitte, bleib einfach am besten hier!"

„Okay, versprochen."

„Ach, schau! Da ist noch ein Badezimmer, solltest du mal wohin müssen oder duschen wollen." Ich spähte hinein.

„Eine Badewanne!"

„Ja, dann nimm ein Bad. Hauptsache, du bleibst hier."

Schwupp und schon war er verschwunden. Ich fand einige Shampoo-Flaschen und schnupperte daran. Himmlisch. Für die Hölle war das hier echt der pure Luxus. Ich ließ mir ein herrlich duftendes Schaumbad ein, dachte an meinen Jace und diese seltsame Geschichte mit der Explosion. Die Erkenntnis, dass ich eine tickende Zeitbombe war, ließ mich frösteln. Klar, Untote zu vernichten würde weiterhin mein Ziel bleiben. Aber gleich alles in Schutt und Asche legen? Das war dann wirklich zu viel. Ich zog mich aus und stieg in das warme Wasser. Es besänftigte mein Gemüt und ich döste weg, träumte von Jace, freute mich, dass er noch am Leben war und fiel in tiefen Schlaf.

Nadja

„Was machst du?", Luzian stand wieder vor mir.

„Klee zupfen, meiner ist über die Jahrzehnte zu Staub zerfallen. Du, ich brauche Rosen für Lorenz." Luzian blinzelte und schon erschien ein ganzes Rosenbeet direkt an der Burgmauer.

„Ein wenig mehr Arbeit dürftest du mir gern überlassen", seufzte ich.

„Ich brauch dich jetzt aber wegen etwas Wichtigerem. Wo steckt Lorenz?"

„Der trinkt Kaffee in der Küche." Ich klopfte meine Kleidung ab, nahm die Schale mit dem Klee und begab mich gemeinsam mit Luzian hinein.

Lorenz sah auf. „Der schon wieder?"

„Er muss etwas mit uns besprechen."

„Jewa ist eine Hexe, die jedes Mal, wenn sie bisher gestorben ist, einen neuen Embryo gesucht hat um sich gebären zu lassen. Leider besitzt sie auf einmal eine wirklich böse Gabe, mit der sie die ganze Welt vernichten könnte. Ich vermute, dass irgendetwas mit ihrer Seele nicht in Ordnung ist", erklärte er ohne Umschweife.

„Mensch, Luzian, ich bin seit gefühlt zehn Minuten wach und du kommst mir mit sowas?"

„Entschuldigung Kleines, aber du hast doch einmal ´nen Typen gekannt, der seine Seele von seinem Körper lösen konnte. In der Mythologie nennt man sie Seelenwanderer." Ich überlegte kurz.

„Ach, Luka! Der war mit Jace befreundet, wie passend."

„Und was hat das mit uns zu tun?", wunderte sich Lorenz.

„Habt ihr eine Idee, wie man ihre Seele aus dem Körper holen kann um das Band abzuschneiden?" Lorenz und ich betrachteten Luzian als hätte er den Verstand verloren.

„Das geht nicht. Du müsstest sie töten. Sobald sich die Seele ganz vom Körper trennt, gibt es kein Zurück mehr", kam entschlossen von Lorenz. In diesem Fall musste ich im Recht geben.

„Wie oft wurde sie denn wiedergeboren?", fragte ich.

„Mehrfach", gab Luzian verzweifelt zu.

„Und früher hatte sie diese Gabe nicht?" Er schüttelte den Kopf.

„Wisst ihr, wonach mir das klingt?" Beide sahen mich fragend an.

„Vor unserem Zeitsprung hab ich unheimlich viele Dämonen ausgetrieben. Nehmen wir einmal an, dass sich einer von denen oder ein zweiter Geist an ihre Seele geheftet hat, dann sollte das Problem zu beheben sein. Alles andere würde ihren Tod bedeuten."

„Ja, aber die sind doch organisch gewesen. Die kommen nicht an die Seele eines Menschen ran!", knurrte Lorenz.

„Wir können aber Geister einfangen und Dämonen ebenfalls. Da ist es egal wo die sitzen."

„Stimmt, das könnte klappen. Aber wie finden wir heraus, was es ist?" Ich lächelte Lorenz und Luzian an.

„Wir haben doch dieses Elixier, das die Dämonen schlafen legt. Dann versuchst du, ihre Kraft zu entfesseln und schaust, was geschieht. Ich vermute, dass ein Dämon dahintersteckt, weil die Kräfte, die du beschreibst für einen parasitären Geist zu stark sind."

Luzian lehnte sich zurück und dachte über meine Worte nach.

„Er könnte sie einfach herbringen und wir sehen sie uns an", schlug Lorenz vor.

„Wenn was schiefgeht, dann vernichtet sie euch und den ganzen Landstrich", gab Luzian zu bedenken.

„Das passiert hier nicht. Die Burg ist von einem magischen Schutzschild umgeben. Da kommt nichts Böses rein oder raus." Wo war er nur mit seinen Gedanken? Er wusste doch darüber Bescheid!

„Wenn dir etwas passiert, dann werde ich mein Lebtag nicht mehr froh und mein Leben ist verdammt unendlich." Hatte er meine Gedanken gelesen? Ich schüttelte genervt den Kopf.

„Luzian, bring sie her! Du passt auf mich auf und wir sehen sie uns nur an. Das wird schon."

„Endlich mal wieder ein Geist oder Dämon! Traumhaft! Diese beschissenen Untoten gehen mir so verdammt auf den Keks!", freute sich Lorenz, der langsam wieder ganz der Alte wurde. Nur Luzian gefiel die Idee überhaupt nicht.

„Du kannst sie auch einfach schlafend hochbringen, dann schauen wir erstmal, was wir finden." Ich stand auf und machte mir einen Tee. Irgendwie war mir nicht nach

Kaffee. Der Wasserkocher funktionierte zu meiner Freude noch.

„In Ordnung. Ich rede mit ihr und dann bringe ich die schlafende Jewa mit nach oben. Wo soll sie hin?"

„Auf den großen Esstisch. Ich hole meine Sachen." Lorenz und ich begaben uns in die Wächterkammer und suchten das Nötigste zusammen. Bis auf meine und Vaters Blutkonserven war noch alles erhalten. „Wo ist mein ganzes Blut hin?"

„Wir haben es gebraucht."

„Das ist schlecht. Jetzt gibt es kein jungfräuliches Wächterblut mehr."

„Du hast mit Noah...?" Ich nickte ihm zu, doch weiter gingen wir auf das Thema nicht ein.

Jewa

„Kleines, kommst du bitte raus?" Jemand stand vor der Badezimmertür und riss mich aus meinem Dämmerzustand.

„Ja, Moment. Wer ist denn da?"

„Ich bin es, der Teufel in Person."

Immerhin war er besser drauf als vor seinem Verschwinden. Ich trocknete mich ab, genoss das flauschige Handtuch und wie durch Zauberhand tauchten neue Kleidungsstücke neben mir auf. Eine Stoffhose und ein weiter Pullover. Die Sachen zog ich an und trat aus dem Bad heraus.

„Lange warst du aber nicht weg."

„Nein. Sie wollen dich untersuchen. Nadja und Lorenz haben eine Idee. Vielleicht können sie uns ja helfen."

„Okay. Holst du sie in die Hölle?" Luzifer schüttelte den Kopf.

„Ich werde dich jetzt schlafen legen und dann bringe ich dich hoch." Ich erschrak und trat einen Schritt zurück.

„Ich habe schreckliche Albträume. Das ist keine besonders gute Idee."

„Darum mache ich mir keine Sorgen. Oder befürchtest du, dass du diese Kraft auch im Schlaf entfesseln könntest?" Ich nickte und schluckte angespannt.

„Dann versuchen wir es im wachen Zustand. Sobald du irgendetwas spürst, sagst du mir Bescheid!", bat er mich.

„In Ordnung. Ich achte einfach auf das Summen in meinem Bauch." Luzian legte mir die Hand auf die Schulter und schon standen wir in einer prächtigen Burg.

„Wow!", staunte ich und betrachtete den Kronleuchter, der über meinem Kopf funkelte.

„Als Kind war ich von einer Prinzessin total fasziniert. Sie war ursprünglich eine Waise und als ich sie sah, rettete sie mich." „Wie das?", wunderte er sich.

„Ich hatte meine Mutter in einer Menschenmenge verloren. Als sie den roten Teppich betrat entdeckte sie mich, hob mich in ihre Arme und trocknete meine Tränen mit einem Taschentuch. Es duftete herrlich!"

„Wie hieß sie?", fragte er erstaunt und hielt meine Geschichte sicherlich für eine kindliche Fantasie.

„Nadja. Schwarzes Haar, blaue Augen. Keiner in der Vorschule hat mir das geglaubt." Luzifer schmunzelte selig.

„Dann wirst du gleich staunen. Was für Zufälle es gibt", murmelte er vor sich hin.

„Meinst du, dass er schon da ist?", hörte ich eine männliche Stimme. Ich versuchte auf die Gedanken des Sprechers zuzugreifen, schaffte es aber nicht. Seltsam, genau wie bei Jace.

„Er schien es eilig zu haben", folgte eine weibliche.

„Bin schon hier. Leider ging das mit dem Schlafen nicht. Sie hat Albträume." Ich traute meinen Augen kaum, als sie den Raum betrat. Da stand sie leibhaftig vor mir: Meine Prinzessin, meine schönste Kindheitserinnerung! Sie lächelte so lieb wie damals. Kurz erstarrte sie und musterte mich.

„Ich kannte mal ein kleines Mädchen, das hieß Jewa, und ich könnte schwören, dass ihr sehr viel Ähnlichkeit miteinander habt." Sie reichte mir freundlich die Hand.

„Ich bin dieses Mädchen", gab ich leise zu.

„Du kennst sie?", kam von dem Mann. Ich musterte ihn und irgendwie kam auch er mir bekannt vor.

„Das ist Lorenz, der Vater meines damaligen Freundes. Kannst du dich an den letzten Abend erinnern? Da winkte ich ihr zu. Ich muss gestehen, dass Jewa mir immer wieder über den Weg gelaufen ist. Auch damals, beim Zeitsprung", sprach sie zu diesem Lorenz. Ich konnte sie nur gebannt anstarren.

„Nein, ist mir nicht aufgefallen. Dann werden wir mal beginnen. Setzt du dich auf den Tisch?", fing er an. Ich schob einen Stuhl weg und nahm auf dem Tisch Platz. Nadja kam auf mich zu. Sie hielt unterschiedliche Münzen und Ringe in der Hand. „Möchtest du wissen, was wir hier machen?" Sie klang so lieb und ich nickte meinem körperlichen Alter entsprechend.

„Ich habe die Vermutung, dass sich bei deinen Seelenreisen ein Geist oder ein Dämon an dich geheftet hat und weil ich bereits spüre, dass mit dir etwas nicht in Ordnung ist, wollen wir herausfinden, was es ist. Es tut nicht weh, zumindest nicht während wir dich untersuchen."

„Und du hattest vorher nie so etwas?", erkundigte sich Lorenz.

„Nein, erst seit der Pubertät in diesem Leben."

„Warst du in der Hölle oder hattest vorher einen Bezug dazu?"

„Jace hat mir nicht verraten, wer hinter all dem steckte. Doch nachdem so viel Gutes geschehen war, glaubte ich, dass es in meinem Fall nur der Teufel sein konnte."

„Warum? Was hast du angestellt?", kam von Nadja, die die Ringe nacheinander auf meine Haut drückte.

„Ich habe mich gerächt. An all denen, die noch lebten und mir Leid zugefügt hatten. Nun sind die Untoten dran."

„Hast du Lust, mit uns zu kämpfen?"

„Autsch!", ein Stromschlag durchfuhr mich. Nadja machte einen Schritt zurück. Sie kratzte sich am Kopf und schaute mit ernster Miene zu Luzifer.

„Da steckt mein alter Freund drin", stellte sie genervt fest.

„Wer denn?", fragten Luzifer und Lorenz zeitgleich.

„Lorenz, die Geschichte mit Noah in Prag. Asmodai, einer der Fürsten der Finsternis. Er steht für die Zerstörung. Also, lieber Luzian, ich bitte dich! Das sind mir zu viele Zufälle auf einmal."

„Mir auch", knurrte der Teufel.

„Ja und wie werde ich den jetzt los?", wimmerte ich.

„Einen Dämonenfürsten hab ich noch nie ausgetrieben. Einer von euch beiden vielleicht?", kam von Nadja. Doch die beiden anderen schüttelten nur betreten die Köpfe.

„Wir müssen ihn heraufbeschwören und gleich in die Hölle verfrachten. Mit Austreiben ist da nicht viel gewonnen", meinte Lorenz. Wie kam denn ein Dämon an meine Seele?

„Bin ich aus dem Grund so böse?" Nadja schüttelte entschlossen den Kopf.

„Wir sind die Summe all unserer Erfahrungen. Momentan möchte ich lieber einen Killer im Team haben als eine Elfe. Ich geh mal Katharina und Daniel wecken. Lorenz, hol bitte die Steine von unten, ich will kein Blut an der Wand."

„Wo ist eigentlich Jace?", wunderte ich mich.

„Der schläft. Ich hab ihm einen langersehnten Wunsch erfüllt."

„Hab keine Angst, Jewa. Wir schaffen das", beruhigte mich Lorenz. Warum waren alle so nett zu mir? Ich hatte das nicht verdient.

„Weil du etwas Besonderes bist. Auch die beiden haben viel erlebt. Betrachte sie alle auch als besondere Wesen. Nadja ist eine gute Seele." Hatte Luzifer meine Gedanken gelesen? „Ja hab ich", lächelte er.

„Warum kann ich ihre Gedanken nicht lesen?"

„Weil sie alle Magie in sich tragen."

„Bei Jace geht das auch nicht."

„Ich habe mir die Forschungsberichte zu Jace angesehen. Sie gaben ihm Jägerblut weil sie glaubten, ihn damit stärker zu machen." Traurig schaute ich auf meine Hände und faltete sie. Ich wartete nervös auf die anderen. Lorenz kam als erster zurück und stellte Steine um mich herum auf.

„Was macht ihr hier?" Ich blinzelte. Stand da ein neuer Jace vor mir? Seine Narben waren verschwunden und er besaß zwei gesunde Arme! Er kam auf mich zu, umarmte mich und hielt mich fest.

„Nadja wird gleich auch noch Jewa helfen. Du solltest jedoch den Raum verlassen und gar nicht erst versuchen, herein zu kommen", warnte ihn Luzian vor.

„Hey, ich bin auch noch da!", knurrte Lorenz.

„War das Nadja?" Sanft strich ich über die Haut seines Armes.

„Ja, echt heftig. Ich hab mich im Spiegel nicht mehr erkannt."

„Sieht echt gut aus."

„Findest du?"

„Ich fasse es nicht: Jace hat 'ne Freundin!", unterbrach uns Nadja kichernd. Zwei weitere Leute folgten ihr. Eine blonde Schönheit und ein gutaussehender Typ. Wo kamen die denn her?

„Echt jetzt? Wir bekommen einen Dämon geboten?", kam von der Blondine.

„Erst schaut ihr mich total verwirrt an und dann freut ihr euch über einen Dämonenfürsten. Ihr seid wirklich seltsam", meinte Nadja. Lorenz hatte die Steine um mich herumgelegt und schnitt sich seine Handfläche auf. Auf jeden der Steine tropfte er ein wenig Blut.

„Die sind echt gruselig", flüsterte ich Jace zu, was der mit einem Nicken quittierte.

„Du bist nicht kurz davor gewesen, auf einem Scheiterhaufen zu verbrennen, den Hungertod zu sterben und hast nicht alle deine Familienmitglieder an Untote verloren. Du hast ja alles verschlafen!", kam vorwurfsvoll von dem Schönling.

„Tut mir leid, hab nur die Welt gerettet."

„Hat sie!", fügte Luzifer bei Nadjas Worten hinzu.

„Mensch, beruhigt euch! Wir bekommen schon unsere Rache", versuchte Lorenz.

„Ich stand schon zweimal auf einem Scheiterhaufen, wurde erstickt, misshandelt und ihr wollt nicht wissen, was der Kerl danach mit meiner Leiche getan hat. Außerdem bin ich verhungert und eine Frau ließ mich mitten auf der Straße liegen..." Alle starrten mich entsetzt an.

„Was ist denn mit der los?", wunderte sich die Blondine.

„Jewa ist eine Hexe, schon mehrfach geboren worden und fast genauso oft gestorben", erläutere Luzifer.

Nadja rieb sich etwas in die Hände und stellte sich zu mir.

„Das betäubt Dämonen. Vielleicht hilft es ein wenig. Ansonsten würde ich dich jetzt lieber schlafen lassen, denn der Rest wird echt kein Spaziergang."

„Nein. Ich habe Angst vor dem Schlaf. Bitte, ich schaffe das irgendwie." Nadja atmete tief durch.

„Jace, der Tisch hält euch beide aus. Du musst sie halten. Bitte lass sie nicht los! Auf keinen Fall!"

„Das kannst du nicht machen!", stöhnte Lorenz entsetzt.

„Wir tun nichts gegen ihren Willen. Wir haben alle genug durchgemacht." Ich vergötterte meine Prinzessin.

„Das meinte ich nicht. Ich sprach von dem Ersatzteillager."

„Sprich nicht so über Jace! Der Kerl ist wirklich in Ordnung." Lorenz verdrehte die Augen.

„Woher kennst du Nadja?", fragte ich Jace, der gerade an meinen Rücken heranrutschte.

„Ich kenne sie nicht."

„Hä? Aber sie kennt dich ganz gut!"

„Lorenz und ich sind mal fast zwei Jahre in einer anderen Zukunft gewesen. Da lebte ich in Amerika und traf auf Jace. Wir wurden gute Freunde, dann aber wäre ich fast gestorben, wir konnten den Weltuntergang nicht mehr aufhalten, brachten uns um und landeten wieder bei unseren Freunden. Am Ende fanden wir heraus, dass Luzifer ein Opfer bringen musste und das war dann ich. Er ließ mich zur Steinstatue werden, meine Freunde folgten mir und jetzt sind wir hier."

„Also, das glaube ich dir jetzt nicht", sprach Jace.

„Mmmhhh, einer deiner besten Freunde hieß Luka, der konnte seine Seele vom Körper lösen. Dann gab es diesen Typen im Rollstuhl und viele andere Freaks. Du hast eine innovative Firma besessen, die neben Computerprogrammen auch medizinische Geräte herstellte. Du hast mir von deiner einzigen Liebe erzählt und außer mir konnte es damals niemand mit dir aufnehmen. Wobei meine Freunde hier durchaus auch dazu in der Lage gewesen wären."

Jace hustete entsetzt. Nadja machte einen Schritt zurück. Sie schaute zu Lorenz.

„Ich lasse dir den Vortritt." Die anderen versammelten sich um den Tisch.

Nadja

Jace musterte mich mit zusammengekniffenen Augen, doch erst einmal war nun Lorenz dran. Er schnitt sich erneut tief in die Handflächen und griff nach Jewas Händen.

„Das ist doch bescheuert, was ihr da treibt! Gleich kommt jemand mit einer Bibel", zischte Jace. Lorenz blickte belustigt auf.

„Ich beschwöre dich, Dämon der Zerstörung, komm heraus und zeige dich!" Ich brach in Lachen aus. Lorenz hatte sich einen kleinen Scherz erlaubt und fing daraufhin erneut an.

„Weiche von ihm, du Fürst der pechschwarzen Ratten,
Entweiche, du Prinz der klagenden Schatten.
Auf dass deine Schwärze, die von Elend und Leid sich
ernährt,
Nie wieder das Licht einer reinen Seele entehrt!"

„Nicht schlecht für dein Alter", witzelte ich. Jace schnaubte verächtlich und wir anderen warteten ab.

Luzian kratzte sich nervös am Kinn, während ich Jewa genau im Auge behielt. „Das ist doch alles Unfug!", beschwerte sich Jace. Ich trat näher an Jewa heran.

„Ach du meine Güte, schaut euch ihre Augen an!", stieß ich erstaunt aus. Sie wurden pechschwarz, selbst das Weiß des Augapfels verfärbte sich. Gespannt starrten wir sie an.

„Und jetzt?", erkundigte sich Katharina.

„Wir könnten ihr die Augen entfernen", murmelte Lorenz gelassen.

„Ich hole OP Besteck. Wartet! Keiner bewegt sich!"

„Stopp!", mischte sich Luzian ein und zauberte mir die passenden Utensilien hin. Ich griff mir ein feines Glasröhrchen und wappnete mich.

„Jace, halt sie gut fest!"

„Das tust du jetzt nicht wirklich!"

„Oh doch! Heilen kann ich sie später immer noch."

„Jewa? Bist du noch da?"

„Ja. Meine Augen brennen und ich sehe nichts mehr."

„Versuche, nach oben zu gucken." Ich legte ihr die Hand auf die Stirn, schob eine Metallschale an ihr Gesicht heran und stach mit dem Röhrchen zu.

„Lorenz, mach das Gleiche beim anderen Auge!" Er löste sich aus der Gruppe der Umstehenden und tat es mir gleich. Doch kaum floss etwas von dieser schwarzen Masse heraus, fing Jewas Körper an zu zucken. Sie gab ein dämonisches Kreischen ab, aus ihrem Mund quoll noch mehr von der Masse, kroch hinaus, versuchte, ihrem Körper zu entkommen und nahm eine dämonische Gestalt an. Jace kämpfte gegen seine aufkeimende Panik an. Luzian ging dazwischen, griff hart nach dem Dämon und entfernte ihn von Jewa, während er sich aus dem schwarzen Schleim formte. Doch kaum war er endgültig von Jewa entfernt, löste sich Luzifer mitsamt dem Dämon vor uns auf.

Jewa bekam kaum Luft, Blut lief aus ihren Augäpfeln. Lorenz reagierte schnell und schrieb ihr einen Heilspruch auf den Arm.

Jace hielt sie noch immer zitternd in den Armen, während Katharina jammerte, dass sie gern einen Kampf gehabt hätte. Ich klopfte Lorenz zufrieden auf die Schulter.

„Gut gemacht, alter Mann!"

„Wir sind alle schon über hundert, Kleines!", schmunzelte er erschöpft.

Ich holte den Ohrensessel aus Vaters Arbeitszimmer und schob ihn in den magischen Kreis.

„Bleibt sicherheitshalber noch hier drin, der Sessel scheint mir gemütlicher zu sein als der Küchentisch." Jace nickte und begab sich schwerfällig dorthin.

Liebevoll hob er die kleine Jewa in seine Arme.

„Es freut mich sehr, dass du sie gefunden hast."

„Der Altersunterschied ist verstörend", gestand er mir.

„Was ist in dieser Welt noch normal? Ich verspreche dir, dass wir aus ihr wieder einen schöneren Ort machen." Jace nickte mir zu und ich ließ die beiden in Ruhe.

„Machen wir uns was zu essen? Ich habe Hunger." Wir durchstöberten die Küche. Luzian hatte an alles gedacht. Wir nahmen wir uns von dem frischen Brot, dazu Schinken und Käse. Butter fanden wir ebenfalls.

„Kann jemand von euch 'ne Kuh melken?", fragte Lorenz in die Runde.

„Wieso sollte jemand von uns eine Kuh melken können?", wunderte sich Daniel.

„Weil da draußen vier Kühe im Garten stehen."

„Ich hab das mal als Kind gemacht. Ist nicht so schwer", meinte Katharina kauend.

„Na, immerhin eine von uns." Katharina überraschte mich immer wieder, selbst jetzt noch. Während des Essens erkundigte ich mich genauer nach ihrer Geschichte. Sie beschrieben die Flut an Untoten und wie sie nach und nach die Städte besetzt hatten. Einige Menschen hatten Widerstand geleistet, doch all die tapferen Kämpfer waren gestorben. Am Ende folgte die Beschreibung ihrer Gefangenschaft und mir blutete schier das Herz. Wir vier waren die letzten unserer Linien und schworen uns, diese Welt gemeinsam wieder erblühen zu lassen. Wir waren die geborenen Anführer, besaßen eine solide Ausbildung und wenn Luzian Recht hatte, dann waren wir die einzigen, die noch dazu in der Lage wären.

Aus Vaters Bibliothek holte ich Landkarten. Wir kreisten Dresden und Meißen ein. Erst wollten wir uns Meißen vornehmen, da diese Stadt recht übersichtlich war und wir mit den Steinen eine Schutzmauer würden bauen können, die die Kreaturen nicht durchdringen konnten. Wir planten unsere Vorgehensweise und steckten uns Ziele. Zuerst wollten wir unsere eigenen Ländereien zurückerobern. Zwischendurch brachten wir auch Jace etwas zu essen und zu trinken. Wir weihten ihn in unsere Pläne ein, doch er wollte sich zuerst in Ruhe mit Jewa besprechen. Luzian schaute noch einmal vorbei und versprach uns, dass dieser Asmodai die nächsten Jahrhunderte lang kein Problem mehr darstellen würde.

Bevor wir den ersten Angriff durchführen konnten - was mit vier bis sechs Personen keine einfache Aufgabe war - planten wir, uns Dresden bei Tag anzusehen. Laut meinen Freunden waren die Wiedergänger dann nur halb so stark wie bei Nacht. Außerdem mussten wir dringend zur Festung Königsstein, wo ich Noahs Tagebuch vermutete und zum Schloss Pillnitz, wo Daniels Familie einen Jägerraum besaß.

Jewa

„Guten Morgen!" Fest drückte ich mich an Jace. So gut wie auf dieser Burg hatte ich schon lange nicht mehr geschlafen. Ich konnte es mir nicht erklären, denn selbst in Jaces Armen hatten es die Albträume bislang geschafft, zu mir durchzukommen. Er öffnete die Augen und strahlte mich glücklich an.

„Na, Kleines, gut geschlafen?"

„Herrlich. Hier würde ich gern leben."

„Darüber wollte ich mit dir reden. Ich finde die alle recht komisch."

„Sie haben uns gerettet. Wir sind außerdem mindestens genauso seltsam. Keiner ist uns hier mit Vorurteilen gegenüber getreten. Oder haben sie dir etwas getan?"

„Nein, meine Liebe. Aber ich weiß nicht, ob ihr Feldzug auch der unsere ist. Sind wir dazu denn schon bereit?" Ich setzte mich auf, blieb aber noch auf seinem Schoss sitzen und lehnte mich an seine starke Brust.

„Das weiß ich nicht. Aber du gehörst hier her."

„Wieso ich?"

„Weil der Teufel meint, dass du einen Teil Jägerblut in dir hast und ich glaube, dass diese Blondine und der Schönling dir helfen können."

„Sie heißen Katharina und Daniel. Aber Nadja und Lorenz sind gruselig."

„Sind sie nicht. Die beiden sind Wächter und wir haben uns ihnen untergeordnet. Ihr kommt jetzt mal mit", die beiden standen mit vor der Brust verschränkten Armen in der Tür und betrachteten uns mit ernster Miene.

„Ich ordne mich niemandem mehr unter", knurrte Jace eisig.

„Das werden wir sehen. Raus mit euch beiden! Wir trainieren!"

„Was? Ich auch?"

„Bei uns kommen alle zum Training. Auch kleine Hexen. Dich nehme ich mir vor!", grinste dieser Daniel.

„Du rührst sie nicht an!", fauchte Jace.

„Das sehen wir gleich, wenn du auf dem Boden liegst. Los, raus mit euch! Auf den Hof!"

„Nicht einmal bei der US Army hat man so mit mir gesprochen!"

„Wir sind schlimmer. Und ein letztes Mal: Raus mit euch beiden!"

Nadja schaute herein.

„Kommt bitte, das wird lustig! Außerdem haben wir alle Geschenke bekommen!"

„Und der soll man sich unterordnen?", schnaubte Jace. Ich funkelte ihn finster an.

„Meine Lieblingsprinzessin hat ,bitte' gesagt. Komm!"

„Kurfürstin!", hörte ich Nadja rufen.

„Na, was auch immer." Ich krabbelte von Jace runter und folgte den anderen auf den Hof. Jace trottete schnaubend hinterher.

„Seht ihr, ein ,Bitte' hilft immer", flötete Nadja zufrieden. Sie rieb sich die Hände und blickte einen riesigen Turm hinauf.

„Wie in guten alten Zeiten: Aufwärmtraining! Wer zuerst oben ist!"

„Bitte was? Ich soll da rauf? Ich mach mir schon bei einem Obstbaum in die Hose!", spie ich entsetzt aus.

„Oh, dann bleib bei Lorenz. Dem alten Mann muten wir das auch nicht zu."

„Das lasse ich nicht auf mir sitzen! Da komme ich auch hoch!" Alle fünf betrachteten die Steine an der Mauer.

„Ihr macht doch Scherze?", kam gepresst von Jace.

„Nein, machen wir nicht. Na, mal sehen, wie stark du wirklich bist. In der Disziplin habe ich dich immer geschlagen", säuselte Nadja herausfordernd.

Ich betrachtete beeindruckt das Schauspiel. Wirklich: Ohne Sicherungsseile hangelten sie sich dort hinauf. Jace lag mit Lorenz gleich auf, doch Nadja, Daniel und Katharina stiegen noch flotter empor. Was waren das für Superwesen?

Daniel kam zuerst an und hangelte sich in ein offenes Fenster.

Nadja wurde zweite, dicht gefolgt von Katharina.

„Hey, ihr zwei alten Herren! Wo bleibt ihr?" Sie streckte ihnen die Zunge raus und ehe ich es mich versah, stand Daniel an meiner Seite.

„Du bekommst heute eine Extrarunde. Dafür lass ich mir etwas einfallen."

„Was, ich? Warum?"

„Weil du nur rumstehst und nicht trainierst." Aus Scham fing ich an auf der Stelle zu joggen, was Daniel mit einem herzlichen Lachen quittierte. „Du gewöhnst dich schneller dran als dir lieb ist.

„Sei nicht so streng! Zu mir waren sie anfangs genauso. Eigentlich ist unserer Daniel total knuffig", kicherte Nadja und als er einen Satz in ihre Richtung machte, sprang sie quiekend davon.

Jace und Lorenz tropfte der Schweiß von der Stirn.

„Dann ab nach hinten! Eine Runde entspannen!", gab Daniel den Ton an. Wir alle folgten ihm auf eine herrlich duftende Wiese, wo er sich vor uns aufbaute. Eine Runde Thai Chi hielt ich für eine super Idee, doch dann übernahm Katharina das Kommando und animierte uns zu schmerzhaften Verrenkungen, die sie Pilates nannte. Nach einer Stunde lag ich keuchend auf dem Boden.

Jace kroch zu mir.

„Die sind echt heftig drauf. So hat mich noch niemand gequält."

„Und ich bin nicht einmal geklettert", ächzte ich.

Nadja tauchte über uns auf. Wieder lächelte sie.

„Hilfst du uns die Kühe zu melken? Katharina weiß wie das geht." Ich rollte mich auf den Bauch und stand umständlich auf. Jace tat es mir gleich.

„Ich kann auch die Hühner übernehmen, das bekomme ich hin!", bot ich an.

„Dann zeigt uns Katharina das mit den Kühen und du bringst uns anschließend alles bei, was wir über Hühner wissen müssen", meinte Nadja. Ich zuckte mit den Schultern und lief ihnen nach. Die Männer übernahmen den Schweinestall und danach kürzten sie die Wiese mit

Sensen. Unterdessen besorgten wir Milch, gossen sie durch einen Filter und am Ende holten wir uns Eier. Immerhin sagten mir die Hennen, welche befruchtet waren und welche nicht. Das tröstete mich, denn langsam hatte ich angefangen, an meiner Gabe zu zweifeln. Gerade als wir in die Burg gingen, beobachtete ich etwas Seltsames. Ich blieb stehen.

Daniel kniete sich vor Lorenz hin. Lorenz zeichnete ihm eine schwarze Blume auf die Stirn. Katharina blieb neben mir, und beobachtete diese Prozedur.

„Daniel schwört ihm seine ewige Ergebenheit. Ein seltenes Ritual, welches man sich verdienen muss. Er hat vorher Nadja gefragt, ob er sich in seine Hände begeben darf."

„Wieso musste er Nadja um Erlaubnis bitten?", erkundigte ich mich.

„Daniel hat sich ihr vor vielen Jahren unterworfen. Die Wächter müssen ein Bemächtigungsritual durchlaufen, bei dem die Jäger sich ihnen am Ende unterwerfen. Und nachdem es nur noch zwei Jäger und zwei Wächter auf dieser Welt gibt, hat Daniel sich entschieden, Lorenz zu folgen."

„Warum geht man so etwas mit jemandem ein?"

„Weil das unser Schicksal ist, unser Erbe und eine Verbindung, die keiner trennen kann. Nur die Wächter selbst können dieses Band lösen. Unsere Art stirbt ohne Daniel und mich aus."

„Was seid ihr?"

„Das älteste, was die Menschheit zu bieten hat. Wir sind die Jäger, schmieden verzauberte Waffen, lehren die Kunst des Kämpfens. Lorenz und Nadja sind die letzten beiden Wächter. Sie sorgen für das Gleichgewicht zwischen den Toten und den Lebenden. Ohne sie würden Dämonen und Geister die Menschen stören."

„Ich werde mich nie unterwerfen", knurrte Jace auf einmal. Er kam direkt auf uns zu.

„Das entscheidest du. Aber wenn du mehr über deine Linie und deine Aufgabe erfahren möchtest, wirst du irgendwann den gleichen Weg gehen. Du hast gestern gesehen, wozu die beiden in der Lage sind und sie werden es auch sein, die uns gegen die Untoten verteidigen."

„Ihr seid zu viert! Gegen die ganze Welt! Das geht sicherlich schief." Jace warf ihr wütende Blicke zu.

„Ich hab zwei Kinder verloren und bin Nadja gefolgt. Du wirst schon noch lernen, was es bedeutet, zu glauben. Sie und Lorenz stammen von den Engeln ab. Warte ab, bis du die Geschenke siehst! Luzian hat sie geschickt."

Katharina wandte sich ab und ging hinein.

„Nein, ich diene sicherlich niemandem mehr."

„Brauchst du nicht. Aber es hat schon etwas Mystisches. Findest du nicht?"

„Meine kleine Hexe. Nur auf dich werde ich warten."

„Ich werde bald sechzehn."

„Bevor du nicht volljährig bist, rühre ich dich nicht an."

„Was? Zwei Jahre? Dann werde ich verrückt!"

Gemeinsam begaben wir uns in die Küche und setzten uns an den bereits gedeckten Tisch. Ich mochte das Leben hier, diese Burg und ihre Geheimnisse. Selbst wenn ich nie richtig dazugehören würde, so fühlte ich mich endlich geborgen. Vor allem war dieser Ort frei von all dem Grauen, welches da draußen schlummerte, mich die letzten Jahrzehnte gepeinigt hatte. Dass Nadja, meine Prinzessin, ebenfalls hier lebte, machte diesen Ort schon fast märchenhaft.

Nadja musterte mich eingehend.

„Wie alt warst du bei deinem ersten Tod?"

„Sechsundzwanzig. Warum fragst du?"

„Was hast du damals gemacht?"

„Ich war Lehrerin." Mich wunderten ihre Fragen.

„Du warst etwa fünf, als ich ging. Mmmhhh… Vermisst du deinen Körper?"

„Ich war pummelig und mochte ihn nicht sonderlich. Aber immer wieder ein Kind zu sein ist anstrengend. Warum fragst du mich das?"

„Nachdem diese Phase der Erdgeschichte gerade magischer ist als alle anderen zuvor und ich eine schier endlose Energie verspüre, könnte ich womöglich dein Alter in die richtige Richtung schieben."

„Ach, ist es das, warum auch Lorenz gerade so aufblüht?", mischte sich Katharina ein. Doch Nadja warf ihr einen strengen Blick zu, der sie zum Schweigen brachte.

Katharina nahm Nadja in den Arm, drückte sie mit einer Innigkeit und Zuneigung, die über bloße Freundschaft hinausging.

„Hab dich lieb, Nadja. Mir fehlen unsere Shopping-Tage." Irgendwie klang das nach einem geheimnisvollen Code.

„Ich dich auch. Ja, ich hoffe, dass wir noch einmal auf ihn treffen."

Zu gern hätte ich gefragt, von wem gerade die Rede war aber ich entschloss mich, lieber zu schweigen. Als wir uns alle gesetzt hatten, nahm Katharina vier kleine Pakete und zwei größere vom Küchentresen. Jedem von uns legte sie eines der kleineren Päckchen hin. Lorenz und Nadja bekamen je ein größeres. Wir alle öffneten sie gespannt. Ich packte eine Ledertasche aus, in der sich winzige Schmuckwaffen befanden.

„Die sind ja süß, werden uns aber nichts nützen", kam abschätzig von Jace. Ich rammte ihm den Ellenbogen in die Seite, da er sich derzeit recht mürrisch benahm.

Lorenz und Nadja bekamen zwei größere Taschen. Aus denen holten sie einige Phiolen und kleinere Dinge heraus.

„Oh wie schön, ein neuer Füller!", freute sich Lorenz und steckte ihn sich in die Hemdtasche.

„Nadja hat mir mit einem solchen Füller ein Gedicht auf den Arm geschrieben und schon heilte er", erklärte mir Jace.

„Nimm mal eine der Waffen raus und leg sie auf deine Hand!", fing Daniel an. Ich fand einen kleinen Bogen, der genau in meine Handfläche passte. Jace nahm sich eine Armbrust.

„Und jetzt stellt sie euch in groß vor." Daniel hielt ein winziges Schwert in der Hand, welches hell aufblitzte und dann plötzlich zu einem richtigen Schwert wurde. Kurz darauf vergrößerte sich die Jaces Armbrust. Ich musste mich etwas mehr konzentrieren bis es ebenfalls funktionierte. Diese Magie war so fantastisch und ich bereute es überhaupt nicht, auf diese Geschöpfe getroffen zu sein. Im Gegenteil: Es war mir eine Ehre!

„Wie werden die hergestellt? Oder ist das Luzifers Werk?", fragte Jace.

„Wir können sie selbst herstellen. Wenn du dich auf diese Sache einlässt und deinem Blut folgst, dann zeigen wir dir, wie man sie baut", kam von Daniel. Jace betrachtete ihn eingehend. „Warum lerne ich euch jetzt erst kennen? Wieso hat sich früher keiner für mich interessiert?" Er klang traurig, einsam und verbittert.

Nadja beugte sich zu ihm herüber.

„Weil du in der neuen Welt gefangen warst. Dort gab es unsere Riten nicht. Die haben unsere Vorfahren hier zurückgelassen, als sie nach Amerika reisten. Bei Aron war es genauso. Er konnte Geister sehen, mit ihnen sprechen, wusste aber nicht, wieso. Bis er auf uns traf."

„Wieso ließen sie die alten Geschichten hinter sich?", wunderte sich Jace. Wenn Nadja oder die anderen darüber sprachen, fühlte ich mich von einer anderen, mystischen Welt umfangen.

„Weil man sie sonst entdeckt hätte. Unsere Linien bestehen seit weit über tausend Jahren und mussten geschützt werden", ging Katharina dazwischen. Jace schaute traurig auf die Schmuckstücke. Seine Armbrust wurde wieder winzig und betreten aß er sein Frühstück auf.

Die anderen musterten ihn wohlwollend, doch er bekam davon nichts mit.

Nadja

Wenn wir Noah nicht fanden, dann sah das Schicksal Lorenz für mich vor. Mein Innerstes schrie bereits nach ihm, doch mein Verstand sträubte sich gegen die Idee, die Linie der Wächter mit dem Vater des Mannes, den ich einst geliebt hatte, fortzuführen.

Den Gedanken daran, dass Noah nicht mehr existierte oder - falls er noch da war - nicht mehr zurückkommen könnte, sorgte für ein beklemmendes Gefühl in meiner Brust. Außerdem bestand auch die Möglichkeit, dass Aron noch lebte, denn sein Zeichen war Efeu, was für ein sehr, sehr langes Leben stand. Doch mein Herz stäubte sich dagegen. Ich verstand es nicht, spürte aber, dass hinter dieser Geschichte ein höherer Plan steckte, den ich noch nicht durchschauen konnte.

Lorenz und Daniel kamen herein. Beide hatten sich die Treue geschworen, waren eine tiefe Verbindung eingegangen und ich hätte wetten können, dass Lorenz viel jünger wirkte als noch vor einigen Stunden. Vor meinem Abschied war er fast dreißig Jahre älter gewesen als ich, jetzt schienen es nur noch zehn zu sein. Er strahlte, lachte und sah genauso gut aus wie Noah damals. Unsere Blicke trafen sich und ich schaute krampfhaft weg. Nein, ich wollte seinen Sohn und nicht ihn.

Gemeinsam frühstückten wir, besprachen uns und beschlossen, heute Dresden aufzusuchen. Mit Wasser und Proviant bepackt liefen wir los. Die zehn Kilometer schafften wir in weniger als zwei Stunden. Doch bereits am Stadtrand zeigten sich die Zerstörungen der letzten Jahrzehnte.

Wie in Zeitlupe erhoben sich die Ruinen vor mir. Kaum noch Menschen bevölkerten die einst belebten Straßen. Aus den Löchern im Asphalt der heruntergekommenen Gehwege wuchs büschelweise Gras, Autos wurden am Straßenrand von Rost zerfressen. Die Gebäude waren verwahrlost, verdreckt, kaputt und ein seltsamer Geruch wehte uns entgegen. Fäkalien, gemischt mit Verwesung.

Nein, so hatte ich mir mein Erwachen nicht vorgestellt. Wir liefen an der alten Kaffeebörse und dem Stadion vorbei. Keiner bemerkte uns. Als ich auf die Elbe blickte, wurde es mir schwer ums Herz. Keine Geisterschiffe schwammen wie einst darauf, sondern die Überreste lebloser Körper trieben im Wasser.

Ich sank auf die Knie, ließ meinen Tränen freien Lauf und brach zusammen. Die Arme meiner Freunde versuchten mich aufzufangen, ich spürte sie nicht mehr, sah sie nicht mehr, fühlte nur noch den Tod, der über der Stadt lag.

Es war richtig gewesen, die Höllenöffnung zu verhindern. Es war richtig gewesen, zu gehen. Mir war damals klar gewesen, dass die Welt bei meiner Wiederkehr nicht mehr die selbe sein würde. Aber das? Diese Zerstörung, diese Trostlosigkeit? Nein, das hätte ich mir nie vorstellen können.

„Nadja."

Lorenz kniete vor mir, hielt mein Gesicht in den Händen und blickte mich verzweifelt aus seinen dunklen Augen an.

„Wir brauchen dich, deine Kraft, deine Liebe, deine Energie."

„Was ist, wenn Noah doch nicht mehr lebt, wenn auch er irgendwo auf dem Wasser treibt?" Ich deutete auf die Elbe. Lorenz wischte meine Tränen mit dem Daumen weg.

„Dann werde ich dich auffangen und seinen Platz einnehmen. Doch vorher glauben wir daran, dass es eine zweite Chance für euch gibt. Wir versuchen alles in unserer Macht Stehende und sehen, wie weit wir damit kommen." Er stand auf, reichte mir die Hand und half mir auf.

Im gleichen Moment holte er seine Zwielichtmünze hervor.

Er schaute mir entschlossen in die Augen, kniete sich erneut hin, drehte sie und zog seinen Stab. Und wie einst legte sich der graue Nebel um uns herum. Unsere Freunde folgten uns in das Reich zwischen den Lebenden und den Verstorbenen.

„Finden wir die Jäger!" Er nahm meine Hand, als wir im Land der Schatten landeten. Ich schaute durch den Nebel hindurch, fand keine einzige Seele mehr. Auch die anderen suchten verzweifelt das Zwielicht ab. Ich entsann mich einer meiner Vorfahrinnen.

„Anna Constantia von Brockdorff!", rief ich den Mädchennamen der Gräfin Cosel. Es dauerte nicht lange bis sie erschien. Sie lächelte mich an, eine vollkommene

Schönheit aus dem 17. Jahrhundert, und trat an Lorenz und mich heran.

„Rufen wir unsere Vorfahren. Wächter! Vereinigt euch! Alle, die ihr mich hört, so kommet und helft unseren letzten beiden Kindern!"

Lorenz und ich blickten sie voller Bewunderung an. Sie war so mächtig, so stark und so entschlossen. Auf einmal tauchten im Schatten sämtliche Wächter der letzten tausend Jahre auf. Sie verbeugten sich vor uns und erneut traten mir Tränen der Ehrfurcht in die Augen. Meine Knie gaben ein weiteres Mal nach.

„Rufen wir ihr Gefolge!", befahl die Gräfin und wieder reichte mir Lorenz die Hand. Auch er kämpfte gegen seine inneren Dämonen an.

„Constantia, wem sollen wir folgen?", verneigte sich einer tief. Sie blickte fragend in unsere Richtung.

„Nadja", hauchte Lorenz.

„So soll es sein."

Die Könige, Kaiser, Fürsten der letzten Jahrhunderte bildeten einen mächtigen Ring um uns herum. Katharina, Jace, der Jewa fest umschlossen hielt, und Daniel standen mit uns in dessen Mitte. Ich entdeckte meinen Vater unter den Geistern, die seltsame Gräfin mit den roten Haaren, die jungen Wächter, Matthäus, Balthasar und so viele mehr. Ich weinte im Zwielicht, spürte meine Familie und wusste, dass sie mich nie verlassen würden.

Dann tauchten die Jäger auf.

Wenige Kinder der Vorfahren unserer Freunde waren noch am Leben. Katharina und Daniel brachen zusammen.

„Ein Teil von uns lebt!", hörte ich die beiden. Der Schleier sank und die Geister unserer Ahnen verschwanden mit ihm. Nur das Schluchzen unserer Freunde war zu vernehmen. Fragend schaute ich Lorenz an.

„Sie sind nicht mehr eingeweiht und weit weg. Aber wir finden sie alle!" Er erhob sich mit mir.

„Wir werden sie finden und unsere Machtansprüche geltend machen." Katharina und Daniel standen ebenfalls auf und ich sah das entschlossene Brennen in ihren Augen. Wir vier bildeten einen eigenen Kreis, eine eingeschworene Gemeinschaft, die nichts auf dieser Welt jemals würde zerstören können. Nichts! Nicht einmal der Tod!

Jewa

Lorenz und Nadja gingen ins Gespräch vertieft vor uns her. Ich spürte bereits wieder menschliche Gedanken, doch das, was ich gerade in diesem seltsamen Nebel gesehen hatte, war mir noch immer unbegreiflich. Er hatte mich umhüllt, mir all meine Gaben genommen und dennoch empfand ich eine tiefe innere Ruhe, die ich bisher noch nie hatte erleben dürfen. Jace hatte neben mir geschwiegen und wie ich das mystische Schauspiel betrachtet. Die Toten, die Zerstörung und die Dunkelheit dieser Welt waren für einen Augenblick verschwunden und wir hatten Teil dieser so starken Macht sein dürfen.

„Was war das?", erkundigte sich Jace bei Daniel.

„Das ist einer der Gründe warum wir den Wächtern folgen. Wie bereits erwähnt, halten sie diese Welt im Gleichgewicht. Ich kann mir nicht vorstellen, wie eine Erde ohne sie aussähe. Das, was Lorenz gerade getan hat, ist recht einfach. Sie rufen uns Jäger und finden uns, damit wir sie beschützen."

Wir erreichten die Innenstadt, gingen an der Ahnenwand entlang und Lorenz erzählte Nadja von den Adligen, die auf der Wand verewigt waren, beschrieb ihre Heldentaten und ihre Lebensgeschichte. Die historischen Gebäude der Stadt standen noch, nur einige der moderneren waren verwahrlost oder bereits eingestürzt. Wir begaben uns auf den Platz, an dem einst immer der Weihnachtsmarkt stattgefunden hatte. Ich erinnerte mich an meine erste frühe Kindheit, sah mich lachend an der Seite meiner Eltern umherschlendern. Doch jetzt erhob sich hier ein Scheiterhaufen, ein Platz für Hinrichtungen. Mehrere Wagen, die allesamt mit Planen abgedeckt waren, standen herum. Die Qualen, die die Menschen dort drinnen ausstehen mussten, kannte ich bereits zu gut. Nur Nadja, die all dies noch nie gesehen hatte, verstörte dieser Anblick. Lorenz stützte sie, hielt sie, damit sie nicht erneut zusammenbrach.

„Ähm, Leute, wir sollten umkehren...", stammelte ich, da ich auf einmal viele Untote spürte. Sie verbargen sich in den Häusern, hielten sich versteckt und beobachteten uns bereits.

„Was ist los?" Jace versteifte sich neben mir.

„Ich spüre sie und es sind verdammt viele." Die anderen kamen auf mich zu. Lorenz und Nadja rieben sich die Arme.

„Wir sollten gehen", beschlossen sie.

„Was glaubst du, wie viele von ihnen in der Stadt sind?", erkundigte sich Jace.

„Hunderte? Ich kann es dir nicht genau sagen. Es sind zu viele." Nadja musterte mich aufmerksam. Ihre Augen waren noch immer vom Weinen gerötet und auf ihren Wangen hatten die Tränen Spuren hinterlassen.

„Kannst du sie steuern?", fragte sie.

„Bei Menschen ist das einfach, aber bei denen brauche ich vorher Blickkontakt. Ich arbeite dran."

„Dann lasst uns gehen. Wir wollen Jewa heute noch ihren Körper zurückgeben. Morgen schlafen wir aus und versuchen es am Abend in Meißen. Die Stadt ist kleiner, hat feste Mauern und wir können das Gebiet besser abschätzen", kommandierte Katharina. Wir nickten und traten den Rückweg an. Erst bei Anbruch der Dunkelheit erreichten wir die Burg. Nadja rang noch immer um Fassung, da das Ausmaß der Zerstörung sie völlig unvorbereitet getroffen hatte.

Luzifer

Als er Nadja gut versorgt wusste, beschloss Luzifer, mal wieder nach seinen Brüdern zu sehen. In der Hölle fiel ihm die Decke auf den Kopf, da kaum noch jemand herunterkam seit die Menschheit bereits mehr als halbiert war.

In der Zwischenzeit hatte er überlegt, auch die Formwandler zu Nadja zu schicken, damit sie ihr helfen konnten. Doch diesen Plan hatte er vorerst bei Seite geschoben.

Luzifer fand seine Brüder und ihre Schützlinge am selben Abend noch immer in Polen. Er betrat die große Halle der verfallenden Burg und traf ihre Bewohner bei Tisch an. Viktor stopfte sich gierig und ungehobelt Essen in den Mund, während Anna lustlos auf ihrem Teller herumstocherte.

„Na, bei euch ist die Stimmung anscheinend auf dem Nullpunkt", bemerkte Luzifer und setzte sich zu Uriel.

„Elias ist verschwunden, Raphael sucht ihn bereits. Viktor hat Anna geschwängert und wenn das mit denen so weitergeht, werden wir wohl nie kämpfen können."

„Warum fragst du nicht Nadja, ob sie sich ihrer annimmt? Ihr könntet derweil versuchen, noch mehr alte Seelen zu finden."

„Nadja ist wieder da?" Uriel blickte hoffnungsvoll seinen Bruder an. Luzifer nickte und betrachtete die beiden Menschen am Tisch.

„Sie wird ihren rechtmäßigen Platz einnehmen mit Lorenz an ihrer Seite. Diese beiden könnten ihnen wenigstens ein bisschen zur Hand gehen. Wenn Anna nicht kämpfen kann, so soll sie wenigstens bei der Hausarbeit helfen."

Anna und Viktor schauten auf. „Ich bin keine Dienstmagd!", zischte sie schnippisch.

„Nein, Süße, aber eine schwangere, unfähige Hexe. Wir können dich gern zurück in die weite Welt schicken", knurrte Luzian eisig.

„Vergiss es! Uriel glaubt an uns und wir werden das schon meistern!"

„Habt ihr sie zu sehr verhätschelt? Wie kann ein so unbedeutendes Geschöpf so mit mir reden?" Uriel ging dazwischen. „Luzifers Angebot ist sehr großzügig. Wir sollten ernsthaft darüber nachdenken."

Luzifer funkelte Anna durchdringend an.

„Wie viele von diesen Monstern habt ihr in den letzten beiden Jahren eurer Ausbildung getötet?" Viktor blickte betreten auf seinen Teller.

„Keines. Wir sollten es in einem kleinen Dorf mal versuchen, wurden aber von fünf von ihnen angegriffen. Wir bekamen schreckliche Angst und rannten davon."

Luzifer lachte schallend.

„Das ist nicht euer Ernst! Uriel! Ihr verzieht diese Gören! Sie sind absolut nutzlos!"

„Michael hat von Jewas Ausraster berichtet und wie sie einen ganzen Landstrich in Schutt und Asche gelegt hat. Was ist denn aus deinen beiden Schützlingen geworden?"

„Mal abgesehen davon, dass sie bereits zwei Wiedergänger auf dem Gewissen haben, war Jewa von einem Dämonenfürsten besessen, der sich soeben in meinem Reich der Konsequenzen bewusst wird. Heute sind die beiden mit Nadja durch Dresden spaziert, es geht ihnen also sehr gut."

„Was haben sie vor?"

„Sie wollen morgen Meißen einnehmen. Leider mache ich mir wirklich Sorgen. Die sechs sind zwar sehr klug, stark und halten fest zusammen, doch wenn ich richtig informiert bin, befinden sich in der Stadt über fünfzig Wiedergänger." Viktor riss staunend die Augen auf.

„Das schaffen die nie!"

„Ich sorge mich nur um meine Kleine. Die Chancen stehen jedoch sehr gut, dass sie es hinbekommen."

Uriel schnaubte erschöpft. „Wenn sie das überlebt und tatsächlich die Stadt erobert, dann sollen die beiden zu ihr. Ich kann nicht mehr. Kindererziehung ist definitiv nicht meine Stärke."

Luzifer klopfte Uriel brüderlich auf die Schulter.

„Bei Kindern lernt man nie aus. Man soll sie so akzeptieren, wie sie sind und nicht nach seinen Willen zu formen versuchen."

„Und das aus deinem Munde! Ich fasse es nicht!", seufzte Uriel.

„Ich mache da nicht mit!" Anna erhob sich und stapfte wütend davon. Luzifer sah ihr nach und schüttelte nur den Kopf.

„Wir haben versagt", wimmerte Uriel.

„Jetzt lass den Kopf nicht hängen! Ist dir schon aufgefallen, dass die Magie derzeit ziemlich stark auf Erden wirkt? Seitdem die ganze Technik verloren ist und der Verstand der Menschen schwindet, scheint es, als gäbe es wieder mehr Platz für Magie. Ich glaube, dass ihr mehr solcher Kinder finden könntet, womöglich sogar ältere, stärkere. Gebt nicht auf!"

Uriel haderte mit sich und seinen Entscheidungen.

„Hast du denn schon andere magische Wesen gefunden?"

„Ja, Formwandler in Kanada." Uriel starrte seinen Bruder an. „Formwandler?"

„Ich vermute, dass sie von den Ureinwohnern abstammen. Sie können die Gestalt von Tieren annehmen, sind jedoch verbunden mit ihrer Umgebung."

„Wir sollten in den alten Schriften nachsehen. Womöglich gibt es noch mehr solcher Geschöpfe", grübelte Uriel.

„Du kennst ja meine Sammlung und kannst jederzeit gern vorbeikommen."

Luzifer löste sich auf, kehrte in sein Reich zurück und nahm dort auf dem Thron Platz. Er war froh, seinen Brüdern die Stirn geboten zu haben, doch jetzt mussten Erfolge her, um ihnen zu beweisen, dass sein Weg der bessere war. Es ging schon lange nicht mehr um „Gut" oder „Böse" sondern darum, wer am Ende etwas mehr Ruhe auf diesem Planeten schaffen würde. Es sollte Frieden geben, damit die Seelen der Menschen wieder heilen konnten.

Jewa

Ich schlug die Decke zurück und traute meinen Augen kaum. Meine Beine waren länger und schlank und ich hatte eine weibliche Oberweite bekommen! Meine Hüften! Ich sprang aus dem Bett, rannte ins Badezimmer und betrachtete mich im Spiegel. Heiliger Strohsack, aus mir war wieder eine erwachsene Frau geworden! Nadja hatte mich noch gewarnt, dass ich dadurch auch ein paar Lebensjahre verlieren würde, aber dafür, endlich wieder einen erwachsenen Körper zu bewohnen, lohnte es sich.

Ich strich über meine Haut, sie war blass geblieben, einzelne Sommersprossen verteilten sich darüber. Mein Haar war noch immer rot und meine Augen grün. Eilig rannte ich in Jaces Zimmer und fand ihn noch schlafend vor. Er schreckte bei meinem Eintreten hoch und sah mich verschlafen an. „Warum bist du nackt?", murmelte er und ließ sich umgehend wieder zurück in sein Bett fallen um sich gleich darauf mit weit aufgerissenen Augen wieder aufzusetzen. Unter seiner Bettdecke bildete sich eine Beule, die immer größer wurde. Ich biss mir auf die Unterlippe und strahlte ihn an.

„Du solltest dir echt was anziehen, sonst garantiere ich für nichts. Du bist wunderschön", stammelte er mit belegter Stimme. Ich rutschte zu ihm ins Bett. Besorgt musterte er mich. „Süße, das würde ich an deiner Stelle nicht tun."

„Willst du mich noch?"

„Oh mein Gott, natürlich! Ich hätte aber auch noch ein paar Jahre gewartet."

„Dann küss mich!" Er zog mich in seine Arme, blickte mich aus seinen braunen Augen voll Verlangen an und legte seine Lippen auf die meinen. Drängend bat seine Zunge um Einlass, den ich ihr umgehend gewährte. Noch nie zuvor hatte ich eine solch warme Energie verspürt wie in dem Augenblick, als sich unsere Münder regelrecht verschlangen. Ich hielt mich an seinem Hals fest während seine Hände meinen Körper erkundeten.

„Aufstehen! Hast du... Ach, du Scheiße!" Mit einem „Rums" ging die Tür zu. Wir beide schreckten auf, doch Daniel war bereits wieder verschwunden. Kichernd wollte ich mich lösen, Jace zog mich aber zurück in seine Arme und küsste mich erneut.

„Du schmeckst göttlich. Ich werde dich nie wieder gehen lassen", raunte er mit tiefer Stimme und senkte seinen Mund erneut auf meinen herab.

Nadja

„Wo sind Jace und Jewa?", fragte ich Daniel, der mit hochrotem Kopf in die Küche kam.

„Die erforschen gerade Jewas neuen Körper. Gott, ich bekomme die Bilder nicht mehr aus dem Kopf! Hast du Kaffee?"

„Ein Schnaps wäre wohl eher angebracht", kicherte ich ausgelassen. Katharina kam aus der Speisekammer und schmunzelte über Daniel.

„Sagt mal, kann es sein, dass uns die Natur mitteilen möchte, dass wir dringend für Nachschub an unseresgleichen sorgen müssen? Zwischen Nadja und Lorenz funkt es, ebenso bei Jewa und Jace; bleiben nur noch wir beide...", dabei schaute sie Daniel durchdringend an, dessen Gesicht gleich wieder die Farbe einer Tomate annahm.

„Ich bin da raus. Erst finde ich Noah."

„Das war nur eine Feststellung. Vielleicht brauchen wir gar nicht so viel zu kämpfen. Wir bekommen einfach alle ganz viele Kinder, die das dann für uns übernehmen." Daniel hüstelte bei Katharinas Worten nervös. Lorenz trat, ein Buch in der Hand, ein und musterte uns streng.

„Darf ich mitreden?", fragte er nachdenklich. Ich drehte mich zum Waschbecken um, spülte das Geschirr und meinte: „Katharina ist der Ansicht, dass wir alle hemmungslosen Sex haben sollten und unsere Kinderschar dann das Kämpfen übernimmt." Lorenz zog scharf den Atem ein.

„Ihr wisst schon, dass ich dann der Kerl bin, der erst Nadjas Onkel war, dann ihr Schwiegervater und jetzt noch der Vater ihrer Kinder werden soll?"

„Die alten Normen gelten nicht mehr", flötete Katharina.

„Ganz Unrecht hast du ja nicht. Was ist denn mit dir und Daniel?", fragte Lorenz sie. Katharina zuckte mit den Schultern, während ich das Geschirr vom Vorabend aufräumte.

„Na, jetzt sag schon!", drängte Lorenz.

„Sagen wir mal so: Die letzte Nacht war sehr erfüllend."

„Katharina!", schimpfte Daniel empört.

„Euch ist allen bewusst, dass es keine Verhütungsmittel mehr gibt?", gab ich zu bedenken.

„Nadja, ich hatte bereits zwei Kinder, die ich zu Grabe tragen musste. Für mich wäre das eine neue Chance. Es klingt falsch, dass weiß ich, aber ich möchte wieder welche haben. Es gab für mich nichts Schöneres, als Mutter zu sein."

„Mit wem hattest du die Kinder?"

„Mit Julius." Diese Information überraschte mich. Lorenz stellte sich an meine Seite.

„Lass mich mal machen, du arbeitest zu viel." Ich wich ihm aus, lief schnell ins Arbeitszimmer meines Vaters, rollte mich auf dem Ohrensessel zusammen und weinte leise. Diese ganze Sache fiel mir wesentlich schwerer als ich mir je hätte vorstellen können. Ich war in dem Glauben gegangen, diese schöne Welt durch mein Opfer zu retten und auch in der Hoffnung, dass Noah irgendwo dort draußen auf mich warten würde. Aber jetzt musste ich mir eingestehen, dass die Natur einen anderen Plan geschmiedet hatte. Erst verliebte ich mich in David, da er das erste Geschöpf war, das mit meinem Schicksal zusammen passte. Danach kam Aron, vielleicht weil weit und breit kein anderer Wächter zur Verfügung gestanden hatte und genauso war es bei Noah gewesen.

Meine Hormone spielten verrückt, sobald ein passender Samenspender zur Verfügung stand. So konnte es doch nicht weitergehen! Diese Welt war auf einmal eine vollkommen andere, ich stand vor einer unlösbaren Aufgabe und wieder sollte ich mich verlieben? Es fühlte sich an als hätte ich bereits mehrere Leben gelebt und jedes Mal einen anderen Partner gefunden. Wollte das Schicksal mich unbedingt zwingen, für Nachkommen zu sorgen? War ich überhaupt in der Lage, eigene Entscheidungen zu treffen oder war mein Weg schon immer vorgezeichnet gewesen? Warme Finger strichen mir eine Strähne aus dem Gesicht. Ich schloss die Augen, erinnerte mich, wie Noah das immer bei mir getan hatte und allein diese kleine Berührung fühlte sich schon zu gut an.

„Kleines, wir müssen nichts tun, was wir nicht wollen", vernahm ich Lorenz' sanfte Stimme.

„Es kommt mir so vor, als wären wir auf der Arche und die letzten unserer Art. Es scheint, als hätte ich keine andere Wahl." Liebevoll hauchte er mir einen Kuss auf die

Stirn. Alles in mir zog sich zusammen, reagierte auf jede kleinste Berührung von ihm.

„Mir ging es bei dir auch früher schon so. Du hast meinen Sohn geliebt und ich dich. Du bist so schön, strahlst eine unglaubliche Energie aus und nachdem wir uns in Leipzig umgebracht hatten, habe ich dich stundenlang beobachtet, als du in meinem Gästezimmer lagst. Du hast mir immer mehr vertraut und jedes Mal, wenn wir miteinander sprachen, verzehrte sich mein Herz nach dir. Also sag mir bitte nicht, dass es falsch ist."

Ich setzte mich auf, wischte meine Tränen weg und sah ihn noch verwirrter an. „Wieso hast du nie etwas gesagt?"

„Weil auch ich Noah liebte und du ihm gehörtest. Was hätte ich mir Größeres für meinen Sohn wünschen können?" Er reichte mir ein Taschentuch, setzte sich auf den anderen Sessel und vergrößerte somit den Abstand zwischen uns beiden.

„Nachdem ich versucht hatte dich zu retten, als Luzifer das erste Mal kam, da wusste ich, dass du fast gestorben wärst. Dann warst du mit ihm verschwunden und kamst zurück als wäre nichts geschehen. Du hast gelacht, viel Zeit mit all jenen verbracht, die dir etwas bedeutet haben. Ich habe geahnt, dass du etwas planst, dachte es mir insgeheim und habe fünfundzwanzig Jahre lang bereut, dich nie drauf angesprochen zu haben. Als Luzifer auf dem Ball aufgetaucht ist, war ich mir sicher, dass du diese Höllenöffnung verhindern wolltest. Nicht einmal dein Vater hat es geahnt, er war zu sehr mit sich selbst beschäftigt. Noah hat dich so sehr geliebt, dass auch er es nicht sehen wollte. Mein Herz zerbrach in tausend Scherben, als Luzifer dich mit sich nahm. Nadja, ich schwöre dir, dass wir Noah finden und ich nie wieder von deiner Seite weichen werde. Aber du solltest wissen, dass ich dich aufrichtig lieben werde, falls du es zulässt."

Sein Geständnis berührte mich tief, doch ich traute meinen eigenen Gefühlen nicht mehr über den Weg. Ich erinnerte mich an Luzians Worte. Er hatte mir vorgeworfen, zu viel nachzudenken anstatt meinen Instinkten zu folgen. Doch hatte er damit auch das gemeint? Den Instinkt, sich zu vermehren? War ich nicht in einer Zeit der Selbstbestimmung und Selbstverwirklichung aufgewachsen?

„Was schaut ihr denn so traurig drein?" Kaum dachte ich an den Teufel, schon platzte er mitten in unser Gespräch. Lorenz verdrehte die Augen und Luzian guckte zwischen uns hin und her.

„Nadja grübelt immer zu viel anstatt einfach mal das zu genießen, was ihr das Leben bietet. Dir ist schon klar, dass in der Geschichte der Menschheit mehr gevögelt wurde als getötet? Wie sonst wäre eure Spezies so explosionsartig gewachsen?"

„Luzian, das ist gerade so unpassend!", presste ich genervt hervor.

Er setzte sich auf Vaters Schreibtisch, was ich mit einem Schnauben quittierte.

„‚Seid fruchtbar und mehret euch', sagt mein Vater. *Ihr sollt euch treu sein und nicht nach des nächsten Weibe trachten.* Haltet euch daran. Macht ziemlich viel Spaß!"

„Dein Vater hat auch gesagt, dass man nicht töten soll", knurrte Lorenz gepresst.

„Unsere Gegner sind genau genommen schon tot, sie wollen es nur nicht akzeptieren. Wo wir beim eigentlichen Thema sind: Euer Plan, Meißen einzunehmen: Meine Brüder werden euch beobachten und danach entscheiden, wer der bessere Engel ist."

„Bist du besoffen?", zischte ich.

„Nein, aber sehr zufrieden mit mir. So. Wenn ihr heute gewinnt und keiner stirbt, vertrauen euch meine Brüder ihre Schützlinge an. Leider sind sie nicht sonderlich gut erzogen und auch keine Intelligenzbestien, trotzdem können sie zaubern. Gut, Anna ist wohl schwanger und kann nur in die Zukunft sehen. Viktor ist ein bisschen hilfreicher, der kann Tiere beeinflussen. Falls sie Elias wiederfinden, bekommt ihr einen Heiler."

„Wir brauchen weder eine Wahrsagerin noch einen Heiler", fauchte Lorenz.

„Dann lasst sie die Burg putzen! Ihr macht das schon." Und – zack – hatte er sich wieder aufgelöst.

„Der macht mich noch fertig", seufzten Lorenz und ich gleichzeitig. Wir sahen uns an und mussten unweigerlich schmunzeln.

Jewa

„Na, wenigstens seid ihr angezogen", beklagte sich Daniel.

„Wo sind die anderen?", fragte Jace, der mich glücklich im Arm hielt.

„Lorenz und Nadja sind im Arbeitszimmer. Die brauchen Zeit für sich. Esst erstmal was. Anschließend muss ich mit euch reden", kam streng von Katharina. Jace und ich setzten uns an den Tisch und aßen von dem reichhaltigen Frühstück. Katharina betrachtete uns ernst.

„Wir haben derzeit kein Personal und Nadja kümmert sich um alles, weil sie immer als Erste aufsteht. Könntet ihr ihr helfen? Kann einer von euch beiden kochen?"

Jace und ich nickten.

„Ich putze auch gern. Bisher hatte ich nur Angst, etwas kaputt zu machen", gestand ich ihr.

„Ich übernehme auch gerne etwas. Wenn ihr nichts dagegen habt, mache ich mich draußen nützlich." Ich staunte über Jaces Worte. Es klang plötzlich so, als würde auch er sich hier allmählich wohlfühlen.

Ich lehnte mich gegen ihn und widmete mich dem Frühstück.

„Luzian war wieder da. Sollten wir heute Abend erfolgreich sein, ziehen hier noch ein paar Hexen ein. Wenn sie nichts taugen, bilden wir sie zu Personal aus." Lorenz setzte sich zu uns, gefolgt von Nadja, deren Augen verrieten, dass sie wieder geweint hatte. Katharina legte ihr wortlos die Hände auf die Schultern. Noch immer fand ich die tiefe Verbindung zwischen den vieren beeindruckend und gleichzeitig verstörend.

„Dann adoptieren wir eben noch ein paar Hexen. Du, Jewa, wirst sie anführen. Daniel, Jace und ich haben heute ein paar Dinge zu besprechen, während Nadja und Lorenz sich in ihre Kammer verziehen."

„Gut, dann kann ich waschen. Wo habt ihr eure Schmutzwäsche?" Nadja runzelte die Stirn.

„Ich zeig dir, wo die Waschmaschine steht. Einen Trockner haben wir auch."

Ich beschloss, die Küche aufzuräumen während die anderen ihre Schmutzwäsche vor eine Tür im Eingangsbereich warfen und sich anschließend ihren Aufgaben widmeten. Ich stöberte durch die Küchenschränke und fand handgeschriebene Kochbücher mit Anleitungen zum Einkochen und vielen anderen praktischen Hilfestellungen zur Haushaltsführung. Damit ausgerüstet sortierte ich die Wäsche und stopfte die erste Ladung in die Maschine.

Danach begab ich mich raus, pflückte Erdbeeren, wusch und zuckerte sie und nahm mir vor, damit einen Kuchen zu backen. Herrlich! Wie lange hatte ich schon keinen Kuchen mehr gegessen?

Ich fand das Zusammenleben mit den anderen toll. Sie akzeptierten mich so wie ich war, ich hatte zum ersten Mal seit ewiger Zeit keine Angst mehr und konnte ohne Albträume die Nächte durchschlafen.

Ich zuckte zusammen. Irgendwo klopfte etwas. Neugierig trat ich aus der Küche und lauschte. Da! Wieder erklang dieses Klopfen. Vorsichtig öffnete ich die schwere Eingangstür und sah nach. Ein kleiner Junge stand davor und betrachtete mich hilflos. Ich griff auf seine Gedanken zu und fühlte, dass er von jemand anderem gesteuert wurde.

„Tut mir leid, Kleiner, aber dich kann ich hier nicht reinlassen."

Er legte seinen Kopf zu Seite.

„Wer bist du?"

„Ein Mädchen in Not, das eine Burg besetzt", log ich. In diesen Zeiten war Vorsicht angebracht und man durfte niemandem vertrauen.

„Wo ist Nadja?" Ich runzelte die Stirn.

„Ich kenne keine Nadja."

„Sie ist weg? Wo ist sie hin?"

„Woher soll ich das denn wissen? Wer ist diese Nadja?" Gruslig: Der leere Blick des Jungen, die Finsternis, die ihn umgab und der Geist, der ihn offenbar führte, ließen mich erschauern.

„Sag ihr, dass ihre Eltern sie erwarten. Morgen Nacht im Taschenbergpalais."

„Nochmal: Ich kenne keine Nadja." Das Gesicht des Jungen verzog sich zu einem unheimlichen Grinsen.

„Wir beobachten euch. Ich weiß, dass sie hier ist", flüsterte er mit einer Stimme, die eine Gänsehaut auf meinen Armen verursachte. Ich trat einen Schritt zurück. Der Junge kam auf mich zu, stieß jedoch gegen eine Art magische Wand. Sein Körper zuckte, zitterte wie bei einem epileptischen Anfall, bis er tot zu Boden sank. Entsetzt starrte ich auf den leblosen Leib, löste mich von diesem

Anblick und ging bleiernen Schrittes in Richtung Garten, wo ich Jace mit den beiden Jägern auf dem Rasen sitzend vorfand. Daniel sah mich als Erster.

„Hey, warum bist du so blass?" Ich schluckte, rang um Worte.

„Da… da… Junge!" Er drängte sich an mir vorbei und stieß einen erstickenden Laut aus. Jace schlang schützend seine Arme um mich und Katharina eilte Daniel hinterher.

„Mein Gott! Warum tut jemand sowas?" Jace hob mein Kinn an.

„Warst du das?" Ich schüttelte aufrichtig den Kopf.

„Beruhig dich erstmal!" Er nahm mich auf den Arm und trug mich ins Wohnzimmer. Auf dem Sofa setzte er mich ab und lief zu den anderen.

Nach einer gefühlten Ewigkeit kamen die drei zurück.

„Kannst du uns sagen, was passiert ist?" Ich schluckte den dicken Kloß in meinen Hals herunter.

„Er wollte zu Nadja und ich sollte ihr eine Botschaft ausrichten. Dann machte er einen Schritt nach vorn, fing an zu zittern und war tot."

„Die Burg besitzt eine sehr starke magische Barriere. Wenn hier jemand herein möchte, der Nadja etwas Böses will, dann kommt er nicht durch. Welche Nachricht sollst du übermitteln?", sprach Katharina sanft auf mich ein. Sie hielt meine Hände umschlossen und ich erkannte, dass auch sie mit sich zu kämpfen hatte.

„Dass ihre Eltern sie morgen Abend im Taschenbergpalais empfangen wollen und dass irgendjemand uns beobachtet." Katharina sackte zu Boden,

Daniel stützte sich an der Wand ab, um sich auf den Beinen halten zu können. Es dauerte einen Moment, bis er seine Erstarrung überwand, sich löste und wegrannte. Jace zog mich tröstend in seine Arme und ich bemerkte, dass Katharina jegliche Farbe aus dem Gesicht gewichen war.

Nadja

„Nadja! Lorenz!", hörte ich Daniels Stimme vor der Kammer. Ich schaute raus.

„Wo ist das Tagebuch deines Vaters? Da war gerade ein Junge, der behauptet hat, dass deine Eltern noch leben."

„Moment!" Ich schlug ihm die Tür vor der Nase zu. Na, was für eine Bescherung! Lorenz inspizierte bereits das Regal.

„Schau, da ist es", meinte er.

„Kannst du es anfassen?"

Er zog es raus und reichte es mir. Seltsam. Was ging hier vor? Ich lief mit Daniel nach oben. Er erklärte, was gerade geschehen war und ich konnte einfach nicht fassen, dass man bereits Kinder instrumentalisierte und ihren Tod billigend in Kauf nahm. Er hatte den Jungen draußen vor der Tür bereits in ein Tuch gewickelt um mir den Anblick zu ersparen.

Ich schlug den letzten Eintrag im Tagebuch meines Vaters auf.

„Bei Konstantin und meiner Mutter können wir die Tagebücher nicht berühren, weil sie zu Untoten geworden sind. Vaters halte ich hier in der Hand. Er wäre jetzt hundertzwanzig Jahre alt und kann nicht mehr am Leben sein. Außerdem habe ich seinen Geist gesehen, als wir in Dresden die Jäger gerufen haben."

Christian von Hoym

Nadja hat den Untergang der Welt verhindert und ist nun für ewige Zeit erstarrt. Der Teufel selbst hat sie geholt und für ein höheres Ziel geopfert. Der Schmerz zerreißt mir schier die Brust und mein einziger Wunsch ist es nun, Annabelle zu vernichten. Ihre Spur führt nach Berlin. Noah wird mich auf dieser letzten Reise begleiten und nichts wird mich aufhalten.

Damit endete der Eintrag.

„Mein Vater kann nicht dahinter stecken. Ich habe ihn gestern unter den Geistern gesehen. Der hat seinen Frieden gefunden. Konstantin schmort in der Hölle, also kann es sich nur um einen schlechten Scherz handeln. Wahrscheinlich hat meine Mutter etwas damit zu tun." Die anderen guckten mich verwundert an. Ich zuckte mit den Schultern.

„Um den Jungen tut es mir aufrichtig leid. Ich bin froh, dass ich es nicht mit ansehen musste", versuchte ich entschuldigend.

„Woher sollte deine Mutter wissen, dass du zu einer Steinstatue geworden bist und jahrelang hier auf dem Hof gestanden hast?", wunderte sich Daniel.

„Irgendwer wird es ihr schon gesagt haben. Aber das ist jetzt egal. Wir ziehen unseren Plan durch."

„Wie kommen wir später nach Meißen?", fragte Jace.

„Soweit ich mich erinnere, kannst du Motorrad fahren. Ich hab unten noch ein paar rumstehen. Autos haben wir auch."

„Kann ich uns Funkgeräte in die Helme bauen?" Jaces Augen strahlten vor Freude. Fast hätte ich vergessen, was für ein Technikgenie er war.

„Klar! Zeigt ihr ihm die Garage?"

„Ich weiß, wer zum Wiedergänger wurde." Lorenz stand auf einmal in der Tür.

„Rebecca. Erinnerst du dich an die neuen Wächter?", fügte er hinzu.

„Ja, natürlich. Matteo starb als wir damals versucht haben, dich zu befreien. Meinen letzten Kampf werde ich nie vergessen."

„Sie war verrückt. Ich hasste es, mit ihr zu arbeiten. Außerdem hatte sie nur Geld im Sinn und damit hat die Gräfin sie regelrecht überschüttet. Letzten Endes fanden wir die Gräfin tot auf ihrem Anwesen und Rebecca war verschwunden. Zwar schien es ein natürlicher Tod gewesen zu sein, doch einige wertvolle Dinge fehlten. Schmuck, Edelsteine. Wir war waren uns nicht sicher, ob die Gräfin die Sachen selbst veräußert oder ob Rebecca sie mitgenommen hatte", erläuterte Lorenz.

„Dann weiß ich jetzt, wer meinen Vater verraten hat. Vater hatte sie im Schlossgarten unterrichtet und wurde später an unserem liebsten Trainingsplatz tot aufgefunden", murmelte Daniel. „Sind denn alle umgebracht worden?", keuchte ich entsetzt.

„Ja, alle. Man hat uns nacheinander geholt und ermordet", bestätigte Katharina.

„Wie lange hattet ihr nach meinem Verschwinden eigentlich Ruhe?"

„Nach etwa vier Jahren ging es los. Diese Wiedergänger tauchten überall auf, waren in allen Gruppierungen, Vereinen und Parteien vertreten. Wir versuchten, die Menschen und vor allem die Politiker noch zu warnen, leider zogen wir damit nur die Aufmerksamkeit dieser Monster auf uns. Letzten Endes jagten sie uns und übernahmen nebenbei alles", kam von Lorenz, der mir aufrichtig leid tat. Am liebsten hätte ich ihn getröstet, doch das ließ ich vorerst bleiben, um die körperliche Distanz zu ihm aufrecht zu erhalten.

Ich stand auf. Wir hatten noch einiges vorzubereiten und deshalb begab ich mich zurück in den Keller. Daniel begrub den Jungen, zeigte Jace die Garage und Katharina kümmerte sich liebevoll um Jewa, die nach diesem unschönen Erlebnis noch immer unter Schock stand.

Lorenz und ich bereiteten Unsichtbarkeitsmäntel vor, nahmen uns gegenseitig Blut ab und prüften alle vorrätigen Elixiere. Am späten Nachmittag hatten wir alles erledigt und machten uns auf den Weg.

Jewa

Weil ich selbst nicht Motorrad fahren konnte, saß ich hinter Jace und klammerte mich an seinem starken Körper fest. Er jauchzte auf, als die Fahrt losging. Ich genoss die Wärme seines Rückens, presste mich fest an ihn und schloss die Augen. Wie lange hatte ich so etwas nicht mehr erlebt? Ich musste mir eingestehen, dass es mich faszinierte, dass mich die Zeit bei Nadja auf die schönste Weise an mein erstes Leben erinnerte. Alles funktionierte, war ordentlich, gepflegt und strahlte so etwas wie Normalität aus.

Ich betrachtete im Vorbeifahren die wilde Landschaft. Bäume wuchsen am Elbufer, auf der einen Seite standen verfallene Häuser, die kaum noch Zuflucht boten, auf der anderen Weinberge, die verwildert vor sich hin wucherten. Über alledem thronte die untergehende Sonne, die sich nie von ihrem Rhythmus ablenken ließ.

Nach einer recht kurzen Fahrt hielten wir unterhalb der Stadtmauer an.

„Eine richtige Burgmauer gibt es nicht", kam nachdenklich von Nadja. Sie sah sich prüfend um und legte ihre Hand auf eine steinerne Wand. Ich drehte mich um, spürte Menschen, die uns bereits entdeckt hatten und suchte nach ihnen.

„Wir werden beobachtet. Sie wundern sich wegen der seltsamen Gefährte, mit denen wir erschienen sind." Jace prustete.

„Gefährte? Wie genial. Wir sind wirklich im Mittelalter gelandet."

„Kannst du sie irgendwie manipulieren, damit sie uns vergessen?", erkundigte sich Lorenz.

„Ja, das geht." Ich blendete ihre Gedanken und somit konnte ich die letzten Minuten einfach löschen. Nadja und Lorenz machten seltsame Bewegungen und ehe ich es mich versah, waren sie verschwunden.

„Wo sind die hin?", wunderte sich auch Jace.

„Unsichtbarkeitsmäntel. Da, zieh den an!" Jemand zupfte an Jaces Ärmel und drückte auch ihm einen solchen Mantel in die Hand. Er zog mich mit darunter.

„Wir haben es mit etwa fünfzig Untoten zu tun. Wir säubern die Burg, sichern das Gelände und schauen mal, was dann passiert", fasste Katharina zusammen.

„Du bleibst unter dem Mantel und behältst die Umgebung im Auge", murmelte Jace an meiner Seite.

„In Ordnung."

„Was machen wir, falls wir siegen?", fragte Jace.

„Eine Lösung finden. Hoffen, dass wir wenigstens einen Menschen mit Verstand finden, der die anderen anleiten kann. Anbau von Obst, führen von Bauernhöfen und ein Mindestmaß an Hygiene", kam erstickt von Nadja. Sie schien sich etwas vor Mund und Nase zu halten. Es roch wahrhaft erbärmlich, wobei ich mich an diesen Gestank längst gewöhnt hatte.

Wir erreichten den unteren Platz. Dort lagen Menschen in den Häuserecken, manche spürte ich auch im Inneren der verfallenen Gebäude. Die Fassaden, der Putz, alles löste sich auf. Der Verfall der Zivilisation war nicht mehr aufzuhalten. Man würde alles neu aufbauen müssen und ich konnte mir nur schwer vorstellen, dass wir das allein schaffen konnten. Allerdings fand ich den Gedanken schön: Menschen helfen, ihnen ein eigenes Leben ermöglichen und nebenbei würde ich mich endlich an diesen Untoten rächen dürfen.

Als die Sonne schon fast untergegangen war, erreichten wir den oberen Teil der Stadt und liefen über eine historische Brücke. „Wartet", hörte ich Nadja, die etwas auf die Burgmauer schrieb.

„Was macht sie da?" Ich sah nur eine Hand und ihren Füller.

„Wie auf ihrer Burg verschließt sie auch hier die Mauern mit einem Zauberspruch. Die Wiedergänger kommen weder rein noch raus", vernahm ich Daniels Stimme. Wir liefen weiter und fanden uns auf dem Platz vor dem Dom und dem dahinterliegenden Schloss wieder. Eine düstere Atmosphäre empfing uns. Menschliche Knochen waren hoch aufgetürmt worden, daneben befand sich ein Scheiterhaufen. Ich konnte die Gedanken unserer Feinde spüren. Ausgelassen verbrachten sie ihre Tage in den Mauern des Schlosses, lustwandelten unter den offenen Bögen des Innenhofes und erfreuten sich an den wilden Blumenbeeten.

„Rechts, die alte Schenke. Da warten wir", schlug Lorenz flüsternd vor.

„Nein, die Eiche ist besser. Zur Not kann man von da nach unten flüchten", kam von Katharina.

„Gut, dann der Baum."

Wir stellten uns wartend um den Baum herum und verharrten. Als die Sonne gänzlich verschwunden war und die Nacht uns jegliche Sicht raubte, kam ein dürrer, in die Jahre gekommener Mann und zündete Fackeln an. Überall loderten sie und immer mehr Menschen kamen aus ihren Verschlägen gekrochen. Verloren betraten sie den Platz, knieten nieder und warteten ebenfalls. Ich drang in ihre Gedanken, empfand ihren Hunger und erfuhr, dass sie auf ihr Abendessen warteten.

Wieder erschienen verhärmte Menschen, die den anderen Schüsseln übergaben. Durch die Augen der anderen sah ich, dass alle einen grauen Brei erhielten, der nach Erde schmeckte. Mir wurde übel davon. Jace drückte mich enger an sich heran.

Dann erschienen sie.

Die Untoten verteilten sich unter Umhängen verborgen vor dem Dom, reihten sich an den Mauern auf und einer sprach laut zu den Anwesenden:

„Wie ihr sicherlich wisst, haben wir Regeln und Gesetze. Heute wurden die letzten Verbrecher verurteilt, die uns in den letzten Monaten das Leben schwer gemacht haben." Ein Raunen ging durch die Menge. Er aber fuhr fort: „Sie müssen bestraft werden, weil sie selbst Nahrung fangen wollten, sich der alten Schriften bemächtigt und damit Unfrieden in unsere Reihen gebracht haben. Wir sind eure Herren und sorgen für euch!" Er hob seine Hände und die Knieenden neigten die Köpfe wie zum Gebet.

„Gebt mir Rückendeckung!", flüsterte Nadja.

„Ich weiche nicht von deiner Seite", zischte Lorenz.

„Vertraut mir!" Trommelschläge erklangen und die Verurteilten wurden hinausgeführt. Keiner von denen sah fit genug aus, um zu fliehen. Nur schwer konnten sie sich auf den Beinen halten, waren bis auf die Knochen abgemagert und befanden sich bereits auf der Schwelle zum Tod.

„Habt ihr die Fläschchen? Auf „drei" geht's los. Jace, du passt einfach nur auf. Falls mir einer zu nahe kommt, knall ihn ab! Jewa, behalte sie im Auge!" Jemand ging dicht an mir vorbei. Jace ließ unter unserem Mantel seine Armbrust zu voller Größe anwachsen und hielt sie direkt vor sich. Nadja lüftete ihren Umhang und stand mitten unter den Menschen. Ihr Stab fuhr glänzend in die Länge.

„Hallo! Ich bin es, eure wahre Königin! Ich habe euch einen alten Freund mitgebracht. Lorenz?"

Der lüftete nun ebenfalls den Mantel.

„Also ehrlich, ich hab mir das theatralischer vorgestellt. So von wegen: Nach achtzig Jahren des Ruhens…"

„Was tun die beiden da?", schnauzte Jace.

„Das frage ich mich auch gerade. Eine Komödie?"

Nadja lächelte Jace nett an, hob ihren Stab und ließ ihn kraftvoll auf die Erde niedersausen. Der Boden bebte leicht, Risse bildeten sich um den Stab herum.

„*Geboren unter Leid, verbannt für die Ewigkeit, lass ich euch ruh'n um mein Werk zu tun. Sollt schlafen für alle Zeit, dass die Menschheit von euch befreit.*"

„Ach du Scheiße", zischten Jace und ich gleichzeitig. Alle Wiedergänger fielen schlafend um. Das konnte doch nicht wahr sein! Katharina und Daniel lösten ihre Umhänge, beträufelten die Schlafenden mit Blut aus den Phiolen. Sie verbrannten augenblicklich. Nadja und Lorenz kümmerten sich um die restlichen Wiedergänger, bis auch sie in Rauch aufgingen.

Luzifer erschien und betrachtete das Werk der vier. Irgendein Typ stand an seiner Seite und starrte die brennenden Untoten an.

Nadja brauchte sie nur anzufassen um sie zu entflammen. Die Menschen sahen sie an als sei sie der Messias persönlich.

„Jace, Jewa! Die Luft ist rein. Jetzt dürfen sie das ganze Team kennenlernen", rief sie aus. Jace nahm den Mantel von uns und stapfte auf sie zu.

„Wie geht das?"

„Wenn mein Blut sie berührt, verbrennen sie von innen heraus. Das von Lorenz geht genauso." Sie hob eine der Schalen auf, aus denen die Menschen gegessen hatten und schnupperte daran.

„Igitt, was ist das?" Ich betrachtete die Reste des grauen Schleims.

„Flusswasser gemischt mit Putz? Ich hab keine Ahnung."

„Luzian? Wir brauchen dringend was Vernünftiges. Könntest du bitte Essen für die Menschen zaubern?" Auf einmal tauchte eine lange Tafel voller Gemüse, Obst und anderen Köstlichkeiten auf. Kein einziger traute sich, näher zu kommen

Lorenz und Nadja bauten sich vor den Versammelten auf.

„Das da ist richtiges Essen, damit ihr zu Kräften kommt. Bitte tut euch keinen Zwang an, das ist alles für euch. Die Zeit der Untoten ist vorbei! Noch befinden wir uns in der Anfangsphase, Meißen ist die erste Stadt, die wir befreit haben. Deshalb brauchen wir jede erdenkliche Hilfe, die ihr uns bieten könnt."

Schüchtern stand ein kleines Mädchen auf und beäugte die Tafel. Sie griff nach einem Apfel und musterte ihn.

„Beiß rein!", versuchte ich. Sie knabberte vorsichtig daran, als hätte sie noch nie einen Apfel gesehen. Die wuchsen doch an Bäumen? Weitere Leute kamen und kosteten zögerlich. Jace lief los und befreite noch die Gefangenen, die entkräftet zusammengebrochen waren. Ich brachte ihnen Wasser und ein paar Weintrauben.

Nadja ließ sich auf dem steinigen Boden nieder und betrachtete die Menschen.

„Was machen wir mit ihnen?", sprach sie nachdenklich mehr zu sich als zu uns.

„Hier können sie nicht bleiben. Die Anlage bietet zu wenig Fläche und sie können sich hier nicht selbst versorgen", meinte Daniel. Sie alle setzten sich zu Nadja, auch Jace und ich begaben uns dazu.

Lorenz ließ den Blick schweifen:

„Werfen wir doch einmal alle unsere Fähigkeiten in einen Topf. Ich kann drei Sprachen, spiele Gitarre und Klavier, bin studierter Bauingenieur und kann immerhin ein Holzhaus bauen." Katharina fuhr fort: „Ich kann nähen, Sprachen sind gerade unwichtig, habe viel Zeit auf Bauernhöfen verbracht und ich kann sehr gut mit Pferden umgehen."

Daniel war an der Reihe: „Eigentlich bin ich Betriebswirt und hab mich mit meinem Bruder um die Immobilien gekümmert. Ich spiele Geige und zeichne gern. Einen Grundriss oder Entwürfe bekomme ich sicherlich hin."

Nadja seufzte: „Also als Rechtsanwaltsfachangestellte und Mauerblümchen komme ich nicht weit. Ich kann kochen und das mit den einfachsten Mitteln." Jace schmunzelte: „Vermutlich kann ich so ziemlich alles bauen was man von mir verlangt. Jagen ist ebenfalls meine Stärke und ich weiß wie man Tiere schlachtet." Alle sahen ihn beeindruckt an. Und zu guter Letzt war ich dran: „Ich kann kochen, die Gedanken der meisten Lebewesen lesen und ich bin studierte Lehrerin für Geschichte und Mathematik. Ich würde sehr gerne wieder unterrichten."

„Wie wäre es, wenn ihr das Dorf bei eurer Burg wieder besiedelt, die Leute ausbildet und sie anschließend Neuankömmlinge oder die Bewohner anderer befreiter Orte unterrichten lasst?", schlug Luzifer vor.

„Wie viele sind denn hier?", fragte Nadja.

„Etwas über fünfhundert. In dem Dorf ist Platz für eintausendvierhundert Menschen gewesen. Ich zaubere euch eine zweite Außenmauer und die kannst du dann wieder mit einem Zauber belegen. Dort habt ihr Ruhe und Zeit."

Der andere Engel fing an: „Ihr braucht Geduld und solltet akzeptieren, dass ihr die Menschen von Grund auf aufbauen müsst. Nur dann könnt ihr Erfolg haben. Falls ihr zu viel von ihnen verlangt, überfordert ihr sie nur. Gönnt dem Planeten eine Pause, gebt der Magie eine Chance und zeigt den Menschen, was sie zum Überleben brauchen. Wenn ihr ihnen zu viel gebt, dann werden sie euch auf Dauer nicht folgen."

„Sollten wir die Welt nicht auch von den übrigen Kreaturen befreien? Wie lange halten denn die Menschen noch durch?", kam besorgt von Nadja.

„Ihr seid nicht für alles verantwortlich. Ihr werdet eure Schlachten schlagen, aber bitte macht einen Schritt nach dem anderen. Wir haben nicht mehr das einundzwanzigste Jahrhundert wie ihr es kanntet, die Welt ist ins tiefste Mittelalter zurückgefallen. Nehmt euch erst Zeit für diese wenigen Menschen hier und dann seht ihr weiter", beruhigte Luzifer Nadja.

„Ich will Noah suchen!"

Luzifer atmete tief durch.

„Nadja, du wirst ihn finden, ihn aber niemals retten. Er ist tot!"

„Er hat mich so sehr geliebt, reicht das denn nicht?"

Luzifer nahm sie in den Arm. So stark wie sie war, so zerbrechlich erschien sie mir in diesem Moment.

„Noah ist ein Opfer der Geschichte. Durch den Tod und diese Art der Wiedergeburt wird die Seele gebrochen. Sie ist nicht mehr wie früher und er kann so nicht lieben." Er stand mit ihr auf, die beiden entfernten sich ein Stück von uns und sprachen allein weiter.

Währenddessen sah ich mir erwartungsvoll meine neuen Schüler an. Seltsam, ein entfernter Dämon, Jace, ein warmes Bett und schon wurde ich sanftmütiger. Ein Sprichwort von Hermann Hesse fiel mir ein: *„Glück ist Liebe, nichts anderes. Wer lieben kann, ist glücklich."*

Zufrieden lächelte ich und fand das Mädchen, welchem ich zuvor den Apfel gegeben hatte. „Hat dir der Apfel geschmeckt?" Sie nickte mir schüchtern zu. Ich las in ihren Gedanken, dass sie mich zwar verstehen konnte, aber schrecklich viel Angst vor uns hatte.

„Du brauchst dich nicht zu fürchten. Die dunklen Kreaturen sind weg und wir beschützen euch jetzt." Ein greiser Mann stellte sich schützend zu dem Kind.

„Man hat uns das Sprechen verboten. Wir wissen nicht, was uns mit euch erwartet."

Jace legte mir den Arm um die Schultern.

„Euch erwartet ein Leben ohne Angst. Wir werden euch lehren, euch selbst zu versorgen und euer Essen zu produzieren. Ihr werdet genug von allem haben."

„Ihr wollt unsere Dienste nicht? Nicht unsere Körper, unser Leben oder die völlige Unterwerfung?"

Wir schüttelten entsetzt die Köpfe.

„Warum seid ihr so mächtig und verlangt nichts von uns?"

„Weil uns sonst schrecklich langweilig wäre. Wir möchten, dass ihr fleißig seid und dann irgendwann vielleicht auch anderen Menschen helft", antwortete ich gelassen. Jace strahlte mich stolz an. Ich legte den Kopf an seine Brust.

„Sagt mal, was war denn alles verboten?", fragte Jace. Der alte dünne Mann überwand seine Ängste.

„Eigenes Essen herstellen, denn sie sorgten für uns. Außerdem Bücher. Miteinander reden durften wir nur im kleinen Kreise und am Tag. Religion, Liebe oder Zweisamkeit waren untersagt. Der Austausch von Gefühlen dient allein der Belohnung." Wir starrten ihn entsetzt an.

„Also, wir werden zwar auch ein paar Regeln zusammenstellen um das Miteinander zu vereinfachen, aber nicht solche", schnaubte Jace schockiert. Ich konnte ihm da nur beipflichten.

„Einen Zehnten führen wir dennoch ein", kam von Lorenz.

„Bitte was?", spie ich aus.

„Um irgendwann ein bisschen Ruhe zu bekommen und die Wertschätzung der Menschen aufrecht zu erhalten, benötigen wir Abgaben. Zehn Prozent erscheinen mir sinnvoll. Wenn ich daran denke, dass ich früher einmal dreißig Prozent Kapitalertragssteuer habe bezahlen müssen und nun mein ganzes Vermögen weg ist, ist das wirklich großzügig. Immerhin unterrichtest du nun kostenlos." Er zwinkerte uns zu und lief zu Nadja.

„Darüber diskutieren wir noch!", rief ich ihm nach.

„Ganz Unrecht hat er nicht. Was nichts kostet, ist nichts wert und irgendwann beuten sie dich aus", erklärte mir Jace.

„Wenn ihr meint. Es wird so oder so ein hartes Stück Arbeit werden." Eine Frau rannte auf Luzifer zu und riss sich die Kleider vom Leib. Sie bot ihm ihren Körper regelrecht an.

„Nicht schon wieder!", beklagte er sich und löste sich auf.

Nadja

Noch immer müde stand ich auf und stellte mich unter die Dusche. Ich hatte schlecht geschlafen, denn meine Gedanken waren ständig um das Gespräch mit Luzian gekreist.

Er hatte mir detailliert erklärt, wie die Wandlung zum Wiedergänger funktionierte und mir damit jegliche Hoffnung, Noah jemals wieder zurück zu gewinnen, genommen. Lorenz wollte mich trösten, doch ich hatte ihn abgewiesen. Die Anziehung zwischen uns war ziemlich heftig und ich verstand auch, dass es mir keiner übel nehmen würde, wenn ich ihr nachgab. Trotzdem war ich noch nicht bereit dazu, auch wenn Luzian der Ansicht war, dass mein Königreich einen Nachfolger brauchen würde. Die Sache mit dem Königreich hatte anfangs ja ganz witzig geklungen. Aber ich eine Königin? Ich war schon froh, wenn ich einen Tag ohne Heulkrampf überstand oder ohne mich in irgendeiner Form aufschlitzen zu müssen.

Während ich allein in meiner Trauer versank, freuten sich die anderen auf einen Neuanfang. Es fiel mir schwer zu begreifen, dass die Menschen sich ohne Widerstand zu leisten bis hin zur Selbstaufgabe unterjochen und all diesen Mist über sich hatten ergehen lassen. Doch wie hatte Luzian zu mir gesagt? *„Nadja du musst geduldiger werden und dich von deinen Gefühlen leiten lassen."* Ja, genau. Meine Gefühle wollten Noah zurück oder einen frischen Start mit Lorenz, aber Letzteres behielt ich besser für mich.

Ich zog mich an und machte mich auf den Weg nach unten. Jewa kicherte vergnügt mit Jace, Katharina himmelte Daniel an und mir gingen dieses Erbe und die Blutlinien tierisch auf den Geist.

Die Anderen debattierten gerade über Gesetze, die man aufstellen sollte um das Miteinander der Menschen zu regeln. Jewa notierte die Vorschläge und ich las mit.

Nicht töten, keine erzwungenen körperlichen Aktivitäten, kein Diebstahl, man soll das Leben und die Privatsphäre des anderen achten, Frauen sind den Männern ebenbürtig, Kinder vor dem vierzehnten Lebensjahr haben nicht zu arbeiten, sie dürfen maximal im Elternhaus helfen oder kleinere Tätigkeiten verrichten und noch einiges mehr.

„Ach... sie sollen einen Rat gründen mit einem Vorsitzenden. Ich habe keine Lust, dass hier täglich jemand vorbeikommt und sich beschwert", trug ich griesgrämig zu dem Thema bei.

„Da ist aber jemand schlecht gelaunt", bemerkte Katharina.

„Und wo wir dabei sind: Schmierpresse wird gleich verboten. Wenn dann eine vernünftige Berichterstattung und die Verbreitung wichtiger Informationen."

„Noch nicht einmal zwei Minuten im Amt und schon greift Nadja in die Pressefreiheit ein", witzelte Daniel und erntete einen bitterbösen Blick von mir.

„Gut, dann eben anders." Ich deutete auf Jewa: „Ministerium für Bildung, Daniel für Handel und Finanzen, Jace für Landwirtschaft und Bau und Katharina bekommt die ganzen Handwerke. Damit halte ich mir alle vom Hals."

„Und was ist mit mir?", schmunzelte Lorenz.

„Ich dachte, wir regieren gemeinsam?"

„Dir ist schon klar, dass ein König und eine Königin zusammen sind und Thronfolger züchten müssen?", kicherte Katharina.

„Ihr geht mir damit echt auf den Keks! Kaum habe ich Noah verlassen, soll ich umgehend mit seinem Vater in die Kiste steigen? Vor wenigen beschissenen Tagen habe ich mich erst von Aron, euch, Noah und meinem Vater verabschiedet, die ich kurz davor erst kennengelernt hatte!"

„Nadja! Jetzt nervst du mich! Ich kenne deine kleinen depressiven Kapriolen, aber wir und der Rest der Welt können nichts für deine miese Laune. Auch nicht dafür, dass du dich gerade in Selbstmitleid badest! Außerdem bist du an einigen Dingen selbst schuld! Sehe ich das falsch oder wurdest du nur von deiner Mutter entführt, weil du zuvor abgehauen warst? Wegen deines Sturschädels hat anfangs keiner geglaubt, dass du die rechtmäßige Erbin deiner Familie bist! Du hast dich von Anfang an gegen alles gestellt und immer wieder dein Ding durchgezogen, ohne Rücksicht auf uns! Ich bin echt gern deine Freundin, aber dein Drang, alles und jeden zu kontrollieren geht mir gerade gehörig gegen den Strich!", schnauzte mich Katharina an. Konsterniert stand ich vor ihr. War ich wirklich so schlimm? Ganz Unrecht hatte sie ja nicht.

„Trotzdem finde ich es falsch, mit Lorenz ins Bett zu steigen!", zischte ich.

„Zicke! Wir alle haben sehr viel geopfert um hier zu sein, während du achtzig Jahre verschlafen hast. Danke dafür, dass du die Welt gerettet hast, aber es reicht! Noah ist tot, Aron und David auch, keiner kommt mehr zurück und das hier ist jetzt unsere einzige Chance auf ein glückliches Leben!"

„Fick dich! Ich bin keine Schlampe, die es mit jedem dahergelaufenen Wächter treibt!"

„Ist dir mal in den Sinn gekommen, dass es nur noch einen gibt?"

„Das ist nicht fair! Muss ich denn um jeden Preis ein Kind mit Lorenz zeugen?"

„JA!", riefen alle zeitgleich aus. Ich schüttelte den Kopf, stapfte wütend raus und knallte die Tür von Vaters Arbeitszimmer zu.

Kaum hatte ich durchgeatmet, erschien Luzifer und lehnte sich lässig an den Schreibtisch.

„Sie haben nicht ganz Unrecht, aber du hast eben meinen Sturkopf geerbt. Deshalb kann ich dich verstehen."

Ich schnaubte. „Wenn wir ehrlich sind, muss ich nicht mit Lorenz Kinder zeugen. Das könnten wir beide auch." Finster funkelte ich ihn an.

„Falls es dir noch nicht aufgefallen ist: bei uns funktioniert das nicht. Wir verkehren eher auf freundschaftlicher Basis."

Ich verdrehte die Augen und ließ mich auf einen der Sessel fallen. „Und wer nimmt Rücksicht auf meine Gefühle?"

„Alle. Außerdem bist du total scharf auf Lorenz und er auf dich. Achtzig Jahre schlafend ohne Sex stelle sogar ich mir höllisch vor."

„Das ist nicht lustig!"

„Ich verstehe dich ja. Wir ähneln uns mehr als du glauben magst. Genau wegen meines Dickschädels hat mein Vater mich aus dem Himmel geworfen. Letzten Endes solltest du mal einfach nur auf deine Gefühle hören und dein Hirn ausschalten."

„Gefühle sind nur Hormone!"

„Sind sie nicht. Wieso glaubst du, dass Lorenz gerade um knapp zwanzig Jahre jünger geworden ist? Das Schicksal oder die Magie haben eingegriffen und schenken dir ein langes glückliches Leben mit ihm."

„Bis der nächste im Kampf fällt."

„Also du bist gerade echt anstrengend. Eigentlich wollte ich dir nur sagen, dass deine ersten Untertanen ankommen und die Mauer fertig ist. Aber so, wie du drauf bist, lasse ich lieber Lorenz den Spruch schreiben als dich. Sonst sterben alle bei Eintritt in ihr neues Königreich."

„Im Übrigen, diese Königreich-Sache geht mir auch auf den Geist."

„Ich frag mal Stalin ob er Lust hat zu regieren!"

„Deine Scherze waren schon besser!"

„Wir sprechen weiter, wenn du bessere Laune hast." Schon löste Luzifer sich auf und kurz darauf klopfte es an der Tür. Die ganze Welt inklusive Teufel hatte sich gegen mich verschworen.

„Was?", schmollte ich.

„Wir brauchen Bücher", kam schüchtern von Jewa. Ich atmete durch, drängte mich an ihr vorbei und prallte gegen Lorenz. Der fehlte mir gerade noch.

Er hob unterwürfig die Hände und ließ mich durch. Warum hielt er mich nicht auf? Nahm mich in den Arm? Ich könnte das gerade gut gebrauchen. Ach ja, ich war gerade die Zicke und das machte mich nur noch gereizter.

„Willst du nicht die neuen Siedler mit in Empfang nehmen?", sprach Jace auf mich ein.

„Das sollte ich wohl tun", gab ich nach und wartete auf die anderen. Die Situation überforderte mich völlig und mir wurde das alles einmal mehr zu viel. Ich bekam kaum noch Luft. Alles drehte sich im Kreis. Noah, die neue Welt, das Gefühl, dass ich mich im Nirgendwo befand.

Jace baute sich vor mir auf.

„Ich weiß, wie du dich gerade fühlst. Es ist alles verwirrend und du hast keine Ahnung, wo dein Platz ist. Vielleicht solltest du dich einfach fallen lassen und schauen, wer dich auffängt."

„Als hättest du eine Ahnung!" Er schmunzelte bei meinen Worten.

„Da lebt man achtzig Jahre allein im Wald, hatte nie zuvor eine Familie, hat nie aufrichtig geliebt und dann kommt der Teufel. Der irre Kerl zeigt dir das, was du Jahre lang von dir ferngehalten hast und beauftragt dich damit, ein junges Mädchen zu beschützen. Und das, obwohl man sich selbst hasst. Glaub mir, ich weiß, was in dir vorgeht."

„Es ist als hätte ich einen Bienenstock im Kopf. Ich hab weder Angst noch Sorgen. Es ist einfach alles zu viel!"

„Weil du deinem Grips mehr vertraust als deinen Gefühlen. Du hast eine Aufgabe, eine magische Aufgabe und dein Verstand wehrt sich gegen alles. Du hast bis heute nicht vollkommen erschlossen, was du bist. Etwas in dir verweigert die Akzeptanz all dessen. Ja, ich verstehe dich. Meine Freundin ist eine Hexe und ich soll ein Jäger sein? Was für eine irre Geschichte!"

Beeindruckt sah ich ihn an. Irgendwie hatte er den Nagel auf den Kopf getroffen. Ich befand mich in einer magischen Welt und alles in mir wehrte sich dagegen. Sogar mit Katharina hatte ich deshalb gestritten.

Jace drückte mich flüchtig.

„Jetzt müssen wir uns einer neuen Realität stellen und ehrlich… Wir sind auf eine skurrile Art im Mittelalter gelandet. Hätte Gott länger gewartet, wären wir in der Steinzeit. Das wäre noch viel heftiger." Bei seinen Worten löste sich mein Frust langsam in Luft auf. Jace knuffte mich und lief seiner Jewa nach. Alle gingen nach draußen und auch ich folgte ihnen.

Wir liefen den Weg hinunter bis dorthin, wo einst die Straße verlaufen war. Diese überquerten wir, liefen durch hohes Gras, bis wir die neue Mauer erreichten.

„Möchtest du?", bot mir Lorenz an. Ich schüttelte den Kopf, da mir nach all den Debatten eh kein Spruch eingefallen wäre. Er sah mich kurz an, schien nachzudenken und dann schrieb er einen starken Reim auf die Mauer. Geschlossen begaben wir uns zu einem der Tore.

In der Ferne sahen wir einen langen Zug von Menschen auf uns zukommen. Alle liefen unter der Leitung von Uriel zu ihrem neuen Dorf. Wir gingen zu den ehemaligen Häusern von denen nur doch die Steinwände standen. Die meisten Dächer waren eingestürzt. Die Kirche hatte in den vielen Jahren standgehalten und das alte Rathaus befand sich ebenfalls noch in einem halbwegs annehmbaren Zustand.

Jace lief herum, suchte nach den ältesten Häusern und wir schauten ihn fragend an. Freudig riss er auf einmal die Hände in die Luft.

„Brunnen!" Eine klapprige, verrostete Pumpe stand in einem der überwucherten Gärten.

„Ist die echt oder Dekoration?", frage Lorenz und lief zu ihm. Jace betätigte den Hebel. Sie quietschte ohrenbetäubend, aber es dauerte nicht lange und ein Strahl Wasser floss heraus.

Wir öffneten die Tür zur Kirche. Die war in einem deutlich besseren Zustand als die übrigen Gebäude. Sogar die Bänke hielten einen noch aus. Es roch modrig, nochmal achtzig Jahre hätte sie ohne Pflege nicht überstanden, doch für unsere Bedürfnisse reichte es. Die Leute sollten in die Kirche kommen, damit wir gemeinsam einen Plan ausarbeiten, die Aufgaben verteilen und das Leben auf diesem Stückchen Land lebenswert machen konnten.

Jewa

Katharina und Nadja gingen sich den ganzen Tag über aus dem Weg. Ich hatte das Gefühl, die ganze Zeit mit eingezogenem Kopf herumlaufen zu müssen. Dafür freute ich mich umso mehr über unsere Neuankömmlinge, die wir in der Kirche in Empfang nahmen. Ihre Kleidung hing in Fetzen an ihnen herab, die Haare waren verfilzt und die Haut verdreckt. Ich konnte es kaum ertragen, die Menschen in diesem Zustand zu sehen. Nervös setzten sie sich auf die Holzbänke. Hoffentlich brach keine davon zusammen. Ich spürte ihre Angst, ihre Sorgen, wieder einem neuen Sklavenhändler in die Fänge geraten zu sein und ihre Furcht davor, bald von uns gefressen zu werden. Aber wie ich am eigenen Leib hatte erfahren dürfen, konnte die Zeit wirklich die meisten Wunden heilen. Jace und Lorenz erhoben sich. Wir übrigen vier saßen auf den Stufen, die zum Altar führten und betrachteten die vielen Gäste.

„Herzlich willkommen", fing Lorenz an und ließ den Blick über die Anwesenden schweifen.

„Wir möchten mit euch gemeinsam einen neuen, sicheren Ort erschaffen und euch beibringen, euch selbst und die Gemeinschaft zu versorgen. Die Kinder bekommen eine Schulausbildung und die Erwachsenen werden uns beim Aufbau des Dorfes helfen. Wer von euch weiß denn über Werkzeuge Bescheid?" Lorenz klang wirklich nett. Leider reagierte nur niemand. Ich sprang auf.

„Wenn jemand eine Frage hat, etwas sagen möchte oder sich mit Werkzeugen auskennt, soll er die Hand heben." Ich machte es ihnen vor. Noch immer zeigte niemand eine Reaktion.

Lorenz sah mich hilflos an, Jace und den anderen hatte es die Sprache verschlagen.

„Wer von euch kann denn sprechen?" Ah, sie verstanden uns also doch, denn alle hoben die Hand.

„In unserer Gemeinschaft ist Sprechen eine Grundvoraussetzung, denn ohne einen gemeinsamen Austausch funktioniert dieses Projekt nicht. Gibt es denn jemanden, der jagen kann?" Eine Frau und ein Mann meldeten sich. Jace blickte mich zufrieden lächelnd an.

„Das hier ist Jace, er wird mit euch das Abendessen fangen und euch mit Pfeilen und Bögen ausrüsten. Der Wildbestand ist hier in der Gegend sehr hoch. Wer von euch kennt den Unterschied zwischen Holz, Stein, Metall und Stoff?" Na, da meldeten sich einige. „Ihr werdet mit uns die Häuser ausräumen und alles, was wir finden, auf mehrere Stapel sortieren." Ich guckte meine Freunde fragend an.

„Mach nur weiter. Du machst das sehr gut", lobte mich Lorenz.

„Wer kennt denn Gemüse? Wie das, was wir euch gestern zu essen gegeben haben?" Nur drei meldeten sich. Das konnte heiter werden. „Das ist Lorenz, der euch in die Gartenarbeit einweist. Diejenigen, die Interesse haben, mehr darüber zu erlernen, sollen sich ihm anschließen." Lorenz erhob sich und setzte sich wieder.

„Nun brauche ich noch alle Kinder unter vierzehn Jahren, denn die werden ab sofort in die Schule gehen, wo sie Lesen, Schreiben und Rechnen sowie sämtliche Grundlagen des Lebens lernen. Wer ist denn noch unter vierzehn?" Der alte Mann vom Vorabend stand auf. „Sie wissen nicht, was Jahre sind."

„Wie rechnet ihr dann?"

„Die meisten können nicht einmal zählen. Am besten du suchst sie aus." Angestrengt blies ich den Atem aus. Na gut. Ich ging durch die Reihen und fand etwa zwanzig Kinder. Nicht viele, aber ein Anfang. Eine Frau hielt ein Kleinkind in den Armen und umklammerte es ängstlich.

„Dann stelle ich euch die anderen noch vor. Katharina hilft beim Herstellen von Kleidung, Decken und was ihr sonst dringend braucht. Daniel wird mit euch die Häuser erkunden und retten, was zu retten ist. Nadja kümmert sich mit um euer leibliches Wohl und bringt euch das Kochen bei. Ich bin Jewa und werde unterrichten. Wenn ihr Fragen habt oder Bitten, dann sagt uns Bescheid."

Wieder sprach der alte Mann: „Was ist das für eine Mauer, durch die wir hereingekommen sind?"

„Die dient eurem Schutz, damit die Untoten hier nicht eindringen können."

„Sie sind stark und keiner kann sie aufhalten. Diese Mauern sind nicht sicher."

„Auf ihnen liegt ein Zauber. Ich möchte euch und vor allem die Kinder bitten, niemals allein rauszugehen. Dennoch weise ich euch darauf hin, dass ihr frei seid und keine Gefangenen, Diener oder Sklaven."

Zwar legte sich die Angst ein wenig, dennoch blieben alle merklich angespannt. Eigentlich hatten sie ja gar nichts zu verlieren, aber woher sollten sie wissen, dass wir es gut mit ihnen meinten?

Lorenz und Jace übernahmen wieder die Führung. Wir alle gingen raus und sie zeigten den Menschen, wie man Wege von Gras befreit oder Häuser ausräumt. Hierfür teilten wir sie in Gruppen auf. Danach begab sich Jace mit den beiden, die sich zum Jagen gemeldet hatten, auf Erkundungstour. Wir Übrigen begannen, die Kirche zu säubern, die Häuser mit herzurichten und arbeiteten den ganzen Tag mit unserer neuen Gemeinschaft.

Jace kam mit vier Rehen zurück, doch leider mussten die noch drei Tage abhängen, also beschlossen wir, stattdessen einen Kartoffel-Eintopf zu kochen. Luzifer hatte uns für die erste Zeit glücklicherweise mit ausreichend Vorräten versorgt, um die vielen Menschen verköstigen zu können. Lange wollten wir aber nicht auf seine Wohltaten angewiesen bleiben, denn unser Ziel war die Autarkie.

Am Abend tauten die Leute langsam auf. Die Kinder erfreuten sich am Feuer, die ersten fingen leise an zu sprechen und ich kuschelte mich an meinen Jace.

Wir würden das schaffen und gemeinsam eine neue Welt aufbauen. Ich glaubte fest an eine Zukunft und die Chance auf ein besseres Leben.

Nadja

Einige Tage später stand ich in der Bibliothek und suchte ein Buch über die Herstellung von Seife. Wir hatten leider allen Leuten die Haare abschneiden und ihnen zeigen müssen, wie man sich wäscht. Wir brauchten dringend mehr Kleidung. Zwar fanden sich noch brauchbare Stoffreste in den Häusern, doch das reichte hinten und vorne nicht. Mir tat die viele körperliche Arbeit gut. Man sah etwas entstehen, der Ort erstrahlte in neuem Glanz. Wir erschufen eine eigene Welt. Das Wissen über die alten Techniken und die vielen Überreste der letzten hundert Jahre verliehen dem Ganzen seinen eigenen Flair.

Die Sache mit Lorenz beschäftigte mich noch immer. Leider wurde die Anziehung zwischen uns immer größer, weshalb ich ihm soweit ich konnte aus dem Weg ging.

Das Schlimmste an der Geschichte war, dass er wirklich heiß aussah. Wenn ich ihn auf dem Feld beobachtete, mit braun gebranntem, vom Schweiß glänzendem Oberkörper, zog sich alles in mir zusammen. Der Lorenz von früher, der mir einst Angst gemacht und so kalt gewirkt hatte, existierte zwar noch immer, aber ich fand ihn irgendwie viel anziehender als damals.

Sobald ich ihn beobachtete, regte sich tief in mir etwas. Mein Herz schlug aufgeregt, sobald er nur in meine Nähe kam. Schmetterlinge flatterten in meinem Bauch, sobald er mich nur flüchtig berührte. Ich konnte meinen selbst auferlegten Widerstand nicht mehr länger aufrechterhalten.

Mein ganzer Körper sehnte sich nach Nähe und Geborgenheit.

Geistesabwesend blätterte ich in einem Buch. All meine Gedanken kreisten nur um Lorenz.

„Nadja, können wir reden?", als hätte er meine Gedanken gelesen, stand er auf einmal hinter mir. Aus den Augenwinkeln sah ich, dass er wieder kein Oberteil trug und seine sonnengebräunte Haut raubte mir schier den Atem.

„Was ist los?" Am besten ich sah einfach nicht hin.

Plötzlich spürte ich seinen warmen Atem in meinem Nacken. Alles in mir spannte sich an, mein Innerstes gab ein angenehmes Kribbeln ab. Sehnsüchtig flehte mein Körper nach ihm. Er schob mein Haar zur Seite. „Sag einfach nur nein, ansonsten werde ich nicht aufhören."

Schwungvoll drehte er mich um, drückte mich gegen die Bücherwand. Er presste seinen Mund auf meinen, gierig bat er mit seiner Zunge um Einlass, den ich ihm gewährte. Unsere Münder verschmolzen miteinander. Ich spürte seine Verzweiflung, sein Begehren, seine Erfahrenheit und ich ließ es zu. Seine Hände hielten mich fest. Unsere Atmung wurde flach, er löste sich, hob mich hoch und senkte erneut seinen Mund auf meinen. Es fühlte sich so richtig an. Seine Stärke, sein Verlangen und die Wärme, die von seinem Leib ausging, nahmen mich ein, verführten mich. Ich erkannte, wie sehr ich ihn brauchte, mich nach ihm verzehrte. Wie Willenlose fielen wir übereinander her, ein gigantischer Sturm braute sich zwischen uns zusammen und erst da ließ er von mir ab.

Schwer atmend sah er mir in die Augen.

„Ich halte das nicht mehr aus", gestand er mir. Ich hielt mich hilflos an ihm fest. Meine mentale Mauer, die ich ihm gegenüber aufgebaut hatte, zerfiel zu Staub.

Zärtlich zog er mich in seine Arme, strich mir wieder und wieder über den Rücken, küsste dabei meinen Haaransatz.

„Ich will dich."

Ich konnte nicht antworten. Wie eine Ertrinkende klammerte ich mich an ihn, brauchte seine Nähe. Tränen liefen mir übers Gesicht. Ja, ich wollte ihn. Ja, genau das brauchte ich. Aber was war mit all dem vorher?

„Wenn du jetzt noch an Noah denkst, werde ich wahnsinnig. Hast du mich verstanden?" Kraftlos blickte ich ihn an. Seine dunklen Augen betrachteten mich voller Sehnsucht und auch mit einer gewissen Gier.

„Nadja, bitte…" Schüchtern hob ich meine Hände, hielt sein Gesicht fest und senkte zart meine Lippen auf seine. Sie fühlten sich samtig an, warm, er roch so gut und zögernd flehte ich mit meiner Zunge um Einlass. Er gewährte mir die stumme Bitte. Zaghaft streichelte ich ihn, kostete ihn und all meine Bedenken verschwanden in einer sinnlichen Wolke aus Liebe. Verdammt, ich verliebte mich in ihn.

Tränen liefen mir über die Wangen. Ich zitterte. Lorenz löste unsere Verbindung, wischte mir zärtlich die Tränen weg.

„Was willst du? Nadja, sprich mit mir!"

„Dich, nur dich", gestand ich flüsternd.

„Komm her!" Er umarmte mich, hielt mich fest und küsste mich immer wieder. „Ich weiß, dass es dir schwer fällt, aber ich merke, wie du mich ansiehst. Wie du dich ständig gegen deine eigenen Bedürfnisse wehrst, obwohl es doch so viel einfacher sein könnte."

Stumm schluchzte ich an seiner starken Brust.

„Das ist leichter gesagt als getan."

Er hob mein Kinn an.

„Hat sich das gerade falsch angefühlt?" Ich schüttelte den Kopf.

„Siehst du, genau das brauchen wir beide jetzt." Er hob mich hoch und trug mich in mein Schlafgemach. Auf dem Bett legte er mich behutsam ab und deckte uns beide zu.

„So perfekt, nur für mich." Verheißungsvoll knabberte er meinen Hals entlang, drückte mich zärtlich auf die Matratze, küsste mich leidenschaftlich und wir beide verschwanden in einer Welt, die nur uns beiden gehörte.

Am nächsten Morgen fühlten sich mein Kopf und mein Körper an wie in eine flauschige Wolke gehüllt. Lorenz war die ganze Nacht bei mir geblieben. Sein himmlischer Körper lag ausgestreckt auf meinem Bett und noch nie zuvor hatte ich mich so befriedigt gefühlt wie nach dieser Nacht.

Ich strich über seine Haut, genoss seine Wärme und löste mich nur schwer von ihm. Nicht einmal die Dusche half, meine Lebensgeister zu wecken. Gerade, als ich mir die Zahnbürste in den Mund schob, kam Lorenz ins

Badezimmer. Er drängte sich an meinen Rücken, küsste mir sanft den Hals.

„Geht es dir gut?" Ich nickte noch immer benebelt.

„Hab ich dir auch nicht wehgetan?" Ich schüttelte den Kopf.

„Das machen wir jetzt ganz oft", wiederholte er noch einmal seine Worte von gestern Nacht. Unsere Blicke trafen sich im Spiegel. Mein Körper sehnte sich umgehend wieder nach seinen Berührungen. Wie machte er das nur?

Meine Hormone fuhren Achterbahn und mein Verstand hatte sich scheinbar unter besagte flauschige Wolkendecke verzogen.

Lorenz stieg unter die Dusche. Allein beim Anblick wie das Wasser über seine Muskeln perlte, seufzte ich auf. Ein freches Grinsen huschte über seine Gesichtszüge.

Schweigend lief ich nach unten. Uns waren mittlerweile sämtliche Kosmetika ausgegangen und erstaunt hatten wir festgestellt, dass es auch ohne ging. Lorenz meinte, dass das Bürsten der Zähne ausreichte. Seife stellte man irgendwie mit Fetten her, was wir unbedingt noch lernen wollten. Das Schlachten der Tiere übernahmen Jace und drei weitere Dorfbewohner. Wir fanden heraus, wie man aus Rosenwasser gewann und andere Pflanzenextrakte. Ich interessierte mich zunehmend für Medizin und Heilkunde. Dazu fand ich ein Buch über Kräutern und sammelte sie auf den weiten Wiesen oder am Ufer des kleinen Flusses, der durch den Ort lief.

Die anderen saßen bereits am Tisch und nahmen ihr Frühstück zu sich.

Alle musterten mich schweigend und schienen abzuwarten. Still rutschte ich auf einen der Stühle, nahm mir ein Ei sowie etwas vom letzten Schinken. Wie eine Räucherkammer funktionierte wusste Jace zwar, aber alles andere überforderte uns noch. Wir beschlossen, selbst zu experimentieren. Ich hatte damit bereits ein wenig begonnen und musste nur noch herausfinden, ob es wirklich so klappte wie ich es mir vorstellte.

Lorenz folgte und setzte sich zu mir. Seine Nähe tat so gut. Am liebsten hätte ich meinen Kopf an seine Schulter geschmiegt, nur um diese Verbindung nicht zu unterbrechen.

„Wer geht heute mit auf Erkundungstour?", fragte er gelassen in die Runde. Wir hatten beschlossen, nach leerstehenden Geschäften zu suchen in der Hoffnung, noch etwas Brauchbares zu finden.

„Ich würde lieber hier bleiben und mich mal an Butter versuchen", flüsterte ich leise. Lorenz legte seinen Arm um meine Taille und zog mich auf seinen Schoss. Die Blicke der anderen ignorierte ich. Noch immer fand ich es seltsam und trotzdem fühlte ich mich sehr wohl in seinen Armen.

„Ein Tag ohne dich?", raunte er an meinem Hals und küsste mich besitzergreifend.

„Das wurde auch mal Zeit", murmelte Daniel kauend.

„Ich hab einiges vor. Butter und Quark herstellen. In den Tagebüchern habe ich etwas über Brot-Backen gefunden. Klingt einfach, könnte aber auch schiefgehen", erklärte ich den anderen. Auch etwas, was ich in den letzten Tagen für mich entdeckt hatte: Ich fing an, beim Kochen

Dinge neu zu entdecken, die ich früher einfach im Supermarkt gekauft hatte.

„Ich bleibe auch hier. Luzian meinte vor einigen Tagen, dass wir Besuch bekommen und da will ich Nadja nicht alleine lassen. Außerdem möchte ich nach meinem Flachs sehen." Wir hatten einige Felder vorbereitet und Katharina war der Gedanke gekommen, Flachs anzubauen. Daraus konnte man nicht nur Leinen herstellen, sondern auch Öl gewinnen, welches zum Essen, aber auch zum Abdichten von Fugen geeignet war. Luzian hatte uns die passenden Samen zur Verfügung gestellt. Auch Roggen würden wir dank ihm bald aussähen. Er durfte sich nicht zu stark einmischen, doch bei vielen Dingen gab er uns einfach Starthilfe. Wir hatten bereits Tomaten, Paprika, Kartoffeln, Karotten und vieles mehr gepflanzt. Die Obstbäume standen in herrlicher Blütenpracht. Gut, dass der Frühling gerade erst richtig loslegte. So hatten wir genügend Zeit, uns auf den Winter vorzubereiten.

Ich war so tief in Gedanken versunken, dass ich nicht einmal bemerkt hatte, dass die anderen zusammenpackten. Jewa wollte unbedingt mit, denn ihre Gabe half uns sehr. Überall spürte sie Tiere auf, die ihrem Willen gehorchten. Deshalb besaßen wir bereits acht Pferde, die bei der Feldarbeit helfen und Lasten ziehen konnten.

Jewa zog Rebhühner an, am Waldrand hatten wir ein Gehege für Wildschweine gebaut, das ihnen eine weite Fläche bot. Rehe liefen frei herum und auch Hasen fanden wir in einer sehr hohen Anzahl vor. Diese wurden derzeit am häufigsten von uns gegessen, da sie uns sonst die Felder verwüstet hätten. Zu dem Zweck legten wir Fallen aus und Katharina benutzte die Felle um Garn herzustellen. Erst wurden sie gereinigt, dann gekämmt und am Ende sponn sie wirklich Wolle daraus. Stricken und Häkeln wollte sie den Frauen beibringen, sobald sie genügend davon hatte. Ich besaß dafür leider gar kein Geschick.

Ich stand auf, räumte unser Essen in die Speisekammer und säuberte das Geschirr. Zwar bot uns das Schloss jeglichen Komfort, den wir noch aus der alten Zeit kannten, wir befürchteten aber, dass das nicht ewig so bleiben würde. Somit verzichteten wir weitestgehend auf Strom.

„Nadja, wir gehen. Ist alles in Ordnung?", tauchte Lorenz bei mir auf. „Ja, viel Spaß und passt auf euch auf!" Er warf mir einen besorgten Blick zu und lief dann zu unseren Freunden.

Nachdem ich die Küche aufgeräumt hatte, begab ich mich in die Garage. Sie war kalt genug um mein Vorhaben umzusetzen. Zwei Tage zuvor hatte ich den Kühen reichlich Milch abgenommen und sie in Holzschalen gefüllt, die Luzian mir gezaubert hatte. Nun konnte ich vorsichtig die obere Schicht Rahm abschöpfen, gab ihn in einen Tontopf und nun fing die Arbeit erst richtig an.

Ich goss den Rahm in ein Holzgefäß, welches man auch Butterfass nannte, setzte mich auf einen Stuhl und schob den hölzernen Stutzen hinein. Dann hieß es stampfen. Der Rahm musste so lange gestampft werden, bis erst Sahne und dann Butter daraus entstand. Zumindest stand es so in einem der Bücher.

„Was machst du hier unten?", tauchte Katharina auf.

„Butter. Zumindest versuche ich es."

„Kann ich dir helfen?" Ich pausierte, füllte ein weiteres Butterfass und reichte es Katharina.

Auch sie stampfte immer und immer wieder in das Gefäß.

„Ich mag das hier ja total, aber ehrlich gestanden ist die Arbeit manchmal schon ganz schön heftig", gestand sie mir.

„Mir fehlen Autos und unsere Shoppingtouren." Sie lächelte bei diesen Erinnerungen.

„Es tut mir leid, dass ich dich neulich so angefahren habe", meinte sie. Ich zuckte nur mit den Schultern.

„Du hattest ja Recht. Aber es ist schwer, das hier alles zu akzeptieren."

„Irgendwie verstehe ich dich. Wir sind aus einer schrecklichen Zeit geflohen, in der es nur Krieg, Verlust und Zerstörung gab. Du hast freiwillig eine schöne Welt verlassen um sie zu retten."

„Und jetzt hängen wir alle in einem schrägen Mittelalter-Epos fest. Mir macht es zu schaffen, dass wir einen total langsamen Tagesablauf haben. Schau, alleine das Stampfen hier. Früher ist man in den Supermarkt gegangen und hat sich ein Stück Butter gekauft. Dauerte vielleicht zehn Minuten. Jetzt muss man erst eine Stunde lang eine Kuh bearbeiten, danach das Zeug zwei Tage stehen lassen und jetzt noch das. Hoffentlich klappt es."

„Wie bei mir mit dem Garn. Früher holte ich mir meterlange Stoffbahnen und jetzt grüble ich über die Gewinnung von Fasern, damit ich wenigstens einen Faden bekomme." Wir mussten darüber schmunzeln.

„Oder Zahnpasta! Wie sehr fehlen mir Duschgel und Zahnpasta!"

„Dafür hätte ich jetzt gern nur ein einziges Schaf, damit ich schneller an Wolle komme", kicherte sie.

„Oder ich ein Stück Käse, Brot. Allein die Frage, wo ich Hefe herbekomme, trieb mich in den letzten Tagen um."

„Oh, wenn du Hefe hinbekommst, können wir auch Wein machen."

„Da fehlt dann der Zucker."

„Zuckerrüben? Frag doch mal, ob wir Samen bekommen."

„Kann ich machen. Darf ich dich etwas Persönliches fragen?", fing ich verlegen an. Wir hatten bisher noch nicht über Daniel und sie gesprochen. Die Frage, was genau zwischen den beiden lief, brannte mir seit einiger Zeit auf der Seele.

„Was denn?"

„Wie ist das mit Daniel passiert?" Katharina wurde ernster bei der Frage, schon fast traurig.

„Abgesehen von dieser ganzen Blutliniensache weinten wir die ersten Tage wegen unserer Verluste. Wir saßen nachts in seinem Zimmer und spendeten uns gegenseitig Trost und dann passierte es einfach. Wir trösteten uns mit Sex, fanden zueinander und es fühlt sich richtig an."

Es klang traurig und schön zugleich.

„Ich freue mich, dass du glücklich bist."

„Das bin ich. Wie ist es mit Lorenz?", wissend sah sie mich an. Als würde man es förmlich riechen.

„Er ist so erfahren und es fühlt sich gut an. Doch ich weiß nicht so recht..."

Katharina musterte mich durchdringend. „Wenn es sich nicht falsch anfühlt und du es genossen hast, solltest du es dir einfach nehmen. Echt jetzt, bei dem hat dir das Schicksal einen Gefallen getan, er sieht göttlich aus!"

„Daniel hat aber auch an Muskelmasse zugelegt." Sie strahlte bei dem Gedanken an Daniel.

„Oh ja, wir scheinen auch kaum zu altern. Na, mal sehen, was die Zeit bringt. Wir sollten das hier genießen. Immerhin ist unser Leben zwar viel schwieriger geworden, dafür aber auch stressfreier. Machst du dir noch Gedanken wegen der Presse, der Immobilien, des Geldes oder des nächsten Friseurtermins?"

„Du hast ja Recht. Wollen wir nachsehen?" Sie nickte und wir zogen die Holzbolzen raus. Kleine gelbe Flocken hatten sich in der Flüssigkeit gebildet. Ich probierte eine und seufzte zufrieden auf.

„Das schaut mir aber nicht nach Butter aus", wunderte sich Katharina.

„Moment!" Ich nahm eine Schüssel, legte ein Tuch darin aus und kippte das Zeug darauf, schloss es und presste die Flüssigkeit heraus. Ein Klumpen Butter bildete sich im Tuch und Katharina staunte nicht schlecht. Zufrieden schafften wir vier ordentliche Stück Butter.

„So kann ich es den anderen beibringen und mehr davon machen", beschloss ich.

„Und was machst du als nächstes?"

„Quark. Angeblich braucht man nur die Milch in der Sonne stehen zu lassen und es wird Quark daraus."

„Dann schau ich mal nach unseren Dorfbewohnern und du machst eben Quark", lachte sie ausgelassen und sprach das Wort Quark wie das Geräusch eines Frosches aus. Wir drückten uns und gingen zurück an unsere Arbeit.

Jewa

Die Kutsche, na gut, der Hänger holperte über die Reste der Straße. Zwei starke Pferde zogen ihn, die drei Männer liefen nebenher und ich lag auf der Ladefläche, betrachtete die Schäfchenwolken am Himmel und schickte meine Fähigkeiten aus. Hasen gab es massenhaft und sie nervten, denn allmählich konnte ich kein Hasenfleisch mehr sehen.

Erst im Spätsommer würden wir die Schweine schlachten können, dabei hätte ich so gern ein richtiges Schnitzel gegessen. Zwar hatte ich in den letzten Jahren immer wieder Hunger gelitten, doch jetzt genoss ich die Dekadenz, mir endlich wieder diverse andere Mahlzeiten vorstellen zu können. Mit Jace lief es super. Der Sex, unser Vertrauen und unsere Liebe zueinander waren einfach toll. Sein Körper sah himmlisch aus! Seitdem ich ein Leben auf dem Lande führte und wieder unterrichten durfte, blühte ich regelrecht auf.

Wir hatten in den letzten Tagen viel geschafft und ich belauschte die Jungs, wie sie über Dresden sprachen. Sie planten, die Stadt noch im Sommer einzunehmen, wobei es dann wirklich mit der Nahrungsmittelversorgung eng werden könnte. Ich setzte mich auf. „Warten wir doch den Winter ab. Dann dezimiert sich die Bevölkerung noch einmal und wir haben weniger Mäuler zu stopfen." Lorenz warf mir einen entsetzten Blick zu.

„Unrecht hat sie nicht. Sachlich richtig, moralisch falsch", murmelte Jace. Ich sah bereits die Ausläufer des nächsten Ortes.

Die Hallen des Industriegebietes waren überwiegend zusammengebrochen. Wir fanden einen ehemaligen Baumarkt, dessen Fensterscheiben zwar noch vorhanden waren, aber das Dach war eingestürzt.

„Jewa?" Jace musterte mich fragend.

„Die Luft ist rein. Bis auf ein paar Mäuse und Ratten ist da nichts Lebendiges drin." Ich nahm Kontakt mit einer Ratte auf, sah durch ihre Augen und ließ sie durch die Gänge laufen.

„Oh! Werkzeug und Nägel sind noch da."

„Was noch?", erkundigte sich Daniel.

„Holzbalken, Farbeimer… eigentlich alles. Sogar eingeschweißte Gardinen und Bettwäsche."

„Dann räumen wir das Ding mal leer", kam entschlossen von Lorenz. Ich sprang vom Wagen, stellte jedem Pferd einen Wassereimer hin und folgte den anderen in den Baumarkt.

Jace schnappte sich einen schweren Stein und schlug die Tür ein. Er brauchte drei Schläge, da es sich noch um Sicherheitsglas handelte. Super. Ein Relikt der alten Zeit mutwillig zerstört.

„Ein Grill!", juchzte Daniel plötzlich und lief darauf zu. Er blies den Staub weg und klatschte freudig in die Hände.

„Davon nehmen wir bitte ein paar mit!"

„Wenn du Holzkohle findest, bin ich dabei!", schloss sich Lorenz an.

Ich entdeckte einen Handwagen aus Metall und Jace kam mit einer Schubkarre um die Ecke. Wir grinsten uns an, da wir sehr oft ähnliche Gedanken hatten. Damit konnten wir unsere Beute leichter zum Wagen bringen.

Eigentlich hätten wir lieber eines der Autos genommen, doch Luzifer meinte, dass wir besser auf die gegebenen Mittel zurückgreifen sollten. So lernte ich reiten, wir improvisierten mehr und ließen uns auch sonst sehr viel einfallen. Im hinteren Bereich des Ladens fand ich eingeschweißte Geschirrhandtücher, Bettwäsche, Gardinen und von einem großen Wühltisch zog ich vermoderte Decken herunter, unter denen sich noch brauchbare versteckten. Katharina würde sich über den vielen Stoff sicher sehr freuen. Duschköpfe und Wasserhähne benötigten wir nicht, dafür quiekte ich vergnügt beim Anblick von vier Wasserpumpen. Jace kam unvermittelt angerannt. „Alles in Ordnung?" „Oh ja! Schau, die können wir gebrauchen. Da hinten sind Planen und Plastikwannen. Die sollten wir auch mitnehmen."

„Werkzeug!", rief Daniel aus.

„Hab ich schon gesehen. Bringt es nach draußen!"

Wir nahmen so viel mit wie auf den Wagen passte. Ich füllte meinen Handwagen bis oben hin voll und auch die anderen drei zogen je einen hinter sich her. Zufrieden machten wir uns auf den Rückweg. Ich schaute gen Himmel, fand den Kontakt zu einem Falken und betrachtete die Landschaft von oben. Oh, eine Kuhherde. Ich schickte meine Gedanken so weit aus, wie es nur ging.

Gerade so erreichte ich die Herde und führte sie in unsere Richtung.

„Mann, sind die lahm! Sag mal Jace, haben wir noch eine freie Koppel?"

„Ja, sogar zwei. Warum fragst du?"

„Morgen gibt es Rindfleisch! Ich hab siebzehn Kühe im Schlepptau."

„Das ist immer wieder heftig, wie sie das macht", staunte Daniel. Lorenz stimmte ihm zu.

„Leider bin ich nur nicht so stark wie ihr und verletzbarer. Schaut! Da kommen sie! Zwei Bullen sind darunter und drei Kühe sind trächtig."

„Katharina wollte Schafe", beklagte sich Daniel.

Noch einmal griff ich auf den Vogel zu, ließ ihn durch die Lüfte gleiten. Es war wirklich schwierig, so viele Tiere auf einmal unter Kontrolle zu behalten.

„Hühner, Pferde, Rehe, Hasen, nochmal Hasen, Igel, diese blöden Kaninchen und Schafe. Aber die sind zu weit weg."

„Wie machst du das?" Ich unterbrach die Verbindung zu dem Vogel. „Ich baue eine Verbindung zu einem Wesen auf, gerade handelt es sich um einen Vogel und dann suche ich. Sobald ich weiß, wo sie sind, kann ich sie erreichen. Zumindest innerhalb einer bestimmten Entfernung."

„Sehr praktisch. Was denkt ihr eigentlich über die drei neuen Hexen, die wir bekommen sollen?", fragte Lorenz in die Runde.

„Laut Luzian sind die zu nichts zu gebrauchen. Hoffentlich haben unsere Dorfbewohner keine Angst vor ihnen", meinte Daniel.

„In die Burg lassen wir sie nicht. Wir brauchen da oben unsere Ruhe!", legte Lorenz fest.

„Wir haben schon ein Haus vorbereitet, dort dürfen sie einziehen. Vielleicht helfen sie mir beim Bau neuer Gewächshäuser", erklärte Daniel.

Erst am späten Nachmittag erreichten wir die Außenmauern der Burg. Die Wege waren länger geworden, aber ich empfand das Leben heutzutage als viel entspannter.

Kaum kamen wir durch eines der Tore, liefen mir bereits die Kinder entgegen. Sie alle hatten sich erholt und sahen viel besser aus als am Anfang. Sie nahmen zu, bekamen eine gesunde Hautfarbe und auch die kleinen Kurse in Hygiene hatten einiges gebracht.

„Helft ihr uns beim Ausladen?"

„Oh ja!", riefen sie glücklich. Mit den Erwachsenen war es schwieriger. Sie brauchten länger um uns zu vertrauen, doch auch sie öffneten sich allmählich. Wir erreichten den Dorfplatz, die Kühe folgten noch immer und Jace zeigte mir erst einmal die Koppel. Dort trieben wir die Herde hinein und verriegelten das Gatter.

Dann sortierte ich die ganzen Stoffe für Katharina, während die anderen gemeinsam den Wagen fertig entluden.

„Warte! Ich komm mit", Lorenz lief an meiner Seite. Er schien ein wenig angespannt zu sein.

„Was ist denn los?"

„Ach nichts, ich mache mir nur ständig Gedanken um Nadja."

„Du liebst sie sehr."

„Und wie. Ich vergöttere sie, genau wie dein Jace dich."

„Ihr habt euch verdient."

„Schon. Aber sie hängt noch sehr an der alten Zeit und das macht es eben schwierig."

„Das musst du akzeptieren. Stell dir vor, du legst dich ins Bett und wenn du wieder wach wirst, hat sich alles grundlegend geändert. Sie braucht eben Zeit. Der Rhythmus heute ist ein vollkommen anderer als damals."

„Hast schon Recht. Warte, ich helfe dir." Lorenz öffnete die Tür der Burg und hob den Wagen hinein.

„Ich will aber hier bleiben und nicht in irgendeiner Hütte schlafen! Ich bin schwanger!" Lorenz und ich sahen uns fragend an. Welches irre Wesen keifte hier herum?

„Anna, jetzt beruhige dich! Du wirst hier sicherlich bald Freunde finden." War das Uriel? Der besuchte uns in letzter Zeit oft und half bei der Landwirtschaft. Ich schob den Wagen in Richtung Waschkammer und wir folgten den Stimmen. Nadja saß am Esszimmertisch, Katharina thronte neben ihr und an Uriels Seite standen drei Jugendliche. Sie mussten sechzehn oder siebzehn Jahre alt sein. Das Mädchen trug ein weites Kleid und sah ziemlich wütend aus.

„Hier haben wir keinen Platz mehr. Ihr solltet euch erst mal einbringen anstatt gleich Forderungen zu stellen", versuchte Nadja. Man merkte ihr an, dass sie bereits ein wenig genervt war.

Das Mädchen stampfte mit dem Fuß auf.

„Uriel ist unser Lehrer und wir sind was ganz Besonderes! Also will ich hier in der Burg schlafen!"

Nadja lehnte sich vor und funkelte sie streng an.

„Das ist mir sowas von egal und wenn du Rapunzel persönlich wärst, hättest du hier nichts zu suchen! Das Land und die Burg sind mein Eigentum und ich entscheide, wer hier schläft oder nicht. Und wenn du nicht gleich deinen Tonfall mir gegenüber änderst, wirst du solange nichts zu essen bekommen, bis du freiwillig arbeitest. Das hier ist eine Gemeinschaft und jeder hat sich anzupassen! Auch du, Anna!" Lorenz stellte sich an Nadjas und Katharinas Seite.

„Oh, schöner Mann!", säuselte Anna und blinzelte ihm herzallerliebst zu.

„Von wem von euch beiden ist sie nun eigentlich schwanger?", fragte ich die Jungs. Sie zuckten beide mit den Schultern.

„Hey, ich kann auf die Gedanken von Hexen zugreifen. Lustig", bemerkte ich erstaunt und lächelte diese Anna an.

„Was ist das denn für eine?", spie sie in meine Richtung. Aus meinem Lächeln wurde ein Grinsen.

„Dreh dich mal im Kreis!" Schon machte sie, was ich sagte. Ihr Blick wurde panisch. Ich ging auf sie zu und legte meinen Kopf schief. „Ganz einfach. Du machst, was Nadja sagt oder ich übernehme das für dich. Dann könntest du für uns den ganzen Tag tanzen, putzen und kochen, oder ich lass dich die Klohäuser der Dorfbewohner schrubben. Und wenn du kotzen musst, darfst du es schlucken. Was hältst du davon?"

„Jewa, ich mag deine zynisch Art", kam von Nadja.

„Immer zu Euren Diensten, Eure Majestät." Tief verneigte ich mich vor ihr und drehte mich zu Anna um.

„Solltest du dem König zu nahe kommen, dann mache ich aus deinem Hirn Brei. Verstanden?" Betreten nickte sie mir zu.

„Katharina, ich hab dir Geschenke mitgebracht."

„Brauchst du mich noch?", fragte Katharina Nadja. „Nein, Lorenz ist ja jetzt da. Viel Spaß."

„Die beiden Jungs sind ja ganz nett, aber dieses Mädchen ist ziemlich verrückt", flüsterte Katharina an meiner Seite.

„Hab ich bemerkt. Sie ist irre, auf die sollten wir gut aufpassen. Schau mal, was ich für dich habe!"

Ich deutete auf den Handwagen und Katharina drückte mich vor Freude. „Das ist so cool!"

„Da sind auch Nähgarn und Nadeln. Schau: Häkel- und Stricknadeln hab ich auch gefunden. Leider konnte ich nicht alles mitnehmen. Die Decken habe ich unten gelassen."

„Bettwäsche! Daraus kann ich Kleider und Oberteile schneidern. Dicke Vorhänge! Danke Jewa! Das ist ein großartiges Geschenk!"

„Ich bringe die drei runter", lief Nadja an uns vorbei. Unsere neuen Schützlinge trotteten ihr nach und Anna sah mich verstört an.

Katharina freute sich sehr über die Stoffe und ich beschloss, zu meinem Jace zu laufen, um die Kühe zu begutachten.

Nadja

Nachdem ich den dreien das kleine Haus gezeigt hatte, erklärte ich Anna, dass sie täglich bei mir würde erscheinen müssen. Sie sollte mir in Zukunft zur Hand gehen und die Burg sauber halten. Auf die anderen Dorfbewohner konnte ich dieses Geschöpf unmöglich loslassen. Die Kleine war verrückt. Bereits an ihrer bloßen Erscheinung erkannte man, dass sie den Wahnsinn in sich trug.

Ich stapfte zurück zur Burg. In der Küche sah ich nach meinem Quark-Versuch. Erst musste man die Rohmilch aufkochen und anschließend bei Zimmertemperatur stehen lassen. Hierzu hatte ich nur leider keine genauen Zeitangaben gefunden.

Ich ging in den Kräutergarten und zupfte das stets wuchernde Unkraut weg. Dabei grübelte ich über weitere Möglichkeiten der Nahrungsgewinnung. Brot stand ganz weit oben auf meiner Liste, nur mit der Hefe-Sache war ich noch nicht weitergekommen. Eigentlich fand ich das ganze Herumexperimentieren recht nett und die Kämpfe fehlten mir nicht. Natürlich wusste ich aber auch, dass wir irgendwann Dresden befreien wollten. Entweder, wir taten das bald, oder wir würden das Ende des kommenden Winters abwarten müssen.

Ich ging auf die Knie und riss eine Distel aus.

„Mist!" Ich warf das stachelige Gewächs weg und begutachtete meine Hände. Überall steckten winzige

Stacheln. Ich stand auf und machte mich auf den Weg zur Küche, als ich gegen Lorenz prallte. „Was ist los?"

„Nichts, nur so 'ne blöde Distel."

„Zeig her!" Er nahm meine Hand und begutachtete sie. Mit den Fingerspitzen zupfte er jeden einzelnen Stachel heraus.

„Jetzt ist alles wieder gut." Er hob mein Kinn an und küsste mich sehnsüchtig. Ich spürte seine warmen Lippen, seine Zunge drang tief ein, strich über die meine und wieder stand mein ganzer Körper unter Strom. Unvermittelt ließ er von mir ab.

„Du hast mir gefehlt."

Mein Herz schlug aufgeregt, meine Knie wurden weich, doch wie immer machte mir mein Verstand einen Strich durch die Rechnung und wollte mir einreden, dass es nicht richtig sei.

In meinem Innersten tobte aber bereits wieder dieser Sturm, der mich zu ihm zwang.

Er hob mich hoch, als würde ich nichts wiegen, trug mich hinunter zur Wächterkammer, setzte mich auf dem Tisch ab und schloss die Tür hinter uns.

„Du hast mir gefehlt", raunte er erneut mit belegter Stimme und verteilte meinen Hals entlang sengende Küsse.

„Du mir auch", hauchte ich verzweifelt.

„Wie war dein Tag?" Neugierig betrachtete er mich, schien jede meiner Reaktionen in sich aufzunehmen.

„Schön, ich habe Butter gemacht." Wir beide lächelten, da es wirklich witzig klang. In seiner Nähe entspannte ich mich, seine Zärtlichkeiten führten mich in eine Welt, die ohne jegliche Sorgen auskam. Seine Finger glitten zart über meine Haut. Wir erkundeten verhalten unsere Körper.

„Ich will dich", erklang seine Stimme über mir.

„Ich hab Angst." Verzweifelt sah ich in seine Augen.

„Vor mir?" Sorge huschte über seinen Blick.

„Nein. Ich verliebe mich in dich und bisher habe ich jeden verloren, den ich aufrichtig geliebt habe." Erneut liefen mir Tränen übers Gesicht. Den ganzen Tag lang hatte ich mir darüber Gedanken gemacht. Auf der einen Seite wollte ich ihn, auf der anderen plagten mich tiefe Verlustängste. Erst hatte ich Aron sterben sehen, dann der Abschied von Noah und das Wissen, dass er nicht mehr so existierte, wie ich es mir gewünscht hatte. Er schlang seine starken Arme um mich.

„Hey, Kleines. Wir kriegen das hin." Ich nickte an seiner Brust, sog seinen männlich herben Duft ein.

„Ich verspreche dir, dass ich gut auf uns aufpassen werde. Und ich bin fest entschlossen, mein Leben mit dir zu verbringen. Glaub mir, auch für mich ist es nicht einfach."

Verwundert betrachtete ich ihn.

„Was ist daran schwer für dich? Ich dachte, dass es euch leichter fällt, weil ihr mit allem abschließen konntet?"

„Nein Nadja. Ich habe in meiner Vergangenheit so viele Fehler gemacht. Viktoria, Noah und der Tag, an dem wir uns im Völkerschlachtdenkmal umgebracht haben: All das verfolgt mich noch immer. Mit dir zu sterben war damals grauenhaft und nun möchte ich nur noch an deiner Seite liegen und dich von ganzem Herzen lieben." Tränen schimmerten in seinen Augen. Ich mochte seine weiche Seite und hätte mir nie erträumt, dass er so ein aufrichtiges Herz besaß.

„Danke, es tut gut zu hören, dass nicht nur ich mit der Vergangenheit zu kämpfen habe. Wie konntest du nur so lange überleben?" War er nicht an die siebzig gewesen, als sie sich hatten versteinern lassen?

„Wir versuchten, die Menschen zu beschützen. Ich wollte ihnen helfen, sie dank der Magie irgendwo zu verstecken, doch irgendwann bekämpften sie sich gegenseitig und ich zog mich erst zurück. Dann suchte ich nach Adrian und den anderen. Doch als ich sie fand, war es schon zu spät. Wir lebten eine Zeit lang im Verborgenen, wir, die noch übrig waren. Aber sie fanden uns und den Rest der Geschichte kennst du."

Eine tiefe Trauer schlummerte in ihm. Wir beiden hielten uns fest in den Armen. Er brauchte mich, so wie ich ihn brauchte. Wir teilten eine Geschichte, eine, die sonst keiner erlebt hatte und wir teilten unser Erbe, unsere Gaben. Ich dankte dem Herrn dafür, dass wir uns ineinander verlieben und leidenschaftlich unsere Verbindung eingehen konnten. Wir blieben engumschlungen in der Kammer, liebkosten uns, trösteten uns und teilten unsere Hoffnungen, Sehnsüchte und unseren Schmerz, indem wir uns einander hingaben.

Am Abend saßen wir alle zusammen im Wohnzimmer und kuschelten Pärchen-Weise. Jewa bereitete den Unterricht vor, Jace massierte ihr den Nacken, Daniel zeichnete etwas, Katharina fertigte Schnittmuster an, während Lorenz und ich lasen.

„Schau mal! Was meinst du, bekomme ich das hin?" Ich zeigte Lorenz ein Brotrezept mit Sauerteig. Irgendwie sollte man damit auch Hefe gewinnen können.

„Sieht spannend aus. Probier es doch!"

„Werde ich."

Luzian tauchte mitten im Raum auf und ließ sich neben mir nieder.

„Wann wollt ihr es in Dresden versuchen?", erkundigte er sich.

„Wir sind uns noch uneinig. Entweder tun wir es jetzt oder wir müssen den Frühling abwarten", meinte Jace.

„Dann bitte jetzt." Wir alle schauten Luzian fragend an.

„Was ist los?", fragten wir fast gleichzeitig.

„Weil sie bald anfangen werden, über die letzten Menschen herzufallen. Die Wiedergänger hungern bereits. Wenn sie kein Menschenfleisch bekommen, werden sie zu Wilden. Das kommt einem Evolutionssprung gleich und lässt sie zu Bestien mutieren."

„Wir kriegen aber nicht alle Menschen satt", zischte Lorenz.

„Es sollte reichen wenn ihr die Wiedergänger vernichtet. Die Menschen müssen lernen, für sich selbst zu sorgen. Euer Dorf hier bleibt unberührt."

Wir verdrehten die Augen.

„Aber wie soll das funktionieren? Wenn sie anfangen zu mutieren, passiert das ja nicht nur hier", wunderte ich mich.

„Ist schon richtig. Aber ihr wollt keinen Krieg vor eurer Tür und den hättet ihr dann. Wiedergänger gegen wilde Wiedergänger. Leider sind die Menschen das unterste Glied in der Nahrungskette."

„Wann müssen wir los?", kam von Daniel.

„Na ja, in den nächsten beiden Tage wäre es nicht schlecht. Sie beginnen bereits sich zu verwandeln." Wir sogen bei seinen Worten scharf die Luft ein.

„Luzifer? Sind die dann so wie die damals in den Wäldern Kanadas?" Jewa betrachtete ihn besorgt.

„Ja, genau so. Wir dachten erst, dass sie sich in der Verwandlungsphase befinden, leider glaube ich mittlerweile, dass sie bereits die ersten Vorboten waren."

„Na toll, erst der Ausbruch der Hölle, anschließend die Reise ins Mittelalter und nun die Wiedergänger-Apokalypse. Ich gehe ins Bett", schnaufte ich und machte mich auf dem Weg nach oben. Die anderen sprachen noch mit Luzian, doch ich wollte wenigstens ausgeschlafen sein, wenn ich irgendwelchen Monstern gegenüber treten musste.

Gerade als ich mich in mein Bett verkrochen hatte, kam Lorenz ins Zimmer.

„Darf ich bei dir schlafen?"

„Klar, warum nicht?" Ich fand es rücksichtsvoll, dass er mich fragte. Auch, wenn noch immer meine Zweifel wegen Noah zwischen uns standen, so befürchtete ich, dass mein Verlangen nach ihm verriet, dass mein Geliebter nicht mehr so existierte, wie ich es mir einst erhofft hatte.

Er zog sich aus, rutschte zu mir ins Bett und ich kuschelte mich schweigend an ihn.

Jewa

Jace liebte mich zärtlich in dieser Nacht. Er löste die unglaublichsten Gefühle in mir aus und eng umschlungen schliefen wir ein. Nichts auf dieser Welt würde uns mehr trennen, denn wir beiden gehörten zusammen.

Am Morgen rührte Nadja irgendwas zusammen und stellte es ins Gewächshaus. Ihre Butter schmeckte köstlich und neben Eiern und Schinken gab es noch Erdbeeren. Eine seltsame Mischung, aber es kam auf den Tisch, was gerade da war. Langsam gewöhnten wir uns daran und ich aß nach dem ständigen Hunger der letzten Jahre alles gern.

Katharina und Jace bereiteten die Pferde für unser Unternehmen vor. Unterdessen gingen Nadja und Lorenz in ihre Wächterkammer und ich räumte auf. Das Leben in der Burg-WG verlief super und auch in unserem Dorf funktionierte alles bestens.

Seltsam, immer wenn ich allein oben war, klopfte es an der Tür. Hoffentlich stand nicht wieder ein Junge davor, der dann unvermittelt starb. Ich hatte mehrere Nächte lang Albträume davon gehabt. Vorsichtig schaute ich raus. Gott sei Dank war es nur der alte Mann aus dem Dorf.

„Was kann ich für Sie tun?"

„Diese drei Neulinge... Das Mädchen, es macht nur Ärger. Sie schreit alle an und gestern wollte sie über einen Mann herfallen." Ich verdrehte die Augen, spürte sie mit meinen Gedanken auf und ließ sie nach oben kommen.

„Nadja wollte sich ihrer annehmen. Scheinbar hat sie noch nicht verstanden, wie wichtig ein friedliches Zusammenleben ist. Danke für die Information."

„Die Frauen haben außerdem noch Fragen. Sie würden gern bei Männern schlafen und anders herum."

„Klar, sie können diesbezüglich machen was sie wollen."

„Na ja, die meisten möchten bei Jace, Daniel und Lorenz liegen."

„Oh nein. Die drei sind tabu!"

Der Mann schmunzelte. „So etwas habe ich mir fast gedacht."

Gerade als er gehen wollte kam Anna an. Sie verzog das Gesicht und warf ihm finstere Blicke zu.

„Hallo, Anna. Wie geht es dir?", fing ich freundlich an.

„Wieso bin ich hier?"

„Du führst dich auf wie eine Nervensäge, bringst Chaos in die Gemeinschaft und wirfst dich jedem Typen an den Hals, der nicht bei drei auf dem Baum ist. Was machen wir mit dir?"

„Lass mich gehen! Du bist eine böse Hexe!"

„Nettigkeit ist derzeit nicht gefragt. Wirst du dich bessern oder muss ich dir erst beibringen, wie man freundlich zu seinen Mitmenschen ist?"

„Du bist eine tickende Zeitbombe!"

„Das haben wir überwunden. Würdest du bitte meine Frage beantworten?"

„Du kannst mich nicht ständig manipulieren, das schaffst du nicht."

„Gut, komm mit." Ich steuerte sie ins Esszimmer, ließ sie auf einem der Stühle Platz nehmen und holte aus der Garage ein dickes Seil. Anschließend fesselte ich sie.

„Wenn ich wieder komme… gut, falls wir wieder kommen, dann werde ich mit dir spielen."

„Was machst du mit Anna?" Nadja stand in der Tür.

„Der alte Mann war hier und hat berichtet, dass sie sich aufführt, die Gemeinschaft stört und ständig mit Männern flirtet."

„Sie darf mich hier nicht festhalten!", fauchte Anna.

„Jewa, wir haben noch einen alten Kerker oder den Burgturm, den kann man sogar abschließen. Sie wollte doch so gern in der Burg bleiben. Anna, du warst heute Morgen nicht da und ich hab ein Problem mit Unpünktlichkeit und miesem Verhalten."

„Wo ist der Kerker?"

„Neben dem Stromraum auf dem Hof. Stell ihr aber `ne Schale Wasser hin, es könnte heute sehr warm werden." Ich liebte Nadja allein schon für ihre Loyalität und die Tatsache, dass sie mir vertraute.

„Ihr seid böse!", fauchte Anna.

„Kann schon sein, aber wir retten hier verdammt viele Leben!", spie Nadja aus.

„Hilfe, Uriel! Hilfe!", versuchte Anna. Das half allerdings auch nichts, denn der Engel kam nicht.

„Kommst du alleine klar oder brauchst du Hilfe?", erkundigte sich Nadja.

„Ach, die schaffe ich schon."

„Gut, dann sehen wir uns unten. Ich hänge dir den Schlüssel an die Kerker-Tür." Nadja löste sich und machte sich auf den Weg zu den Pferden. Ich band Anna los, holte eine Schüssel sowie eine große Schale Wasser und sperrte sie in das winzige Verließ. Immerhin kam Tageslicht rein. Anna schrie und ich löste die Verbindung. Den Schlüssel steckte ich in meine Tasche.

Anschließend machte ich mit der Hausarbeit weiter bis Jace kam und mir erklärte, dass ich neue Sachen von Luzifer bekommen hätte. Schnell rannte ich in mein Zimmer und fand auf dem Bett schwarze Lederkleidung vor, die ich mir sofort anzog. Sicherlich würde die mich vor dem Blut der Untoten schützen.

Den Schlüssel für den Kerker schob ich erneut ein und machte mich wieder auf den Weg nach unten. „Warum schreit Anna hier rum?", fragte Katharina, die auch bereits in schwarzer Lederkluft steckte.

„Mit Nadjas Erlaubnis durfte ich sie einsperren. Vorhin war der alte Mann hier um sich über sie zu beschweren."

„Ist in Ordnung. Die Klamotten sind klasse!", freute sich Katharina und drehte sich um ihre eigene Achse.

„Sind die Pferde schon fertig?" Sie nickte mir zu.

„Nadja hat noch ein bisschen Angst beim Reiten. Aber sie schafft das schon. Wo steckt Lorenz?"

„Keine Ahnung."

„Bin schon da!" Lorenz kam mit zwei Taschen in den Händen auf den Hof. Geschlossen machten wir uns auf den Weg nach unten. Dort warteten bereits Daniel, Jace und

Nadja auf uns. Alle trugen diese schwarzen ledernen Sachen und sahen toll darin aus.

Gemeinsam schwangen wir uns auf die Pferde und ritten los. Katharina und ich hatten dafür gesorgt, dass die einst wilden Tiere sehr schnell zahm geworden waren. Sie hatte sie zugeritten und ich sie dabei mit meinen mentalen Kräften unterstützt. Die Straßen waren leer, erst am Stadtrand spürte ich Menschen auf. Wir ritten Richtung Taschenbergpalais, wo ich die ersten Untoten wahrnahm. Bei ihnen erspürte ich Menschen, die zwischen Leben und Tod schwebten.

„Dreiundzwanzig Wiedergänger und fünf Menschen, aber denen geht es nicht sonderlich gut."

„Wie meinst du das?", fragte Jace leise.

„Ich glaube, dass sie bald sterben. Ich kann nichts erkennen, da ihre Augen geschlossen sind." Wir hielten vor dem einst so prächtigen Hotel. Auch davor hatte die Zerstörung nicht Halt gemacht, nur die Semperoper und der Zwinger sahen noch aus wie früher.

„Jewa, du bleibst draußen. Pass bitte auf unsere Fluchtpferde auf." Ich musste über Nadjas Ansage lachen. „Fluchtpferde?" Sie zwinkerte mir zu.

„Wie soll ich meinen Gaul denn sonst nennen?"

„Erstens ist sie ein Mädchen und zweitens heißt sie Cookie."

„Das ist fies! Wir haben nicht einmal Zucker zum Backen und du nennst sie Keks."

„Das war nicht Jewa, das war ich", mischte sich Katharina ein. Nadja kicherte. Unterdessen schritt Lorenz auf das Gebäude zu, legte seine Hand auf die Mauer und kurz darauf hätte ich wetten können, dass sie eine Sekunde lang glühte.

„Drei sind schon am Eingang!", informierte ich sie.

„Ich stehe auf ihre Gabe", meinte Daniel und ich lächelte ihn lieb an.

„Flirtest du mit meiner Freundin?", knurrte Jace.

„Nein, aber sie ist eben fast so toll wie Katharina."

„Aus meiner Perspektive ist sie besser."

„Oh mein Gott, Jungs, wir haben gerade Wichtigeres zu tun!", stöhnte Katharina.

„Jetzt stehen fünf hinter der Tür."

„Hey! Ich dachte ihr wollt uns beschützen oder zumindest unterstützen!", schnaubte Lorenz. Nadja befand sich ebenfalls schon vor dem Eingang. Die beiden sahen sich an, Lorenz riss die Tür auf, sprühte ihnen etwas entgegen und schon entflammten die Wiedergänger.

„Ich mag meine Blutlinie", säuselte Nadja und warf sich gespielt ihr Haar nach hinten.

Ich bemerkte, wie Menschen unser Treiben beobachteten. Aus sämtlichen Löchern schauten sie hervor und beäugten neugierig unser Tun. Ich stieg vom Pferd und ließ meine Gedanken fließen. In vielen Gebäuden der Stadt hatten sich Wiedergänger breit gemacht. Sechzehn zählte ich noch bei meinen Freunden. Nein, fünfzehn. Sie kamen schnell voran.

Sie rissen im Erdgeschoss die Vorhänge von den Fenstern. Katharina kam heraus getorkelt und übergab sich.

Ich rannte zu ihr, aus dem Gebäude wehte mir der Gestank von Verwesung entgegen. „Geh da nicht rein!"

„Was ist los?" Ich spürte nur noch neun Wiedergänger.

„Geh da einfach nicht rein!", presste sie hervor und würgte.

In dem Moment kam Nadja raus. Sie sank auf die Knie, Tränen liefen ihr übers Gesicht und sie gab einen schmerzerfüllten Schrei von sich. Jetzt waren es bloß noch fünf. Ich haderte mit mir, ob ich hinein gehen sollte oder nicht.

„Jewa?" Ich hockte mich zu Nadja. „Was ist?"

„Geh da bitte nicht rein." Im Inneren des Gebäudes krachte es. Jace rief etwas und ich vernahm Daniels Stimme. Mein Herz pochte laut, meine Knie zitterten. Nadja griff nach meinem Arm.

„Da sind halb gegessene Menschen drin."

„Hast du noch eine Sprühflasche?"

Nadja zog eine aus ihrer Tasche und reichte sie mir.

„Bist du dir sicher?"

„Ist in Ordnung. Ich hab das alles schon gesehen." Ich lief los. Vorsichtig pirschte ich durch den Raum, entsann mich der schrecklichsten Dinge, die ich in meinem Leben hatte sehen müssen und wie ich mich gerächt hatte. Am Boden stapelten sich Menschenknochen, abgetrennte Gliedmaßen und ein Torso lagen auf einem Tisch. Das Gebäude erinnerte mehr an eine Schlachtfabrik als an ein Hotel.

Oben polterte es. Ich konzentrierte mich auf meine Fähigkeiten, suchte nach den Untoten und spürte einen der letzten hinter einer Tür auf. Ich hielt das Spray vor mich, wappnete mich, stieß die Tür auf und starrte ihn entsetzt an. Selbst ihn hatte man versucht zu essen. Seine Beine fehlten, ganze Fleischstücke hatte man aus ihm heraus gerissen. Schnell sprühte ich ihm das Elixier ins Gesicht und er entzündete sich umgehend.

Im Flur stolperte ich über eine Leiche. Im nächsten Raum befand sich ein Mensch. Zumindest etwas, was einem menschlichen geistigen Rauschen entsprach. Ich stieß die Tür auf, und entdeckte etwas auf einem Bett liegend. Die Matratze tropfte vor Blut. Ein weiblicher Körper war darauf ausgestreckt. Vom halben Gesicht lagen die Knochen frei, die Brust war förmlich heraus gerissen geworden, unter den Rippen war das schlagende Herz zu sehen. Ihre Beine waren weg, ein Arm fehlte bereits und aus dem verbleibenden Auge sah sie mich an.

„Soll ich dich erlösen?" Ihr Blick wurde flehend. Ich hörte ihr stilles Bitten in meinem Geist, zog ein Messer, strich ihr sanft übers Haar und stieß es ihr ins Herz. Sanft entglitt sie in das Reich der Toten und nur der Gedanke, dass ich sie so erlöst hatte, schützte mich davor, den Verstand zu verlieren.

Drei Untote befanden sich noch im Haus. Plötzlich erspürte ich aber noch etwas anderes. Etwas Fremdes. Angereicherte, unkontrollierbare Wut und den unbändigen Drang nach Fleisch. Ein unendlicher Hunger, und eine Gier, die nie gestillt werden konnte. Da waren weder Geist noch Seele in diesem Wesen. Ich ging zurück in die Lobby, das Rauschen wurde stärker, bis ich in glühende Augen blickte, die mich anstarrten. Alles Menschliche war aus diesem Ungetüm verschwunden. Die Haut wie graues Leder, die Augen leuchtend rot, die Haare größtenteils ausgefallen, lauerte dieses Scheusal mir auf.

Ich gab keinen Ton von mir, bewegte mich nicht mehr. Die Wiedergänger waren alle vernichtet. Außer uns war nur noch diese Kreatur anwesend. Ich konzentrierte all meine Fähigkeiten darauf, versuchte, es mental zu greifen, zu steuern, doch da war absolut nichts mehr, was einem Geist gleichkam.

„Was für `ne Scheiße!", hörte ich Lorenz' Stimme. Er, Daniel und Jace kamen nach unten, doch ich streckte nur abwehrend meinen Arm aus, damit sie stehen blieben.

Das Wesen spannte sich an, machte sich zum Absprung bereit. Mein Körper stand unter Strom, bereit auszuweichen. Wie in Zeitlupe machte es einen Satz auf mich zu, doch genau in diesem winzigen Moment durchbohrte ein Pfeil den Kopf der Kreatur. Krachend landete sie auf dem Boden und zerfiel umgehend zu Staub. Daniel hatte den Pfeil abgeschossen. Jace sah mich schockiert an und Lorenz musste den Atem angehalten haben.

Meine Knie gaben nach und ich sackte zu Boden. Jace war sofort bei mir, hob mich hoch und trug mich hinaus. Tief sog ich seinen Duft und die frische Luft ein. Er setzte sich mit mir auf eine Bordsteinkante.

„Alles okay", murmelte ich in seinen Armen.

„So etwas habe ich noch nie gesehen. Es war barbarisch." Brauchte er mich gerade mehr als ich ihn?

Diese Situation forderte uns weniger körperlich als mental. Trotzdem glaubte ich fest an meinen Jace und unsere neugewonnenen Freunde. Ich war davon überzeugt, dass wir auch diesen Tag, diesen Kampf gemeinsam überstehen würden.

Nadja

Lorenz strich mir tröstend über den Rücken. So eine Abscheulichkeit, so ein Gemetzel hatte ich mir in meinen kühnsten Träumen nicht vorstellen können. Was für widerwärtige Kreaturen taten so etwas? Fernab menschlichen Verstandes nahmen sie sich was immer sie wollten.

Lorenz sah ebenfalls recht mitgenommen aus, dennoch spürte ich, dass es für ihn nicht das erste Mal gewesen war, dass er solch schreckliche Dinge gesehen hatte. Ich lehnte mich an seine Brust, brauchte dringend Nähe und etwas, das mir die Kraft gab, diese Bilder aus meinem Kopf zu verbannen.

„Wollen wir weiter oder zurück?", erkundigte sich Jace nach einigen Minuten.

„Weiter. Wir müssen es beenden. Nur ein vernichteter Untoter ist ein guter Untoter", kam wütend von Daniel. Damit hatte er nicht Unrecht. Schwerfällig erhoben wir uns, beschlossen, die Pferde zurück zu lassen und gingen weiter in die Innenstadt.

An der Ahnenwand stoppte Jewa. Sie schaute sich um, ihre Augen befanden sich an einem anderen Ort, als wäre sie nicht bei uns.

„Es sind viele und auf dem Marktplatz wird etwas geschehen", gab sie gespenstisch ab. Wir liefen los, der Gefahr entgegen und spürten schnell, dass wir beobachtet wurden.

Jewa blieb erneut stehen. Sie runzelte die Stirn und wartete auf etwas. Sie nahm ihren Bogen, drehte sich. Katharina sprang aus ihrer Schusslinie und der Pfeil sauste los. Ich drehte mich um und sah, wie eine der Kreaturen in Flammen aufging.

„Reden ist wohl nicht deine Stärke", murmelte Jace an ihrer Seite.

„Da ist noch mehr." Sie wechselte die Richtung, ging zur Frauenkirche, dann weiter. „Da hinten sind die Kasematten", flüsterte ich.

„Sie foltern dort jemanden. Es ist eine mächtige Hexe", sprach Jewa wieder mit dieser fremdartigen Stimme. Wir folgten ihr. Daniel und Jace hielten ihre Bögen gespannt. Jewa erstarrte kurz vor dem Ziel.

„Sie nutzen einen magischen Bannkreis, damit kein Hexenwesen hinein gelangen kann." „Genau genommen sind wir keine Hexen, nur Jewa muss dann draußen bleiben. Wie viele Wiedergänger sind da drin?", erkundigte sich Lorenz.

„Zwölf." Jewas Augen wurden wieder klar.

„Hatten die Engel sich nicht wegen drei junger Hexen so eingesetzt? Und jetzt soll sich eine Urhexe dort drin befinden?" Wir schauten sie fragend an.

„Was bitteschön ist eine Urhexe?"

„Sie ist aus der alten Zeit. Ein magisches Geschöpf, erweckt durch das Erstarken der Wiedergänger." Das klang ja spannend. Außerdem lenkte es mich von den Bildern aus dem Taschenbergpalais ab. „Dann gehen wir da jetzt rein und retten die Urhexe", seufzte Katharina. Jewa nickte und blieb auch diesmal draußen. Die Tür war nicht abgeschlossen.

Wir mussten uns kurz an die Dunkelheit gewöhnen, bis wir tiefer in die Ursprungsfestung der Stadt eindringen konnten.

Geräusche aus ihrem Innersten wurden vom Hall gespenstisch in unsere Richtung getragen. Steine knirschten unter unseren Füßen. Kaum bogen wir ab, schossen Jace und Daniel zwei Pfeile. Zwar rochen die verbrennenden Wiedergänger widerlich, doch spendeten ihre Körper immerhin ein wenig Licht. Es wurde still, die Geräusche verstummten. Nur noch unsere eigenen Schritte und unser Atem waren zu vernehmen. Selbst meinen eigenen Herzschlag hörte ich.

Lorenz ging neben mir zu Boden. Etwas war aus einer Nische gesprungen und drückte ihn auf die Erde. Er keuchte schwer, rang um Luft, kämpfte. Ich hob meinen Stab, versuchte etwas zu sehen, zögerte einen Moment und stach zu. Gott sei Dank hatte ich die Kreatur erwischt. Ich rollte sie schnell von ihm herunter.

Knurrend stand er auf und klopfte sich seine Kleidung ab.

„Danke, Kleines."

„Ich hab nichts gesehen."

„Wir können später reden. Es sind nur noch neun."

Gerade als wir wieder losgehen wollte, schoss Jace einen Pfeil ab. „Acht", schnaubte er.

Vorsichtig tasteten wir uns weiter vor. Wir hörten das Rauschen der Elbe, entdeckten Tageslicht. Jace ging in Deckung, blieb hinter uns. Seine militärische Ausbildung war wirklich hilfreich, auch im Hotel hatte er die Führung übernommen. Daniel schoss. Wie hatte der den denn gesehen? Im Schatten hatte einer gelauert, der jetzt gerade in Flammen aufging. Immerhin stank es hier nicht so wie im Hotel. Katharina hielt in einer Hand ihre Waffe, in der anderen eine meiner Sprühflaschen. Wieder landeten wir in der Dunkelheit. Etwas flog an mir vorbei.

„Sechs", knurrte Jace hinter mir. Ich hatte auch diesmal nichts gesehen.

Wir erreichten einen größeren Bereich. Erneut zischten die Pfeile los und ehe wir uns versahen, glühten sechs Wiedergänger auf. „Also das war jetzt langweilig", beschwerte sich selbst Katharina. Die Männer beglückwünschten sich gegenseitig und wir suchten nach der Gefangenen. Sie lag bäuchlings gefesselt mit verbundenen Augen auf einem Tisch. Lange Locken fielen ihr über die Schultern und schwere Ketten schnitten ihr an Armen und Beinen ins Fleisch.

„Schläft sie?" Katharina betrachtete die Urhexe, die wie ein ganz normaler Mensch aussah.

„Ich schlafe nicht", murmelte die Gefangene. Ich löste ihre Augenbinde.

„Die Ketten sind gebannt. Die bekommt ihr nicht auf", meinte sie. Ich suchte in meiner Tasche nach dem Schlössermittel und sprühte es auf die Ketten, die kurz darauf klirrend zu Boden fielen.

Sie stand erschöpft auf und betrachtete verwundert ihre Handgelenke.

„Wie hast das denn jetzt hinbekommen?", staunte sie.

„Ich bin eben keine Hexe. Können wir?" Zitternd versuchte sie ein paar Schritte zu gehen. Sie musste von der langen Gefangenschaft völlig dehydriert sein. Lorenz reichte ihr Wasser, das sie in großen Schlucken trank.

Gemeinsam verließen wir die Kasematten. Jewa hielt bereits wieder ihren Bogen gespannt in den Händen.

„Wir haben sie. Was ist los?", fragte Jace seine Freundin.

„Es sind so viele in der Stadt. Vier habe ich erledigt."

Im Licht betrachtete ich die Urhexe. Dunkelblondes gelocktes Haar, vielleicht Ende zwanzig. Ein bisschen mürrisch wirkte sie.

„Was kann so eine Urhexe?" Katharina beäugte sie.

„Schaut mich nicht an als sei ich ein Außerirdischer. Was seid ihr denn?"

„Das sind der König und die Königin unseres Landes", witzelte Katharina und zeigte auf Lorenz und mich."

„Aha. Wie groß ist denn euer Land?"

„Noch extrem winzig. Aber wir arbeiten dran", kam von Lorenz.

„Und ihr taucht jetzt erst auf? Na klar. Also ihr habt eine Macke", irgendwie fand ich sie unterhaltsam.

„Ich für meine Person hab etwa achtzig Jahre geschlafen. Wir wissen nicht einmal, welches Jahr wir schreiben." Die Urhexe sah mich skeptisch an.

„Logisch. Erst Dornröschen spielen und nun gleich Herrschaftsansprüche stellen."

„Man tut was man kann", konterte ich gelassen.

„Sollen wir nicht deine Freunde retten?", kam verwirrt von Jewa. Die Gegenwart der Urhexe schien sie nervös zu machen.

„Elisabeth ist mein Name. Wer seid ihr?" Wir stellten uns nacheinander vor. Dann gingen wir in Richtung des Marktes.

„Wollt ihr wirklich wissen, welches Jahr wir haben?", kam von Elisabeth.

„Ja, das wäre nett", schmunzelte Daniel.

„Heute ist der dritte Mai 2098. Ein Donnerstag."

„Das muss ich mir aufschreiben." Ich nahm meinen Füller und notierte das auf einem Zettel.

„Du nimmst deinen Zauberfüller?", zischte Katharina entsetzt.

„Alle Kugelschreiber sind eingetrocknet und ich hab keinen anderen Stift dabei. Meine Freunde stöhnten leise auf.

„Ihr seid wirklich schräg. Was seid ihr denn?"

Daniel erklärte ihr wir seien Jäger und Wächter und lediglich Jewa eine Hexe. Interessiert lauschte sie seinen Worten.

„Und was bewacht ihr?" Ich drehte mich zu ihr um, breitete die Arme aus. „Das hier. Alles. Die Kultur, unser Erbe, unsere Vorfahren. All das tragen wir in unserem Blut weiter und stellen die Barriere zwischen den Toten und den Lebenden dar." Elisabeth legte die Stirn in Falten.

„Seid ihr an den Untoten schuld?"

„Nein, das waren die Menschen. Ihre Gier, ihr Verlangen nach Unsterblichkeit und dass sie die wesentlichen Dinge im Leben aus den Augen verloren. Die Menschen allein tragen die Schuld an dieser Katastrophe." Wobei mir der Gedanke kam, dass es vielleicht doch die Schuld der Wächter sein könnte. Immerhin waren meine Mutter und mein Großvater bereits vor Ewigkeiten gewandelt worden. Dennoch änderte das nichts an der Tatsache, dass wir das Ruder übernehmen mussten und somit drängte ich diesen Gedanken beiseite.

„Und woher wisst ihr das, wenn ihr erst seit ein paar Tagen wieder da seid?" Ich atmete tief durch.

„Lange Geschichte. Du kannst ja heute bei uns zu Abend essen. Dann tauschen wir uns aus."

„Essen klingt verdammt gut."

„Ach, das wollte ich euch erzählen. Mein Quark hat zwar nicht geklappt, aber wir haben jetzt dafür Frischkäse. Heute Nacht ist mir eingefallen, dass wir noch getrocknete Weintrauben haben. Damit stelle ich Hefewasser her und dann können wir Brot backen." Katharina strahlte mich an.

„Für eine angehende Königin ist sie echt merkwürdig", grummelte Elisabeth an Jewas Seite. Jewa schaute sie an.

„Sie ist ihres Amtes würdig. Glaub mir."

Jewa erstarrte erneut. „Sie sind hier und sie beobachten uns." Elisabeth musterte Jewa durchdringend.

„Nicht schlecht, Süße. Nach dir hab ich gesucht."

„Nach mir?", wunderte sich Jewa. Die beiden sahen sich um. Wir schauten direkt auf den Marktplatz. Fünf Menschen hingen mit Säcken über den Köpfen an Kreuze gebunden vor uns. Ein Scheiterhaufen ragte hinter ihnen empor.

„Das sind meine Freunde. Sie sollen heute Nacht brennen und wir können nichts dagegen tun. Sobald wir angreifen kesseln sie uns ein. Es sind einfach zu viele", erklärte Elisabeth angespannt. Ich sah Lorenz an.

„Wenn wir das mit den Mänteln machen und dann durchs Zwielicht gehen wird es einfacher"

„Können die noch rennen?", fragte Lorenz Jewa. Sie nickte knapp.

„Jewa, geh zur Frauenkirche und ruf die Pferde. Den Rest übernehmen wir. Die Kreaturen können wir später immer noch auslöschen."

„Okay. Elisabeth, komm mit!"

„Was haben die vor?"

„Siehst du gleich."

Jewa

Lorenz und Nadja zogen ihre Unsichtbarkeitsmäntel aus den Taschen.

„Tanzen die jetzt?", wunderte sich Elisabeth, die sich immer wieder nach den Zurückgebliebenen umdrehte.

„Nein, sie werden gleich unsichtbar."

„Was meinten sie mit Zwielicht? Wir benutzen das in den Morgenstunden um Kontakt miteinander aufzunehmen."

„Sie drehen spezielle Münzen. So gelangen sie auf eine Ebene zwischen der Welt der Toten und der der Lebenden. Ich war schon mal dabei, es ist total mystisch." Ich sendete meine Gedanken aus und rief nach unseren Pferden. Kurz darauf verriet Hufgeklapper, dass sie sich näherten.

Jace und Daniel spannten ihre Bögen. Sie sicherten Nadja und Lorenz, die bereits unsichtbar waren, den Rückweg. Ich zog meinen Bogen, da sich von der Seite ein Wiedergänger heran pirschte und sich auf Daniel stürzen wollte. Genau in dem Moment, als das Monster aus der Deckung kam, ließ ich die Sehne los. Wieder sauste der Pfeil durch die Luft, traf und raffte meinen Gegner dahin.

„Jetzt sind sie alle weg!", schnaufte Elisabeth und starrte auf die Kreuze, an denen Sekunden vorher noch ihre Freunde gehangen hatten. Nadja und Lorenz hatten sie erst losgebunden und dann ins Zwielicht verfrachtet. Auch Daniel und Jace waren unsichtbar geworden. Wie weit reiche denn der Radius? Ich musste Jace mal fragen. Die Pferde bäumten sich auf und wieherten laut.

Kurz darauf erschienen Elisabeths Freunde wie aus dem Nichts, wir setzten sie auf die Pferde und ließen sie im Galopp losreiten. Wir marschierten zu Fuß unter den Unsichtbarkeitsmänteln hinterher.

Am späten Nachmittag erreichten wir das Dorf, wo die Leute fleißig ihrer Arbeit nachgingen. Viktor und Elias kamen auf uns zu. „Wo ist Anna?" Ach, die hätte ich fast vergessen.

„Im Kerker. Vielleicht ist sie heute Abend netter."

„Wer sind diese Fremden?" Bei der Frage zuckte ich mit den Schultern. Nadja rief nach mir.

„Bleiben wir erst im Dorf?" Ich nickte ihr zu und gemeinsam liefen wir zu den anderen. Elisabeth und die Neuankömmlinge staunten über unsere kleine Gemeinschaft. Sie sahen sich alles beeindruckt an.

Wir gaben ihnen frisches Wasser, die Möglichkeit sich zu waschen und Hühnersuppe, die in einem Kessel auf dem Dorfplatz brodelte.

„Darf ich mir etwas davon nehmen?", erkundigte sich eine Freundin der Urhexe. „Klar, irgendwo stehen Schüsseln." Ich musste kurz suchen, denn derzeit wurde alles ständig umgeräumt. Meine kleine Lieblingsschülerin sprang mir in die Arme.

„Warum haben alle kurze Haare?", fragte Elisabeth.

„Wir haben zuerst Meißen befreit, dort waren die Zustände katastrophal. Weil fast alle Läuse hatten, wussten wir uns nicht anders zu helfen als ihnen die Haare abzuschneiden." Bei meinen Worten verzog Elisabeth das Gesicht.

„Ja, es wurde über die Jahre hinweg immer schlimmer. Mancherorts gibt es noch ein wenig Bildung, doch auch die wird bald verschwinden."

„Habt ihr schon von den neuen Wiedergängern gehört?", kam von Katharina.

„Diese Ausgeburten der Hölle? Ja, aber noch sind es nur wenige."

„Hey! Die Hölle hat mit der ganzen Sache nichts zu tun!", schimpfte Nadja.

Dafür erntete sie verwirrte Blicke.

„Nadja ist Luzifers Ur-ur-ur-ur-ur-Enkelin", erklärte ich gelassen.

„Echt jetzt?" Einer der Hexer ging auf sie zu, während sie nur die Augen verdrehte.

„Jetzt aber mal eine andere Frage: Wie sieht es mit euren Gaben aus? Wir haben hier drei Hexenwesen, aber die sind nicht sonderlich begabt. Bis auf Jewa, was aber an ihrem Alter liegt", meinte Nadja zu Elisabeth.

Elisabeth lächelte mich an. „Die Fähigkeiten sind unterschiedlich ausgeprägt. Aber wenn man fleißig trainiert, werden sie stärker. Darf ich die drei kennenlernen?"

Nadja rief nach Viktor und Elias.

„Du hattest von dreien gesprochen?", kam von einer Gefährtin Elisabeths.

„Anna hab ich in den Kerker gesteckt. Sie nervt und bringt Unfrieden in die Gemeinschaft." Die Neuankömmlinge spannten sich umgehend an.

„Hey, entspannt euch! Das war Jewas Entscheidung. Anna ist wirklich nicht ganz dicht. Wir holen sie jetzt raus. Sie hatte den ganzen Tag über genügend Wasser", verteidigte Nadja mich. Ich löste mich von der Gruppe und ging zur Burg, öffnete dort die Tür zu Annas Kerker und erntete einen wütenden Blick von ihr. „Geh runter, da sind neue Hexen!"

„Miststück!", zischte sie. Die war wirklich unverbesserlich.

„Räum deine Scheiße weg!", schrie ich ihr nach. Sie hatte in die Schüssel gemacht und ließ es einfach stehen. Ich nahm sie und eilte ihr nach. Unten stand sie bereits bei Elisabeth und ich schüttete den Inhalt der Schüssel über ihrem Kopf aus. Sie kreischte mich an und rannte davon.

„Die schafft uns noch."

Elisabeth sah ihr nach und kniff die Augen zusammen.

„Diana? Schau mal nach der kleinen Prinzessin." Ihre Freundin nickte und lief Anna nach.

„Die drei sollten zu Rettern der Menschheit ausgebildet werden. Leider hat Uriel das nicht sonderlich gut hinbekommen", seufzte Nadja enttäuscht.

„Dürfen wir euch irgendwie helfen? Braucht ihr etwas? Wir würden uns gern für unsere Rettung erkenntlich zeigen", bot Elisabeth an. Katharina mischte sich ein.

„Das größte Problem liegt darin, dass wir es nur knapp schaffen, vierhundert Leute zu ernähren. Es fehlt ihnen an

Grundlagen und Wissen, dadurch dauert alles länger. Felder bestellen, Stoffe produzieren, die Basis für ein friedliches Miteinander schaffen... Wir haben das Gefühl, dass wir gar nicht mehr wissen, wo zwischen Steinzeit und Neuzeit wir uns befinden."

„Verstehe ich richtig, dass ihr Saatgut, gepflügte Felder und so weiter braucht?", wunderte sich Elisabeth. „Zumindest ein Jahr Vorlauf wäre gut gewesen. Wir müssen Dresden säubern und haben Angst, im Winter selbst zu verhungern."

„Genau genommen brauchen wir alles: Schweine, Rinder, Hühner, Kaninchen in rauen Mengen, Obst und Gemüse. Aber wir sind eben nur zu sechst und die Dorfbewohner brauchen mehr Zeit zum Lernen", erklärte ich.

„Ich muss noch ein halbes Jahr auf die Flachsernte warten, vorher kann ich keine Stoffe produzieren. Schafe wären toll wegen der Wolle. Es ist einfach alles zu viel Arbeit!", schmollte Katharina.

„Habt ihr denn noch Saatgut?", erkundigte sich Elisabeth.

„Nicht mehr viel." Nadja zeigte den Neuankömmlingen die Scheune, in der sich noch je ein Sack Roggen, Mais, Weizen, Hafer, Flachs, Kartoffeln und Sonnenblumen befanden.

„Aber selbst wenn wir das in Windeseile wachsen lassen könnten, fehlt uns eine Mühle. Die baut Jace uns zwar, aber ein Mühlstein braucht eben seine Zeit." Selbst Nadja klang ein wenig verzweifelt.

„Ihr habt uns gerettet und nun wollen wir euch auf unsere Art helfen. Jakob? Sei so lieb und vergrößere den Viehbestand! Theo, dich brauche ich auch. Die anderen sollen sich ausruhen." Ihre Freunde schmunzelten und folgten uns.

„Wo habt ihr freie Flächen?" Nadja führte Elisabeth vor die Mauer und breitete die Arme aus.

„Das war alles einmal Ackerland."

„Theo, sei so lieb!" Ein hochgewachsener, schmächtiger Junge kniete sich hin, legte die Hände auf den Boden und wir warteten ab. Plötzlich bildeten sich Furchen, die Erde riss auf und Elisabeth hob die Hände. Das Unkraut löste sich von der Erde und verschwand mitsamt mehrerer kleiner Bäume. Kurz darauf flog das Saatgut in einzelnen Windhosen an und verteilte sich auf dem Feld. Elisabeth setzte sich hin.

„Ach, Pierre, etwas Regen wäre noch hilfreich." Ein Mann mittleren Alters kam, blickte gen Himmel. Wolken zogen auf und ein Regenguss ging direkt auf die Felder nieder. Kurz darauf sprossen Pflanzen, wuchsen wie im Zeitraffer und bildeten Früchte aus. Elisabeth stand auf, klopfte ihre Hände sauber und lächelte.

„Erntezeit! Nachher wiederholen wir das und lassen es in Ruhe wachsen. Somit habt ihr das gewünschte Jahr Vorsprung." Nadja lief umgehend los und holte einige Dorfbewohner zu Hilfe. Sobald sie angekommen waren erklärten wir ihnen, was sie zu tun hatten.

Bis in die Abendstunden hinein ernteten wir. Dann kamen auch noch die langersehnten Schafe an. Hühner fanden sich ein, die Anzahl der Rinder verdreifachte sich und auch die Schweine bekamen Zuwachs. Am Ende schlachtete Jace drei von ihnen und ließ sie abhängen. Nadja ließ das Blut auffangen und erbat sich Därme, Füße, Zungen und Köpfe. Sie wollte versuchen, daraus Wurst herzustellen. Wir bedankten uns von Herzen für den Einsatz der Hexen. Mit Magie ging alles wunderbar einfach.

„Wenn ihr Meißen besiedelt, dann treiben wir mit euch Handel", schlug Lorenz vor, als wir gemeinsam nach oben zur Burg gingen. Wir hatten mit den Dorfbewohnern zu Abend gegessen und Nadja trug die gewünschten Teile der Schweine bei sich.

„Das ist so ekelig!", beschwerte sich Katharina.

„Da machen wir Blutwurst und Sülze draus."

„Wir ziehen gleich weiter. Irgendwann wollen wir wieder eine halbwegs normale Welt haben", kam entschlossen von Elisabeth.

„Ein paar Tage könnt ihr ja bleiben und helfen", bot Nadja an, was gern angenommen wurde, zumal die Gruppe um Elisabeth uns bei der endgültigen Befreiung Dresdens helfen wollte. Auch sie erkannten, dass ein sehr harter und steiniger Weg vor uns lag, wenn wir der Menschheit wieder zur Selbstständigkeit verhelfen wollten. Gespannt lauschten wir den Geschichten unserer neuen Freunde. Diana hatte bei ihren Großeltern gelebt und war auf einem Bauernhof aufgewachsen. Piere und Max kamen aus Österreich, Elisabeth hatte sie aufgesammelt und war mit ihnen herumgereist. Richtig viel hatten sie noch nicht erreicht. Zwar hatten auch sie bereits einige Wiedergänger getötet, doch sobald ein Ort befreit war, waren neue gekommen. Aus diesem Grund fanden sie unseren Ansatz besser.

Nadja verzog sich in die Küche. Wir wussten inzwischen, dass sie viel Zeit für sich brauchte und immer wieder die Ruhe und Einsamkeit suchte.

Luzifer

Luzifer war der Ansicht, dass zu wenig Wiedergänger in seinem Reich ankamen und deshalb machte er sich auf den Weg zu Nadja. Zudem sorgte er sich um sie. Warum stand seine Prinzessin in der Küche? Sie war doch keine Magd, sondern sein kleines Mädchen!

„Was machst du hier alleine?" Nadja quiekte erschrocken auf und schlug sich die Hand vor die Brust.

„Ich versuche Lebensmittel haltbar zu machen und sie effizienter zu nutzen. Leider mangelt es mir noch an den nötigen Zutaten."

„Woran denn?" Sie grübelte.

„Essig, Salz, Zucker und wenn du irgendwie so ein Käsezeugs auftreiben könntest, wäre das himmlisch."

„Was für ein Käsezeugs?"

„Lab heißt es und man gewinnt es aus Kälbermägen. Ich hab nur keinen blassen Schimmer wie das gehen soll."

Luzifer schaute in die nahezu leere Speisekammer und zuckte mit den Schultern. „Was brauchst du noch?"

„Piment, Lorbeerblätter, Rosinen, Honig und das alles am besten in großen Mengen", dabei rührte sie in einem riesigen Topf herum und kippte geschnittene Zwiebeln zu dem Gemisch. Luzifer betrachtete die leeren Regale. Nacheinander erschienen große Tongefäße, in denen sich alles befand, was Nadja sich gewünscht hatte. Er wusste, dass sie unabhängig sein wollte, sah aber auch, dass sie und ihre Freunde schon Übermenschliches leisteten um die Leute zu ernähren.

Er runzelte die Stirn. Ein Wimmern erklang vom Burghof.

„Wieso sitzt Anna im Kerker?"

„Diesmal hat Diana sie rein gesteckt. Die ist unmöglich!"

„Laut Uriel angeblich eine Seele von Mensch."

„Sie ist faul und will ständig jeden Typen flachlegen. Sie behandelt alle wie ihre Sklaven und nervt nur."

Luzifer stöberte in der Küche herum und fand in einem Tontopf eine graue schleimige Masse vor. „Was ist das?"

„Mein erster Versuch Brot herzustellen. Sauerteig nennt sich das. Leider hat Katharina alle Rosinen gefuttert, mit denen ich eigentlich Hefewasser hatte machen wollen."

„Wie macht man Hefewasser?"

„Einen Löffel Honig, eine Hand voll Rosinen, das in sauberes handwarmes Wasser geben. Alles in eine alte Milchflasche füllen, gut schütteln und dann ein paar Tage stehen lassen." Luzifer zauberte das gewünschte Hefewasser. Nadja bekam von alledem nicht viel mit.

„Sag mal, wie lief es heute in Dresden?", erkundigte er sich.

„Schrecklich. Wir haben ein paar Hexenwesen gerettet und waren davor im Taschenbergpalais. Leider haben wir dort das Ausmaß des Grauens gesehen, das diese Wiedergänger anrichten. Halb aufgefressene Menschen, die teilweise noch lebten. Mein Herz bricht allein beim Gedanken daran."

Luzifer legte ihr tröstend die Hände auf die Schultern.

„Morgen Abend werden wir die restlichen Wiedergänger erledigen. Diese Urhexe Elisabeth meinte, dass am Freitagabend immer ein Sklaven- oder besser gesagt Fleischmarkt abgehalten wird. Dazu versammeln sich alle und wir können sie fertigmachen."

„Du musst gut auf dich aufpassen."

„Sagt sich leichter als es ist." Nadja lächelte ihn müde an.

„Wie läuft es denn mit Lorenz?" Sie zuckte die Schultern.

„Ich hab noch immer ein Problem damit. Er ist toll, passt auf mich auf. Gestern fiel es mir leicht, heute wieder schwer. Es ist ein Auf und Ab der Gefühle."

„Ach Süße, es wird alles gut. Wo steckt denn diese Urhexe?"

„Im Wohnzimmer. Sei nett, sie ist es auch. Sie hat uns heute einen riesigen Vorrat an Getreide und Kartoffeln verschafft, nur indem sie unser Saatgut hat fliegen lassen! Dann ist alles rasend schnell gewachsen." Luzifer lächelte seine Nachfahrin zufrieden an. Gerade als er gehen wollte, kam Elisabeth in die Küche.

„Darf ich mir noch ein Glas Wasser nehmen?" Nadja reichte es ihr, als sich die Blicke Elisabeths und Luzifers trafen. Die Luft flimmerte, zwischen den beiden knisterte es deutlich vernehmbar. Es war ein Moment, in dem zwei Seelen, die zueinander gehörten, aufeinander trafen und ihre Körper sich magisch anzogen. Luzifers Herz schlug schnell, Elisabeth errötete.

„Hier, dein Wasser", durchbrach Nadja den magischen Augenblick.

„Wie lange bleibt ihr?", fragte Luzifer schüchtern.

„Wir wollten weiter um nach anderen Hexenwesen zu suchen", schmachtete Elisabeth ihn an. Nadja schmunzelte und schüttelte den Kopf.

„Kann sie nicht Dresden haben?", erkundigte sich der Teufel bei Nadja.

„Wir haben ihr Meißen angeboten. Ich wüsste Dresden nur ungern in den Händen von Hexen. Man weiß ja nie, was passiert. Außerdem gehört Daniel Pillnitz und Königsstein ist Lorenz' Refugium."

„Meißen ist toll. Da hättest du das Schloss und eine wirklich schöne Altstadt", bot Luzian Elisabeth an.

„Wie gesagt, wir kämpfen gegen die Wiedergänger und wollen uns noch nicht niederlassen."

„Ich finde für dich jedes magische Wesen auf diesem Planeten. Jeder braucht einen Rückzugsort." Elisabeth löste sich von Luzian, begab sich ins Wohnzimmer und ließ sich seufzend nieder.

„Was ist denn mit dir los?", erkundigte sich Diana.

„Luzifer bietet uns Meißen an und möchte, dass wir sesshaft werden." Er kam jetzt ebenfalls ins Wohnzimmer.

„Also ich finde diese Burg nicht übel und ein wenig Ruhe würde uns allen nicht schaden", fiel Theo unwissend ein.

„Dann könntet ihr einen Teil der Überlebenden aus Dresden nehmen und wir den anderen. Wäre nicht schlecht", mischte sich Lorenz mit in das Gespräch.

„Wartet mal, hingen unsere Leben heute Vormittag nicht noch am seidenen Faden? Jetzt reden wir schon über Grundbesitz?", schnaufte Jakob. Luzifer beobachtete Elisabeth. Erneut trafen sich ihre Blicke und die Luft lud sich statisch auf.

Alle sahen die beiden an und prusteten laut los.

„Luzian!", fluchte Nadja aus der Küche.

„Oh, Oh! Was hast du angestellt?", kam von Katharina.

„Ich bin dann mal wieder in der Hölle!" Schon löste er sich vor den Anwesenden. „Wo ist er hin?"

„Was hat er denn Schlimmes getan?", wunderten sich die anderen.

„Er hat mir gerade jeden beschissenen Wunsch erfüllt, den ich hatte!" Wütend stapfte Nadja wieder zurück in ihre Küche.

„Wieso macht sie da so einen Aufstand?", fragte Max irritiert.

„Nadja liebt ihre Unabhängigkeit und hasst es, wenn man sie mit Geschenken überhäuft. Ich schau mal nach ihr." Katharina erhob sich und begab sich zu Nadja. Die räumte gerade auf, die Sülzen kühlten noch ab und fertige Blutwürste hingen an einem Haken in der Speisekammer. „Wahnsinn! Hast all das du gemacht?"

„Ja und jetzt gehe ich schlafen. Sei mir nicht böse, ich bin müde." „Ich auch." Die beiden Freundinnen umarmten sich und verschwanden auf ihren Zimmern.

Nadja

Ich tastete auf meinem Bett herum. Lorenz hatte nicht bei mir geschlafen. Wo war er? Mal verschlang er mich und dann wieder ging er mir aus dem Weg. Das sollte noch jemand verstehen! In diesem Augenblick fiel mir jedoch eines auf: Er fehlte mir, ich vermisste es, mich an ihn zu kuscheln oder einfach umarmen zu lassen.

Ich setzte mich auf und schaute aus dem Fenster. Wolken zogen vorüber. Waren wir schon bereit, Dresden zu befreien? War es das wert, dass wir dafür unsere Leben aufs Spiel setzten? Riskierten, einen unserer neugewonnen Freunde zu verlieren? Seitdem ich aus meinem langen Schlaf erwacht war, fiel mir vieles sehr schwer. Ich fühlte mich traurig, überfordert. Die Arbeit half mir, mich abzulenken, aber das Kämpfen hatte ich so satt. Es reichte mir und ich wollte einfach nicht mehr.

Dazu kam noch die Sache mit Lorenz. Ein emotionales Auf und Ab. In diesem Fall hatte Luzian wirklich Recht. Ich sollte mehr fühlen und weniger nachdenken, was mir schon immer schwergefallen war.

Ja, ich empfand etwas für Lorenz, das musste ich mir eingestehen. Seine Berührungen, die Lust, die er in mir erweckte und das Verlangen nach körperlicher Nähe waren überwältigend. Trotzdem, er war Noahs Vater und früher einmal mein Widersacher gewesen. Wenn der Feind mit dir ins Bett steigt... Leider gab es kein Buch, das mir hier weiterhelfen konnte. Ich atmete tief durch. Zudem ahnte ich langsam, dass meine Blutlinie immer einen Wächter als Partner fordern würde. Hatte es noch Sinn, nach Aron zu suchen? Nein, der Zug war abgefahren. Unsere Beziehung war damals mit ihm gestorben, als er versucht hatte, sich für die Menschheit zu opfern. Warum nur bestrafte das Schicksal Noah so sehr? Wieso bekam ich ständig zweite Chancen und er nicht? Lag es nur am Geschlecht? War es Zufall?

Das war nicht fair. Noah hatte mindestens genauso viel Mist durchleben müssen wie ich. Er war genauso einsam gewesen, hatte noch mehr Kämpfe führen müssen und am Ende war er bei mir geblieben. Er hatte mich niemals verraten, sondern immer treu zu mir gestanden. Wieder einmal liefen mir die Tränen übers Gesicht. Immer wenn ich an ihn dachte, musste ich weinen und das beinahe jeden Tag.

Katharina kam ins Zimmer geschlichen und krabbelte auf mein Bett. Liebevoll legte sie ihre Arme um mich.

„Woran denkst du? Wieder an ihn?" In schniefte leise und nickte. Sie küsste meine Wange und wischte mir die Tränen weg.

„Es ist unfair, dass ich immer wieder die Chance auf ein neues Leben bekomme und er nicht." Sie hielt mich schweigend fest. Wir alle brauchten Zeit um das Erlebte zu verarbeiten. Auch sie hatte es nicht immer leicht gehabt. Dass ausgerechnet sie und Daniel zusammenkommen würden, wäre mir früher niemals in den Sinn gekommen.

„Darf ich etwas mit dir besprechen?", flüsterte sie an meiner Seite.

„Ja, natürlich."

„Seit wann sind wir hier?" Ich überschlug kurz die Tage und Wochen.

„Noch keine zwei Monate. Warum?"

„Ich hab meine Periode in der ganzen Zeit nicht bekommen und glaube, dass ich wieder schwanger bin." Ich riss die Augen auf. Meine Trauer war plötzlich wie weggeblasen.

„Möchtest du es?" Sie strahlte.

„Ja, mehr als alles andere!"

„Dann solltest du heute Nacht hier bleiben."

„Nein, das riskiere ich. Ich weiche nicht von deiner Seite."

„Das kannst du nicht tun! Was ist, wenn du es verlierst oder dir etwas zustößt?" Sie umarmte mich, küsste mich noch einmal auf die Wange.

„Das Schicksal hat uns hierher geführt, damit wir die Wiedergänger vernichten und unsere Blutlinien erhalten. Also weiß ich, dass das selbe verflixte Schicksal es nicht zulassen wird, dass ich dieses Kind verliere."

Ich musterte sie eingehend. Bis auf ihr inneres Strahlen konnte man ihr noch nichts ansehen.

„Wenn du dir sicher bist, dann ist es in Ordnung. Aber pass bitte gut auf dich auf", bat ich sie und drückte sie fest.

„Alles wird gut, Nadja. Auch du wirst glücklich werden. So schlecht ist unser Leben im Moment nicht."

„Du hast ja Recht. Mit euch auf der Burg zu sein und zu sehen, wie unser Dorf und seine Bewohner sich entwickeln, ist wunderschön. Ich mache mir bloß Sorgen darüber, wie wir allen anderen Menschen helfen sollen."

„Darüber brauchst du dir nicht den Kopf zu zerbrechen. Wir alle haben den Willen zu leben. Die Menschen finden einen Weg. Aber das können sie erst, wenn sie frei sind." Ich legte meinen Kopf an ihre Schulter. Die Gespräche mit ihr taten mir immer gut.

Sie wartete in meinem Zimmer, während ich mein morgendliches Ritual durchlief.

„Heute bleiben wir mal faul! Erst Frühstück und danach Sonnenbaden im Garten?" Eigentlich hätte ich einiges zu erledigen gehabt, aber wir brauchten wirklich etwas mehr Ruhe und sollten uns vor dem Abend schonen.

„Warum nicht. Hauptsache wir holen uns keinen Sonnenbrand."

„Wir sind alt genug um auf uns aufzupassen", kicherte sie. Gemeinsam gingen wir in den Essbereich. Da so viele Gäste da waren, nutzten wir ihn anstelle des kleineren Tisches in der Küche. Komischerweise waren alle anderen bereits verschwunden. Nur Anna stand hilflos an der Tür.

„Was ist los, Anna?", erkundigte ich mich bei ihr.

„Ich sollte helfen. Jetzt warte ich hier, bis man mir Arbeit gibt." Ach herrje, wo kam denn dieser Sinneswandel her?

„Im obersten Geschoss gibt es eine kleine Wohnung. Die haben wir noch nicht geputzt. Es wäre sehr nett, wenn du die komplett säubern könntest." Sie knickste sogar, holte sich einen Eimer und befüllte ihn mit Wasser. Katharina und ich blickten ihr verwirrt nach.

„Siehst du, alles wird gut", meinte meine beste Freundin.

„Na ja, dem Braten traue ich noch nicht."

Jewa kam zu uns. „Habt ihr die Jungs gesehen?" Wir schüttelten die Köpfe. „Ist Anna hier?" Wir schauten schmunzelnd nach oben.

„Ihr habt heute Morgen eine echt krasse Nummer verpasst", grinste sie und schnitt sich eine Scheibe Brot ab.

„Jetzt erzähl schon!", drängten Katharina und ich neugierig.

Jewa lehnte sich zurück und musste sich das Lachen verkneifen. „Heute früh sind Jace, Lorenz und Daniel zu den Tieren. Sie wollten nur nochmal nachsehen ob alles in Ordnung ist, während ich schnell in der Schule war und den Kindern ein paar Aufgaben gegeben habe, die sie allein erledigen dürfen. Kaum bin ich raus, lief Anna auf Lorenz zu und baggerte ihn schon wieder an." Jewa unterbrach theatralisch und trank einen Schluck Milch, dann fuhr sie fort. „Lorenz ließ sich auf das Spiel ein. Er grinste sie an und ging ihr an die Wäsche." Mir stockte der Atem. Er betrog mich jetzt schon? Jewa winkte ab.

„Er zog sie vor dem ganzen Dorf aus und nahm sie in den Schwitzkasten. Dann bat er mich zu prüfen, ob sie wirklich schwanger ist. Also über meine Fähigkeiten. Ich hab da überhaupt nichts gespürt, da ist kein Baby drin und das habe ich auch Lorenz gesagt. Er warf sie bäuchlings auf den Tisch, an dem die anderen immer essen und drückte sie nach unten. Fest drückte er seine Finger in ihr Fleisch und rief aus, dass jeder jetzt seinen Schwanz in sie reinschieben dürfe. Anna wimmerte, weinte, wand sich, sie schwor ihm, sich von nun an zu benehmen. Dann zerrte er sie vom Tisch weg, führte sie zur Mauer und meinte nur, dass sie jederzeit gehen könne und dass er sie eigenhändig rauswerfen würde, wenn sie so weitermacht." Entsetzt, beeindruckt und staunend starrten wir Jewa an. „Und was ist dann passiert?"

„Sie ist nackt zurück zu den Leuten gerannt, alle haben sie ausgelacht und sie hat weinend ihre Sachen aufgesammelt. Dann lief sie zur Burg rauf. Ich hätte nie gedacht, dass Lorenz so krass ist. Sonst ist er doch die Ruhe in Person!"

„Wenn du wüsstest...", schmunzelte ich und dachte an die Nächte mit ihm. „Oh, jetzt erzähl du mal!", forderte mich Katharina auf. Gemeinsam räumten wir den Tisch ab und beim Spülen berichtete ich ihnen ein paar Details. Wir kicherten schüchtern, obwohl wir drei das gar nicht zu sein brauchten. Danach nahmen wir uns Decken und legten uns in die Sonne. Da wir kaum Unterwäsche hatten und außerdem allein waren, blieben wir wie Gott uns schuf.

Jewa und Katharina erzählten mir auch einiges über ihr berauschendes Liebesleben. Es tat gut, zwei solch tolle Freundinnen zu haben.

Wir sprachen und lachten viel und dösten schließlich auf dem Bauch liegend ein. Zwar traten immer wieder Wolken zwischen uns und die wärmenden Strahlen, aber es war einfach schön, sich mal treiben zu lassen und ausnahmsweise ein paar Stunden nicht an Arbeit oder die Kämpfe der Zukunft zu denken.

Irgendwann spürte ich warme Hände auf meiner Haut. Das Kribbeln in meinem Inneren verriet mir, dass es Lorenz sein musste, der mir schweigend die Schultern massierte und mit geübten Griffen hinab zu meiner Taille wanderte. Ich genoss, wie er die Verspannungen der letzten Tage löste. Neben mir küsste Daniel Katharina zärtlich auf den Rücken. Die beiden so zu sehen schenkte meinem Herzen ein bisschen Frieden. Ich drehte mich um und betrachtete Lorenz, dem sein dunkelbraunes Haar lässig ins Gesicht fiel und dessen starke Muskeln mich immer wieder beeindruckten. Lediglich seine Augen offenbarten Wissen, Weisheit und die furchtbaren Verluste, die auch er hatte erleiden müssen. Ich rutschte auf seinen Schoß und hielt mich an seinen starken Armen fest. Mehr brauchte ich nicht und in diesem Augenblick konnte ich auch nicht mehr geben. Ja, ich wollte ihn. Ja, wir hatten schon miteinander geschlafen. Doch mein Herz war noch nicht bereit, sich völlig auf ihn einzulassen. Das würde Zeit brauchen, selbst wenn mein Körper sich nach ihm verzehrte.

Jewa

Der Nachmittag war toll gewesen und ich konnte es noch immer kaum fassen, dass ich zwei richtige Freundinnen gefunden hatte. Nach all den Jahren der Verzweiflung, der Wut, des Hasses und der Einsamkeit traf ich die Liebe meines Lebens und wahre Freunde. Wer hätte das gedacht? Wann immer Jace mich so verzaubert ansah, mich in den Arm nahm und leidenschaftlich küsste, wollte mir das Herz fast aus der Brust springen vor Glück.

Seine Lippen fühlten sich zart an, seine Zunge strich behutsam über meine und ich genoss dieses Beben, welches er in mir auslöste. Etwas in meiner Magengrube begann zu flattern und meine Haut straffte sich wie elektrisiert bei seinen Küssen. Seine Hände schienen nicht nur meinen Körper, sondern auch meine Seele zu streicheln. Auch in ihm heilte etwas, die Scherben seines gebrochenen Herzens setzten sich nach und nach wieder zusammen. Wir waren endlich angekommen, hatten an diesem Ort unser Glück, eine Heimat und eine neue Familie gefunden.

Ich zog mich an und begab mich dann mit Jace schweigend in die Küche. Eine seltsame Stimmung hatte sich in den Mauern der alten Burg breitgemacht. Auf der einen Seite spürte ich viel Liebe in der Luft liegen, doch ebenso fühlte ich die Anspannung vor dem drohenden Kampf.

„Bist du aufgeregt wegen heute Abend?", erkundigte sich Jace und rührte einen Teig zusammen.

„Nein. Sag mal, wo wart ihr heute?"

„Wir haben den anderen Meißen gezeigt. Sie haben sehr über das Schloss und den Dom gestaunt. Leider liegen da aber noch ziemlich viele stinkende Überreste der letzten Jahre, die erst beseitigt werden müssen. Ansonsten gefällt ihnen die Gegend."

Ich kuschelte mich an seinen Rücken. „Ich liebe dich", raunte ich entspannt. Er drehte sich um und küsste mich.

„Ich liebe dich auch. Wie war euer Nachmittag?"

Noch einmal schwelgte ich in der Erinnerung daran und erzählte, wie Lorenz Anna gebändigt hatte, was auch ihn zum Lachen brachte. Dann berichtete ich ein wenig über unsere Gespräche und dass es sich gut anfühlte, wie die Freundschaft zwischen uns Frauen immer tiefer wurde und auch, dass Anna den ganzen Tag über hatte putzen müssen. Jace buk uns unterdessen Pfannkuchen. Katharina und Daniel kamen hinzu und halfen beim Tischdecken, während Nadja und Lorenz sich in ihre geheimnisvolle Kammer zurückgezogen hatten.

„Jewa, würdest du bitte mitkommen?" Elisabeth stand in der Tür und sah mich freundlich an. „Ist irgendetwas?"

„Wir begehen ein altes Hexenritual. Es wäre mir eine Ehre, wenn du dabei sein könntest." Jace lächelte mich liebevoll an und küsste mich auf die Stirn.

„Geh ruhig, wir kommen hier auch ohne dich zurecht." Neugierig lief ich Elisabeth nach.

Ihre Freunde knieten schon im Burghof. Sie hatten einen Kreis gebildet und einen Platz für mich freigelassen. Ich begab mich ebenfalls auf die Knie und wartete ab.

Elisabeth kam mit einer Schale, nahm in der Mitte Platz und murmelte leise Worte.

Es klang wie ein Gebet, eine Opfergabe an die heilige Mutter Erde. Sie bat um Kraft und Gesundheit, damit wir ihr dienen konnten. Sie zerrieb Kräuter in der Schale und stach sich mit einem kleinen Messer in den Finger. Ein Tropfen Blut fiel auf die Kräuter und auf einmal begann die Erde leicht zu vibrieren.

Elisabeth reichte die Schale an Diana weiter. Auch sie bat Mutter Erde um Hilfe und um Schutz und opferte einen Tropfen ihres Blutes. Nacheinander folgten wir alle. Als die Reihe an mich kam tat ich es ihnen gleich. Elisabeth nahm die Schale zurück und schüttete deren Inhalt auf die Erde. In diesem Moment schien der Boden zu explodieren. Pflanzen wuchsen empor, Blumen erblühten und bildeten eine traumhafte Wiese inmitten der Mauern. Elisabeth streckte die Hand über den Boden aus und eine Pfütze klaren Wassers entstand. Sie tauchte die Schale ein, trank und dankte Gaia, der Muttergöttin, für ihr Geschenk. Anschließend wiederholte jeder von uns, was sie getan hatte. Kaum hatte die kühle, klare Flüssigkeit meine Lippen benetzt, durchdrang mich eine mächtige Energie. Sie war warm und kalt zugleich, nahm mich ein, verstärkte meine Sinne. Ich nahm auf einmal jedes Lebewesen in einer Intensität wahr, die ich mir niemals hatte vorstellen können. Ich spürte jede Pore auf meiner viel empfindsameren Haut, jeder einzelne Muskel spannte sich unerklärlich an, mein Geist schien wacher als je zuvor, alle Farben leuchteten plötzlich viel intensiver. Wie hatte das mit einem Mal passieren können? Ich fühlte mich unbesiegbar, wusste aber, dass man mit solchen Dingen aufpassen musste. Elisabeth stand auf und damit war das Ritual beendet. Max grinste mich zufrieden an.

„Damit verstärken wir unsere Magie. Mutter Erde, die Seele von allem was uns umgibt, wird uns heute beistehen." Beeindruckt blickte ich zu Elisabeth auf.

„Du bist eine sehr mächtige Hexe, Jewa. Du solltest ehrfürchtig mit deiner Gabe umgehen und Gaia danken, dass sie sie dir gegeben hat."

„Wie macht man das?"

„Wie gerade eben. Oder hör einfach auf deine Instinkte und der Rest ergibt sich dann von selbst. Du wirst es schon sehen!" Damit ließ sie mich zurück. Diana strich mir über die Schulter.

„Schade, wir wären sicherlich auch gute Freundinnen geworden." „Das können wir trotzdem werden." Ich spürte, dass auch sie gerne Teil meiner neugewonnenen Familie wäre.

„Vielleicht. Doch unser Weg ist ein anderer als der deine", meinte sie kryptisch.

Betreten sah ich mich um. Die Wiese im Burghof war ja ganz hübsch, aber Nadja würde ausrasten. Ich sprang aus der knienden Position auf. Unglaublich, ich war tatsächlich stärker als sonst! Schnell rannte ich den anderen in die Burg hinterher

„Wer macht die Wiese auf dem Burghof weg?"

„Sobald unsere Kräfte wieder schwinden, verschwindet auch die Wiese", kam gelassen von Elisabeth.

Wir aßen gemeinsam und stärkten uns für das Kommende. Eine mystische Stille lag über uns, während ich versuchte, meine eigenen Gedanken zu kontrollieren. Es war schwierig, wenn man die eines jeden anderen Lebewesens hörte. Alles verschwamm zu einem einzigen Tosen und Rauschen. Auf Dauer würde ich das nicht wollen, aber für diese eine Nacht war es notwendig.

Gemeinsam machten wir uns auf den Weg. Nadja stutzte, als sie den Burghof sah, doch ich erklärte ihr im Flüsterton, dass diese Veränderung nur vorübergehend war. Sie seufzte, kommentierte es jedoch nicht weiter. Bei Sonnenuntergang liefen wir los. Nur die unberührte Natur empfing uns, gehüllt in das rote Licht der untergehenden Sonne. Vögel zwitscherten liebliche Melodien, das Zirpen der Grillen und das sanfte Rauschen der Blätter im Wind begleiteten uns in unseren bisher größten Kampf. Genau diesen hatte ich mir so sehr gewünscht. Endlich würde ich Rache an den Untoten nehmen können. Aber dass es so vonstattengehen würde, hatte ich niemals für möglich gehalten. Ich schritt in den Kampf inmitten meiner Freunde, denen ebenfalls Schreckliches widerfahren war. Begleitet von Menschen, die sich davon gelöst hatten, zu entscheiden, was gut oder böse war. Die einfach nur für eine bessere Welt kämpften und die alte Ordnung wiederherstellen wollten. Taten wir das Richtige? Ich wusste es nicht. Ich war mir aber sicher, dass es falsch war, dass diese Toten auf der Erde wandelten, die Menschen gewissenlos niedermetzelten und ihnen ihre Freiheit raubten. Die Freiheit zu lernen, sich zu entwickeln, zu lieben und Fehler zu begehen, sollte jedem vergönnt sein. Wir Menschen waren nicht perfekt, aber wir hatten die Chance verdient, in Freiheit zu leben und nicht unterdrückt, gefoltert und schlussendlich ermordet zu werden.

Nadja

Wir wussten nicht, was uns erwartete, hatten keinen richtigen Plan und ahnten dennoch, dass dies der wichtigste Kampf unseres Lebens werden würde. Gewannen wir ihn, dann halfen wir nicht nur den Bewohnern Dresdens, sondern würden gleichzeitig diese Monster in die Schranken weisen, ihnen zeigen, dass sie endlich ernstzunehmende Gegner hatten und sich das Schicksal nun gegen sie wendete. Verloren wir jedoch, so standen nicht nur unsere Leben und die unsrer Freunde auf dem Spiel, sondern auch unser Erbe, die Menschheit und all das, was sie ausmachte. Natürlich könnte der Planet mit all seinen anderen Lebewesen und seiner Natur friedlich weiter existieren, aber dennoch gehörte der Mensch auf die Erde wie das Wasser, die Tiere, die Pflanzen und der Himmel. Und dafür würden wir bis zum bitteren Ende kämpfen.

Kaum hatten wir die Stadt erreicht, erstarrte Jewa.

„Es sind so viele hier! Als wären noch mehr da als sonst, als hätten sie sich zusammengerottet und würden auf uns warten."

„Was meinst du? Wie viele sind es?", erkundigte sich Daniel.

„Vierhundert, fünfhundert oder auch mehr." Mist. Das würde verdammt heftig werden. Auch unsere neuen Freunde schauten sich besorgt um. Nur Daniel lächelte zurückhaltend.

„Nadja und Lorenz, ruft die Jäger! Alle, die ihr finden könnt!"

„Sie sind nicht ausgebildet", wunderte ich mich.

„Nein, aber wir haben viele Freunde, die schon viel zu lange auf ihre Rache warten." In dem Moment verstand ich nicht, was er mir sagen wollte. Lorenz aber zog seine Münze, setzte sich auf den Boden, drehte sie und schon landeten wir im Zwielicht. Ich setzte mich zu ihm, umschloss mit ihm gemeinsam seinen Stab und er rief die Jäger. Immer mehr tauchten auf. Keiner von ihnen schien in der Lage, einen Kampf zu führen. Aber Daniel hatte darauf bestanden.

Es dauerte einige Zeit bis alle Jäger bei uns erschienen waren. Daniel hockte sich an meine Seite und flüsterte:

„Ruft unsere Ahnen, alle die, die sich rächen wollen!" Ich schaute Lorenz fragend an. Er aber nickte mir zu und ich unterbrach meine Verbindung.

Ich setzte mich etwas weiter weg. *„Jäger aus vergangener Zeit, denen nur die Rache bleibt..."*

„Sie sollen sich der Körper der jungen Jäger bedienen", klärte mich Daniel auf. Nun verstand ich, was er vorhatte.

„Verbindet euch mit dem lebendigen Leib, dass ihr für einen letzten Kampf bereit! Findet in Zeiten des Kriegs euren letzten Sieg! Dem Tode geweiht, schenke ich euch einen Moment der Zeit." Ich sah auf. Die Jäger manifestierten sich. Hellen kam, nahm sich einer Frau an, David, Julius, Karsten, Katharinas Bruder und viele andere mehr übernahmen die Körper der letzten Jäger, bis die

Zwielicht-Münze fiel und sie alle vor uns standen. Lorenz und ich rappelten uns auf. Die Jäger knieten vor uns nieder.

Mir traten einmal mehr Tränen der Ehrfurcht in die Augen, doch es war keine Zeit, alle zu begrüßen. Daniel nahm seine Tasche ab und legte die Miniwaffen auf den Boden.

„Lorenz, Nadja, seid so lieb und verstärkt sie mit eurem Blut", bat Daniel uns. Bereitwillig schnitten wir uns in die Handflächen und beträufelten jede einzelne Waffe.

„Kleines, ich soll dich von deinem Vater grüßen. Er vermisst dich sehr und er liebt dich." „Adrian?" Das abgemagerte Gesicht des jungen Mannes lächelte mich warmherzig an. Seine Augen funkelten wissend und mir verschlug es die Sprache. Katharina wurde von zwei Männern umarmt. Alle Jäger nahmen sich Waffen, ließen sie aufglühen und waren bereit für ihren letzten Kampf. Daniel ging an der Seite eines Mannes. Handelte es sich um David? Die beiden hatten den gleichen Schritt, auch wenn sie nicht mehr wie Zwillinge aussahen.

„Danke für diese Chance", hauchte ein Mädchen an meiner Seite.

„Hellen?" „Ich habe dir einst ewige Treue geschworen. Hier bin ich." Auch sie lächelte mir zu. Lorenz kam zu mir und blieb in meiner Nähe. Beeindruckt setzten wir unseren Weg fort. Die Hexen staunten über die Verstärkung, doch uns allen war bewusst, dass die Körper der Jäger nicht lange durchhalten würden und dass sie alle sich ein weiteres Mal opferten.

Adrian lief zu meiner Linken. „Ich möchte dir etwas erzählen", fing er an. „Dein Vater hat kurz vor seinem Tod ein Kind gezeugt, eher aus Verzweiflung als aus Liebe. Es entstand durch den Akt mit einer normalen Frau. Bisher haben sich seine Wächter-Gene nicht weiter fortgesetzt, aber du kennst ja das Schicksal. Sollte dir also irgendwann einmal ein Wächter oder eine Wächterin über den Weg laufen, dann pass gut auf diese Person auf." Darüber musste ich schmunzeln. Na, immerhin hatte er seinen Spaß gehabt und für einen Moment alles vergessen können. Ich wusste durch die Geschichte mit Aron, dass die Blutlinien seltsame Wege gehen konnten und ich versprach Adrian, Acht zu geben.

„Weiß er von Lorenz?", sprach ich verlegen.

„Ja. Wir waren alle nicht begeistert. Leider meint dieses verflixte Schicksal wohl, dass ihr zusammengehört. Er gibt euch seinen Segen. Damit du, Nadja, endlich deinen Frieden findest. Aber eines kann ich dir versprechen: Dich erwartet noch eine ziemlich schräge Überraschung." Fragend sah ich ihn an, doch er wandte sich ab und ging zu seinen Söhnen. Lorenz blickte hinauf in den Nachthimmel. „Danke, Christian", murmelte er und eine Sternschnuppe blitzte auf.

Wir erreichten die Innenstadt. Fackeln leuchteten in der Ferne und wir alle zogen unsere Waffen. Die Hexen gingen voran und Pierre hob seine Arme. Blitze schnellten über den Himmel, ein Sturm bildete sich über unseren Köpfen. Die Erde bebte, als Jakob Tiere herbeirief. Pferde,

Wildschweine und Ratten rannten an uns vorbei und auf den Marktplatz zu.

„Die sind unglaublich!", spie Katharina aus.

„Lasst uns was über!", zischte einer der Jäger. Dem Blick nach musste es sich um Julius handeln. Er zwinkerte mir frech zu und wir alle wappneten uns für den Angriff. Die Tiere fielen über die Untoten her. Zwar konnten sie kaum etwas ausrichten, verletzten aber einige unserer Feinde schwer. Blitze schlugen krachend in den Boden ein und die ersten Monster gingen in Flammen auf. Theo hockte sich auf den Boden, die Erde brach auf und verschlang einen Teil der Untoten. Er schloss den Erdspalt und begrub sie darin. Fragend sah ich zu Jewa, ihre Augen glühten grün. „Noch immer zu viele." Sie streckte die Arme aus, seufzte zufrieden und plötzlich fielen einige Untote übereinander her. Sie fraßen sich gegenseitig, rissen sich ihr totes Fleisch vom Leib.

„Das ist ekelhaft!", jammerte Katharina. „Da stimme ich dir zu."

„Hinter euch! Da kommen mehr!", warnte uns Jewa. Wir drehten uns um, Max lief vor, beschwor einen riesigen Feuerball herauf und ließ ihn auf die Angreifer los. Dennoch kamen einige dadurch und die Jäger stürzten sich schreiend auf sie. Sie wollten kämpfen und sich rächen. Ich drehte mich wieder zum Platz um. Elisabeth entfachte eine Welle reiner Energie und diese fegte darüber hinweg.

Es wurde still. Einige Jägerseelen waren bereits wieder gegangen, als ihre Körper im Kampf fielen, andere waren verletzt und zwischen ihnen brannten die Körper der

Wiedergänger. „Es ist gut so, sie wollten es", flüsterte Daniel an meiner Seite und Lorenz warf mir einen tröstenden Blick zu. „Ich weiß. Ich komm schon damit klar."

Wir gingen zum Marktplatz und schauten uns um. Die Welle, die Elisabeth freigegeben hatte, hatte fast alle erledigt.

„Es sind noch immer über hundert hier", hauchte Jewa leise.

„Wo?", erkundigte sich Lorenz.

„Sie warten auf jemanden." Wenn Jewa ihre Kräfte benutzte, war sie mir immer unheimlich. Ihre Stimme klang so, als sei sie gar nicht da. Es verwunderte mich jedes Mal, dass sie auf Fragen reagierte. Sie zuckte zusammen, ihre Augen klarten auf.

„Wer ist Annabelle?"

„Ach, nein! Meine Mutter schon wieder? Was will die denn hier?", platzte es aus mir heraus. Mensch, diese blöde Tussi sollte einfach nur verschwinden!

„Deine Mutter?", fauchte Jewa.

„Komplizierte Geschichte. Können wir das später …"

„Hallo Nadja, lang nicht mehr gesehen." Scheiße! Ich verdrehte die Augen und wendete mich zu ihr um.

„Hallo, Mamilein. Möchtest du noch immer meine Konten überschrieben haben? Ich glaube, die Geldentwertung der letzten Jahre lässt es zu, dass ich dir mein Vermögen steuerfrei schenken kann."

Scheinbar wollte sie nicht darauf eingehen. Dunkler Rauch bildete sich um uns, hüllte uns ein und die Schreie meiner Freunde erklangen. Ich versuchte sie zu finden, aber der Rauch nahm mir jegliche Sicht. Ein Wind versuchte ihn zu vertreiben. Ich konnte schemenhaft erkennen, wie Wiedergänger sich auf unsere Freunde stürzten und dann verschwand der Rauch so plötzlich wie er gekommen war. Die anderen waren gefangen, eingekesselt von Untoten, nur Lorenz und ich standen noch frei. Annabelle kam auf uns zu. Wieder dieses verzerrte Grinsen in ihrem maskenhaften Gesicht, der bösartige Blick und dieses unnatürliche Blau, in dem ihre Augen schimmerten.

„Du fickst jetzt also meine Tochter? Ach Lorenz, wärst du doch lieber mir gefolgt! Ich fand dein Händchen für's Geld schon immer beeindruckend." Sie hob ihren Arm und er verkrampfte sich. Sie zwang ihn in die Knie. Er stöhnte, wehrte sich, doch seine Knochen gaben nach. Meine Mutter schien ähnliche Fähigkeiten zu besitzen wie Jewa.

Annabelle ging um uns herum. Ich wägte die Situation ab. Ein falscher Schritt und meine Freunde wären tot.

„Ach Nadja, wie tief du gesunken bist, den Vater deines Freundes zu vögeln. Alle sind weg und du bist wieder ganz allein. Du darfst jetzt gleich zusehen, wie wir deine Freunde töten. Einen nach dem anderen. Ich zeige dir, was wahre Einsamkeit ist." Jemand hinter mir röchelte. Adrians Körper wurde in die Luft gehoben. „Wir lieben dich", krächzte er bevor ihm ein Wiedergänger in die Kehle biss, das Fleisch herausriss und sein Blut spritzend über die Umstehenden verteilte. Der schmächtige Leib zuckte ein paarmal, Adrians Seele löste sich von ihm und war wieder frei. Ich schaute auf, blickte meine Mutter an und schüttelte nur den Kopf.

„Du wirst mich nicht mehr brechen. Man kann nichts zerbrechen, was schon mehrfach gebrochen ist."

„Oh, das glaubst du jetzt noch! Noah, Liebling? Kommst du bitte?" Ich riss die Augen auf, mein Herz schlug aufgeregt, doch als ich ihn sah, riss es mir den Boden unter den Füßen weg. Damit hatte ich nicht gerechnet. Sein Anblick raubte mir die Luft zum Atmen. Mir war, als hätte eine Hand sich um meine Kehle gelegt, bereit, mich jeden Moment zu erdrosseln. Noah war eines dieser unkontrollierbaren Monster geworden. Seine Haltung war gekrümmt, seine Kleidung hing in Fetzen, die Augen leuchteten rot und an seinem Kopf sprossen nur noch vereinzelte Haarbüschel. Lediglich anhand seiner Gesichtszüge konnte man erahnen, dass es Noah war, dem dieser Körper einst gehört hatte.

„Siehst du, wie ich dir Schmerzen bereiten kann? Ach Nadja, Liebes. Es gibt nichts mehr, was ich noch von dir haben möchte. Nur deine Seelenqualen schenken mir ein paar Sekunden Erheiterung. Allerdings bin ich dir zu großem Dank verpflichtet. Du hast Konstantin getötet und mir so viel mehr Macht geschenkt. Deshalb möchte ich großzügig sein. Entscheide dich für eine Person, die ich gehen lasse!"

Ich schluckte. Natürlich hätte ich am Liebsten Katharina gewählt. Aber wäre nicht Elisabeth die größere Hilfe? Doch bei ihr stimmte etwas nicht. Sich selbst hatte die Hexen mit Magie nicht befreien können. Ich drehte mich um und betrachtete alle, die sich auf dem Platz befanden. Lorenz befand sich in den Fängen von Annabelle. Im Mondlicht konnte ich die Anwesenden kaum sehen, was meine Entscheidung noch schwieriger machte.

„Tick, tack... deine Zeit läuft." Noah schaute in meine Richtung. Da war nichts mehr zu sehen von dem Mann, den ich einst geliebt hatte. Er legte den Kopf schief und knurrte; bereit, mich umgehend anzugreifen und zu verspeisen.

„Nadja?" Annabelle nickte jemandem zu. Wieder keuchte es hinter mir.

„Ich liebe dich und ich…" Das war Hellen. Ich hörte noch wie der Wiedergänger, der sie festgehalten hatte schmatzte und genüsslich schlürfte, als er ihr Blut trank.

„Jace." Wenn irgendeiner in der Lage war, diese verfahrene Situation zu retten, dann Jace. Seine Ausbildung beim Militär und seine Vergangenheit waren das einzige, was uns jetzt noch den Arsch retten konnte. Ich drehte mich zu ihm um. Seine Augen funkelten mich verwirrt an, doch mein Blick sprach Bände. Mein Kiefer mahlte und er schien meine stille Botschaft zu verstehen. Sein Gegner löste sich von ihm. Kaum bekam Jace Spielraum, durchdrang eine Klinge die Brust des Untoten. Dieser entflammte und Jace richtete sich auf.

„Wie süß! Wo hast den denn her?"

Annabelle runzelte die Stirn. Jace hockte sich auf den Boden, ich erspähte ein kurzes Glänzen. Ich hatte ihm die ganze Geschichte erzählt, wie wir damals das Zwielicht genutzt oder in die Hölle gerauscht waren um die Dämonen auszutreiben.

„Haltet ihn auf!", kreischte Annabelle, sie holte mit der Hand aus, etwas warf mich quer durch die Luft und ich landete unsanft auf dem Boden. All meine Freunde einschließlich Lorenz waren im Zwielicht verschwunden. Nur die Hexen und ich standen noch auf dem Platz

„Noah! Spiel mit ihr!", keifte sie aufgebracht. Mit einem Satz war er bei mir. Er zerrte an meiner Kleidung, riss an mir, schleuderte mich herum, bis ich gegen eine Wand krachte und an ihr zusammensackte. Das Zwielicht löste sich. Meine Freunde kämpften und ihre Angreifer brannten bereits in der Dunkelheit. Noah betrachteten mich durchdringend aus glutroten Augen.

„Na, wir haben echt die Scheiße gepachtet." Sein Blick wanderte an mir herab. Ich wusste, dass in diesem Körper kein Noah mehr steckte, der mich verstanden hätte. Mein Kopf dröhnte, ich spürte warmes Blut an meiner Stirn herablaufen. Noahs Anblick zerriss mir schier das Herz und ich konnte die Tränen nicht mehr zurückhalten. Die Schreie der Anderen rückten immer weiter in die Ferne. Annabelle stand auf einmal nah bei uns. Sie trat Noah zur Seite, packte mich am Schlafittchen, riss mich hoch und warf mich erneut in hohem Bogen weg.

Die Landung schmerzte, ich rappelte mich auf, als Noah mich angriff und gleich wieder auf den Boden presste. „Luzian", wimmerte ich. Doch Noah knurrte warnend. Konnte er nicht einmal mehr sprechen? Sollte ich ihn erlösen? Brachte ich es fertig, ihn zu töten? „Nadja, ich werde dich töten!", kreischte meine Mutter. Nein! Ich will nicht sterben! Ich tastete nach meinem Stab, wieder kickte sie Noah weg. Er fiepte wie ein gequälter Hund. „Erwache!" Ich trat in ihre Richtung aus. Blöder Fehler! Zu schnell schnappte sie nach meinem Fuß und zerrte mich über die Steine, bis es abrupt endete. Zur Abwechslung flog jetzt Annabelle durch die Gegend und ein ziemlich wütender Luzifer erschien über mir.

„Könntest du dieses Spiel hier bitte beenden?", donnerte er mich an.

„Wie denn?"

„Du hast die Macht dazu! Lass dir was Einfa…" Annabelle stürzte sich auf Luzian. Zitternd stand ich auf, betrachtete die Kämpfenden. Lorenz wurde unter den Leibern dreier Wiedergänger begraben. Mühsam hob ich meinen Stab und rammte ihn kraftvoll in den Boden. Das Beben der Erde brachte die Kämpfe zum Schweigen. Ich klammerte mich erschöpft an den Stab, drückte meine blutende Stirn dagegen und blickte gen Himmel.

„Na lieber Gott, was meinst du? Gibst du mir die Kraft, dem hier ein Ende zu bereiten?"

„Noah! TÖTE SIE!" Ein gleißendes Licht umfing mich. Ich spürte die Energie des Himmels. Es fühlte sich genauso an, wie wenn die Geister nach oben fuhren. Ein unbeschreiblicher Friede breitete sich in mir aus und wellenartiges Licht waberte über den Boden. Noah, besser gesagt das, was von ihm noch übrig war, kam langsam auf mich zu. Angriffslustig, gierig, schlich er an mich heran.

„Du weißt, dass ich dich liebe und das hier jetzt tun muss." Müde von den vielen Kämpfen, wütend, entsetzt darüber, was für eine ich Mutter hatte, flüsterte ich leise die Worte:

„Die Welt erblüht,
wenn sich das Leben bemüht.
Der Tod entzweit,
und brachte unbeschreibliches Leid.
Wir sind die Bewohner der Erde
Und sie ist unser Erbe.
Kein Toter darf diesen Krieg gewinnen,
kein Wiedergänger wird mehr Intrigen spinnen,
kein Leid mehr den Lebenden zufügen
und keiner wird ihnen mehr unterliegen.
Die Macht des Lebens vermag,
dass uns gehört dieser Tag.
Euch haben wir längst begraben,
und ihr wolltet euch an uns laben.
Die Asche der Toten zerfällt
durch das Licht, welches mich nun erhellt."

Noah trat an mich heran, seine Haut löste sich langsam auf, sein Körper zerfiel und ich vernahm die Schreie meiner Mutter und das Kreischen der Wiedergänger als das Licht sich weit über den Platz ausbreitete. Ich spürte die Wärme in mir, sie überflutete mich regelrecht, ergriff von mir Besitz. Ich glaubte Noahs Geist zu sehen, der sich vor mich hinkniete, seine Finger auf meine Hände legte und mich voller Liebe ansah.

„Lass los. Du hast es geschafft."

„Ich kann nicht."

„Oh doch, du kannst." In dem Moment kniete sich auch Lorenz an meine Seite. Er umfasste ebenfalls meine Hände, lächelte seinen Sohn an und zog sanft den Stab aus der Erde. Das Licht wärmte mich noch immer. Nur langsam ebbte es ab.

„Danke, Nadja, dass du mir den Frieden geschenkt hast und danke für meinen Sohn. Er wird dir viel Freude bereiten." Ich begriff seine Worte nicht. Noah wandte sich seinem Vater zu.

„Ein bisschen seltsam, dass du jetzt mit Nadja zusammen bist. Pass gut auf sie auf und verletzte sie niemals." Er hauchte mir einen Kuss auf die Stirn, berührte meinen Bauch, flüsterte mir zu, dass er mich immer lieben und nie verlassen würde.

Wir blieben in der Dunkelheit sitzen. Die kalte Nachtluft ließ mich frösteln, doch ich brauchte einen Moment um das Geschehene zu begreifen. Luzian strich mir über den Kopf.

„Na, ging doch. Hättest mich gar nicht gebraucht."

„Ist sie tot?"

„Schau!" Annabelles Körper brannte noch immer und nur an ihrem Haar konnte ich erkennen, dass es sich um meine Mutter handelte, die nun endgültig besiegt war.

Katharina hockte sich zu mir. Auch sie trug viele Kratzer im Gesicht und wie es unter ihrer Kleidung aussah, konnte ich nur erahnen.

„Warum Jace?", fragte Daniel.

„Wegen seiner militärischen Ausbildung. Der behält immer einen kühlen Kopf." Sie alle umringten mich. Die Jäger, die überlebt hatten, verließen die Körper der Lebenden. Die glichen jetzt eher verwirrten Zombies, da sie sich an nichts erinnern konnten. Wir hatten es tatsächlich geschafft. Keiner von uns war gestorben und wir saßen schweigend und überwältigt von unserem Sieg bis zum Morgengrauen auf dem Marktplatz von Dresden. Der Wind trug die Asche der Toten weg, Menschen kamen aus ihren Häusern, betrachteten uns hilflos und setzten sich zu uns.

„Wisst ihr, was seltsam ist?" Alle schauten mich fragend an.

„Noah meinte, ich trage sein Kind in mir." Lorenz stand auf und verließ uns gesenkten Hauptes. Er wirkte gebrochen.

„Ist es denn möglich? Ich meine, wann hast du mit ihm geschlafen?" Ich dachte darüber nach. Einmal hatte ich mir die Dreimonatsspritze geben lassen, danach nie wieder. Ich schloss die Augen. Hatte ich wirklich ein Kind mit ihm gezeugt? Luzian rückte an mich heran, fasste mir an den Bauch und schmunzelte.

„Sieht so aus, als würdest du als erste ein Baby bekommen." Das konnte nicht sein. Katharina nahm mich in den Arm.

„Betrachte es als Geschenk. Er hat dir doch immer versprochen, dich nie allein zu lassen. Sei eurem Kind eine gute Mutter und schenke ihm ein schönes Leben." Sie hauchte mir einen Kuss auf die Wange.

„Wo ist Lorenz hin?", wunderte sich Jace.

„Nadja, bring das zwischen euch in Ordnung. Er braucht dich genauso wie du ihn. Kämpfe um sein Herz", bat mich Daniel. Luzian küsste meinen Haaransatz, half mir auf und ich lief Lorenz hinterher.

Nadja – Etwa 18 Jahre später

„Ach, Mami! Die Geschichte ist so schön! Erzähl weiter!",
bettelte meine kleine Chrissi, die gerade erst acht Jahre alt
war. „Morgen. Ihr schlaft jetzt alle!" Nacheinander gab ich
meinen süßen Lieblingen einen Kuss. Der kleinen Helena,
Adriana, Matthias, Sebastian und Flora. Sie wuchsen viel
zu schnell heran und waren die tollsten Kinder, die sich
eine Mutter nur wünschen konnte. „Gute Nacht und süße
Träume!"

„Nacht, Mami!", kam von meinen Lieblingen.
Glücklich ging ich nach unten.

Die Burg war unser Zuhause geblieben. Wir hatten
versucht, auf der Festung Königsstein zu leben, aber die
Wege waren einfach zu weit gewesen. Im Sommer
verbrachten wir immer einige Wochen dort mit Jewa, Jace,
deren Sprösslingen, Katharina, Daniel und ihren zwölf
Wirbelwinden. Ja, zwölf! Ich vermutete sogar, dass
Katharina auch noch ein dreizehntes schaffen würde.

„Frau von Hoym, ich wäre jetzt fertig." Anna stand im
Eingangsbereich und wischte sich die Hände an einem
Tuch ab.

„Dann mach für heute Feierabend." Sie knickste und
verließ die Burg. Nach einigen Rückfällen in ihre alten
Verhaltensmuster hatte kein Mann sie mehr gewollt. Ihre
beiden Gefährten hatten sich zwei Frauen aus dem Dorf
genommen und sich dort niedergelassen. Nur Anna war uns
erhalten geblieben.

„Mama?" Ich lächelte ihn an. Noah stand vor mir und er sah genauso aus wie sein Vater damals. Ich hätte schwören können, dass er in dem Moment, als er sich damals als Geist verabschiedet hatte, in den Leib seines ungeborenen Kindes gefahren war.

„Es ist soweit?", fragte ich traurig. Er umarmte mich, küsste mich auf den Haaransatz und strahlte mich an.

„Ich hatte die schönste Kindheit, die man sich nur vorstellen kann, aber jetzt ist es an der Zeit, meine eigene Reise anzutreten." Ja, ich war noch immer nahm am Wasser gebaut. Er wischte mir die Tränen weg.

„Hast du dich von deinem Vater verabschiedet?"

„Das habe ich."

„Wir lieben dich und werden immer für dich da sein." Mein Sohn stupste mich an die Nase. „Weiß ich doch. Und Gnade Gott, dass einer Nadja von Hoym herausfordert." Ich musste unweigerlich lachen.

Wir umarmten uns, bis er sich löste. Wir betraten den Burghof. Die Sonne würde bald untergehen. Noah atmete tief durch.

„Mutter, ich liebe dich." Er drehte sich nicht noch einmal um. Seine Schultern bebten. Noah war ein starker junger Mann geworden, der bestimmt bald allen Mädchen den Kopf verdrehen konnte. Außerdem besaß er alles, was er für seine Kämpfe in der Zukunft brauchen würde. „Und so verlässt uns unser erstes Kind." Lorenz saß auf der Treppe im Eingang. Ich drehte mich zu ihm, ließ mich auf seinem Schoss nieder. Er hatte mich damals, nachdem wir von der Schwangerschaft erfahren hatten, lange nicht berührt. Erst nach der Geburt und nachdem einige Zeit vergangen war und ich um sein Herz gekämpft hatte, schafften wir es zusammen. Seit der Geburt unserer ersten Tochter zwei Jahre später waren wir unzertrennlich.

Ich küsste ihn, knabberte an seinen Lippen, berührte seine Zunge mit meiner.

„Was meinst du, bekommen wir noch eins hin?", fragte ich ihn und strahlte ihn überglücklich an. Er knurrte gierig, zog mich in unser Arbeitszimmer und… oh ja, er hatte einiges zu bieten!

Jewa

Liebe Nadja,

jetzt sind wir schon seit fünfzehn Jahren wieder in Amerika und ich vermisse euch mit jedem Tag mehr. Zwar haben wir mit Hilfe der Formwandler Boston befreien können und auch die Infrastruktur teilweise wieder hergestellt, aber ich werde einfach nicht warm mit den Menschen. Derzeit versuche ich, Jace zu überreden, wieder zu euch zu ziehen, denn das Leben mit euch auf der Burg fehlt mir und ich würde so gerne wieder mehr Zeit in eurer Nähe verbringen. Wir finden sicherlich eine eigene Burg für uns. Den Kindern geht es sehr gut. Jace verwöhnt die Mädchen und ist manchmal sehr streng zu unseren beiden Jungs. Dafür gleiche ich das wieder aus. Julia hatte letzten Monat einen Verehrer und den hat Jace rausgeworfen, als er um ihre Hand anhielt. Julia hat vor Wut ein Erdbeben erzeugt und damit fast das Haus in Schutt und Asche gelegt. Du weißt ja, dass ich ungern auf die Köpfe meiner Kinder zugreife, aber in dem Fall musste ich einschreiten. Josefine kommt ganz nach ihrem Vater. Sie sieht Geister, wunderte sich aber, warum sie nicht mit ihnen reden kann. Jasmin hat neulich fast eine Sturmflut erzeugt, Jakob einen Wirbelsturm und der kleine Johnny beklagt sich, dass er angeblich keine Fähigkeiten hat. Gut, dass die erst mit der Pubertät in Erscheinung treten.

Wie du merkst, ist ein Hexenhaushalt eine Sache für sich. Ach, und wir haben Aron gefunden. Bisschen eingetrocknet war er, als wir ihn in deinem Haus vorfanden. Da saß er unzählige Jahre lang und hat auf irgendwas gewartet. Bisher wissen wir aber noch nicht, worauf. Wir haben ihm zu Essen und zu Trinken gegeben und langsam sieht er wieder aus wie der Alte. Ehrlich, er erinnerte ein bisschen an eine Dörrpflaume. Ich wollte dir jedenfalls unbedingt mitteilen, dass er noch lebt und wohlauf ist. Ich wusste ja, dass Wächter, die das Efeu tragen, alt werden. Aber so alt? Er wünscht sich auch, Europa mal wieder zu besuchen und hatte die Idee, Prag zu befreien oder London. Ich wollte diese Städte schon immer mal sehen und die Kämpfe mit euch waren einfach herrlich!

Was meint ihr? Hättet ihr noch einmal Lust drauf? Mir fällt die Decke auf den Kopf und ich könnte Whisky mitbringen. Wir haben hier welchen gefunden. Der wird doch wohl nicht schlecht? Und ich habe herausgefunden, wie wir Pommes Frites zubereiten können. Hoffentlich mögt ihr die genauso sehr wie wir.

Richte den Kindern und Lorenz liebe Grüße aus und überlegt euch doch bitte, ob ihr nicht doch mal wieder Lust auf Wunden, Prellungen, Staub von Untoten und ein paar weitere Immobilien habt. Ich würde mich sehr darüber freuen.

Ansonsten sehen wir uns bald wieder. Wenn Luzian uns nicht holt, dann haben wir ja die Karte, die uns durch die Hölle führt. Danke noch einmal für dein Blut und die passende Münze.

Liebe Grüße,
deine Jewa

PS: Die Kinder haben sich über den Geruch in der Hölle beschwert. Pah, die haben doch keine Ahnung! Wir haben sie wirklich zu sehr verwöhnt. Könnten wir nicht ein Trainingslager für die Zwerge gründen?

Epilog:

Noah

Ich lief die ganze Nacht hindurch, genoss die Ruhe, die diese Welt mit sich brachte und freute mich auf neue Abenteuer. Was meine Eltern nicht wussten war, dass ich vor zwei Jahren angefangen hatte, mich zu erinnern. Mein altes Leben, die Liebe zu Nadja, die Leidenschaft für sie und der Hass auf die Wiedergänger. Deshalb hatte ich diese Reise antreten müssen. Es schmerzte mich, Nadja zu verlassen, aber ich musste meinen eigenen Weg gehen. Es war an der Zeit, sie zurückzulassen. Allein mitansehen zu müssen, wenn Vater sie küsste, hatte immer ein merkwürdiges Gefühl in mir ausgelöst und mich letztlich von zu Hause fortgetrieben.

Ich kannte ihre Geschichte besser als jeder andere und hoffte ebenfalls darauf, noch einmal die Liebe erleben zu können. Meine erste Station sollte Leipzig sein. Die Stadt war bereits von den Wiedergängern befreit. Meine Eltern hatten – nach kleineren Gegenangriffen – ihr Territorium weitestgehend von Untoten gereinigt. Dem Königreich meiner Eltern unterlag das Gebiet des Herzogtums Sachsen, wobei Dresden in der Historie nicht eingeschlossen war. Die Festung Königsstein bildete die Grenzstation in Richtung Osten. Nach und nach war das gesamte Gebiet an meine Eltern gefallen. Die hatten alles richtig gut im Griff und die Hexen störten sich nicht daran. Sogar eine

Volkszählung hatte Vater vor einem Jahr durchführen lassen. Man kam auf knapp zweihunderttausend Überlebende, das entsprach etwa fünf Prozent der Bevölkerung, die vor der Machtübernahme durch die Wiedergänger dort gelebt hatte.

Nach dieser Zählung hatte ich meinen Vater gefragt, ob sie nicht gedachten, ihre Gebiete zu erweitern. Er meinte darauf nur: „*Nimm deinen Stab und such dir dein eigenes Reich.*" Von da an bereitete ich meine Reise vor. Ich hatte einige Nachteile meinen Eltern gegenüber. Mir fehlten eine mächtige Hexenfreundin und die Hilfe Luzifers. Zwar war ich nun irgendwie sein Ur-ur-ur-Enkel, er zeugte aber gerade lieber neue Nachkommen mit Tante Elisabeth. Jäger folgten mir auch noch nicht. Ich war mit Tante Katharinas ältestem Sohn gut befreundet und er hätte mich auch gern begleitet, doch diese Sache wollte ich allein durchziehen. Das Schlimmste für mich war jedoch, dass ich keine Nadja an meiner Seite hatte.

In der Ferne erhob sich majestätisch das Völkerschlachtdenkmal. Die Häuser in dieser Gegend sahen aus wie überall auf der Erde und erinnerten mich an ein Weltuntergangs-Szenario. Genau genommen war die Welt, wie ich sie aus meinem ersten Leben kannte, auch untergegangen.

Ein paar Menschen huschten herum, gingen ihren Aufgaben nach. Vaters Idee mit der Abgabe des Zehnten funktionierte ganz gut. Das System war einfach und wesentlich günstiger als der Steuer- und Abgaben-Dschungel des einundzwanzigsten Jahrhunderts.

Nur gelegentlich kam es zu Verwirrung und Missverständnissen, da nicht jeder rechnen konnte und manche es auch nicht lernen wollten. Onkel Daniel und Vater hatten deshalb eine Art Orden gegründet, der aus gebildeten Menschen bestand, die sich um die Einnahmen bemühen sollten. Manchmal reisten beide mit, sie wollten ja keine Ausbeutung oder Unterdrückung, sondern den Menschen zu verstehen geben, dass sie für ihre Sicherheit auch einen kleinen Tribut leisten mussten.

Am Völkerschlachtdenkmal machte ich Pause. Einen ganzen Tag hatte ich für den Weg hierher gebraucht und nun wusste ich nicht, wohin meine Reise gehen sollte. Richtung Rhein, nach Berlin oder München? Ratlos setzte ich mich, aß von meinem Proviant und dachte nach, bis ich in der Ferne ein Mädchen in zerschlissener Kleidung erblickte, die direkt in meine Richtung lief.

Mein Atem stockte, als ich ihr langes schwarzes Haar sah. Sie glich Nadja! Ich stand auf und eilte ihr entgegen. Sogar die gleichen blauen Augen hatte sie! Wie konnte das sein?

Verstört sah sie mich an, unsere Blicke trafen sich, ich machte einen Schritt auf sie zu. Sie hob drohend ihren Wanderstab und hielt mich damit auf Abstand.

„Fass mich nicht an!", fauchte sie und ich musste unweigerlich grinsen. Nadja hatte bei unserem ersten Zusammentreffen auch schreckliche Berührungsängste gehabt.

„Wer bist du?", fragte ich.

„Das geht dich nichts an! Weißt du, wie ich nach Dresden komme?"

„Was willst du in Dresden?"

„Das geht dich auch nichts an!"

„Gut, dann brauche ich dir auch nicht zu helfen." Sie funkelte mich finster an und ich konnte aus ihrem Blick klar entnehmen, dass sie gerade abwägte, was sie mir anvertrauen konnte und was nicht. Diese kleine Raubkatze wusste noch nicht, dass sie jetzt mir gehörte und ich sie nicht mehr aus den Augen lassen würde.

„Ich bin Maja und suche nach Nadja von Hoym."

„Warum?" Erneut zögerte sie und zuckte resigniert mit den Schultern.

„Du würdest mir das eh nicht glauben."

„Ach du, ich habe viel erlebt. Ich weiß mehr als manche Menschen für möglich halten."

„Gut. Meine Urgroßmutter war ihre Halbschwester und ich kann mit Geistern reden", gab sie schnippisch zu und zauberte mir ein seliges Grinsen ins Gesicht. Ich hob die Hände, ging nah an sie heran. Ihr Körper reagierte sofort und ich zog sie genauso an wie sie mich. „Ich bin Noah und du bist meine kleine Wächterin." Sie wich erschrocken zurück, ihre Atmung ging schwer. Wieder dieser Blick – sie dachte genau nach, was sie als nächstes sagen wollte. Ich drehte mich um und ging weg.

„Hey! Warte!" Sie war leicht aus der Fassung zu bringen und ich würde sicherlich bald meinen Spaß mit ihr haben.

„Maja, welche Himmelsrichtung bevorzugst du?" Sie stutzte.

„Norden?"

Ich reichte ihr den Rest meines Proviants, überlegte, ob ich sie gleich meinen Eltern vorstellen oder einfach noch eine ganz Weile für mich behalten sollte.

„Was hältst du davon, wenn ich dir schwöre, dass ich dich zu Nadja bringe, wir aber vorher noch einen kleinen Ausflug zu den Wikingern machen?"

Ende

Danksagung

Vor einigen Jahren stand ich auf der Festung Königstein und lief meinem kleinen Sohn nach. Zwischen diesen alten Mauern kam mir die Idee für Nadja. Sie nahm Form an, erzählte mir ihre Geschichte und ich fing an, sie aufzuschreiben. Damals hätte ich es nicht für möglich erachtet, dass sie einmal veröffentlicht, geschweige denn gelesen wird.

Doch durch diese Reise lernte ich bezaubernde Menschen kennen. Nicht nur die vielen Autoren, die sich mit mir austauschten, mir Mut machten; auch meine Lektorin und Freundin Isabella Gold. Ihr gilt mein besonderer Dank. Sie nimmt sich neben einem anspruchsvollen Beruf immer wieder Zeit für meine Werke, meine Gedanken und auch manchmal für meine Krisen. Liebe Isabella, ich danke dir von ganzem Herzen und wünsche mir, dass diese Verbindung zwischen uns noch sehr lange hält.

An dieser Stelle darf ich auch Thomas Dreger nicht vergessen. Er half mir bei den Gedichten und Reimen, die ursprünglich nicht immer so perfekt aussahen.

Und ein ganz besonderer Dank geht an meine kleine Familie. Meinem Mann, der den Haushalt übernahm, meinem Junior, der Mamis Schreibphasen geduldig aussaß, während ich mich gedanklich irgendwo zwischen Magie und alten Gemäuern befand. Meiner Stieftochter, die viel mit mir gesprochen hat, sich alles von mir anhörte und die

Bücher gern las. Asis darf ich dieses Mal auch nicht vergessen. Der älteste Freund meiner kleinen Familie, der mir moralisch den Rücken stärkte, indem er für meinen Mann da war.

Meine lieben Leser, euch habe ich zu verdanken, dass ich nicht aufgeben konnte. Ihr habt mir so oft geschrieben, mich mit euren Fragen („Wann kommt der nächste Teil?") angetrieben. Ohne euch hätte ich sicherlich zwischendurch das Handtuch geworfen. Vor allem, weil mir der letzte Teil besonders schwer fiel. Es war ein Abschied von Nadja, das Ende einer langen Episode, einer Lebensphase, die ich mir so niemals erträumt hätte.

Scheut euch nicht, schreibt mich an und ich werde antworten.

Eure Steffi Krumbiegel

https://götterkinder.de